KB018871

마녀의 법정

1

정도윤 대본집

마녀의 법정 1

초판 1쇄 인쇄 2018년 1월 19일
초판 1쇄 발행 2018년 1월 26일

지은이 | 정도윤
펴낸이 | 金湞珉
펴낸곳 | 북로그컴퍼니
편집부 | 김옥자·서진영·김현영
디자인 | 김승은·송지애
마케팅 | 이예지·김은비
경영기획 | 김형곤
주소 | 서울시 마포구 월드컵북로1길 60(서교동), 5층
전화 | 02-738-0214
팩스 | 02-738-1030
등록 | 제2010-000174호

ISBN 979-11-87292-86-9 04810
ISBN 979-11-87292-85-2 04810(세트)

· 이 도서의 국립중앙도서관 출판예정도서목록(CIP)은 서지정보유통지원시스템 홈페이지
(http://seoji.nl.go.kr)와 국가자료공동목록시스템(http://www.nl.go.kr/kolisnet)에서
이용하실 수 있습니다.(CIP제어번호: CIP2017034530)

정도윤 대본집

마녀의 법정 1

북로그컴퍼니

작가의 말

처음 보러 간 참여재판이 떠오릅니다.
강간미수 재판이었습니다.
피해 여성이 직접 증인으로 나왔는데,
주눅이 들 법한 상황에서도 전혀 기죽지 않고 피해 사실을 밝히는 모습이 의외였습니다.
바지를 벗긴 피고인의 행동이 꼭 강간을 의도한 것은 아니지 않느냐는,
궤변에 가까운 변호인의 질문에 그럼 바지 입혀주는 강간범도 있냐고 받아칠 땐
통쾌하기까지 했습니다.

재판을 지켜보던 저는 이런 인간의 이야기를 쓰고 싶다고 생각했습니다.
불행에 대응하는 방식이 전형적이지 않고,
자신의 의지를 끝까지 포기하지 않으며, 일말의 코믹함까지 있는...
그것이 〈마녀의 법정〉을 구상하게 된 첫 계기였습니다.

포부는 창대했으나 그것을 실현하는 과정은 숱한 시행착오의 반복이었습니다.
부족한 재능과 게으름으로 벽에 부딪힐 때면
내가 지금 인간의 이야기를 쓰고 있는지
얄팍한 사건만 나열하고 있는지 점검하며 최선의 답을 찾으려 했습니다.
뻔한 이야기는 있어도 뻔한 캐릭터는 없다는 진리를 기억하려 노력했습니다.

다시 대본을 들여다보니 부끄럽고 부족한 것투성이입니다.
그럼에도 불구하고 출간을 결심한 것은
방송과는 또 다른 즐거움을 드리고 싶은 욕심과 더불어
〈마녀의 법정〉이란 작품이 여러분에게 온전히 전달되기를 바라기 때문입니다.

필요 이상으로 자세히 써놓은 감정 지문과

법정물의 특성상 사건으로 들어오는 새로운 캐릭터들에 대한 설명,
행간의 의미를 정확히 짚어주기 위해 각주를 달아놓는 것 등
방송으로는 다 표현되지 못한 디테일들이 있습니다.
연출이나 연기 외에 작가가 의도한 기준점이 어떠했는지 확인하실 수 있을 겁니다.

또한 시간 제약상 삭제된 부분들도 있습니다.
방송을 보시면서 흐름이 끊긴 것 같았다거나,
충분히 다뤄져야 할 부분이 거칠게 넘어갔다고 느끼셨다면,
대본집을 통해 빠졌던 퍼즐 조각들이 무엇이었는지 발견하시게 될 겁니다.

무엇보다 진짜 인간의 이야기를 재미나게 쓰고 싶었던
저의 처음 의도가 조금이나마 여러분께 전해지길 바랍니다.
감사합니다.

2018년 1월
정도윤

일러두기

1. 이 책의 편집은 정도윤 작가의 드라마 대본 집필 형식을 최대한 따랐습니다.

2. 드라마 대사는 글말이 아닌 입말임을 감안하여, 한글맞춤법과 다른 부분이라 해도 그 표현을 살렸습니다. 사투리, 외래어, 신조어와 함께 구어체 표현 등이 이에 해당합니다.

3. 쉼표, 느낌표, 마침표 등과 같은 구두점도 작가의 의도를 따랐습니다.

4. 이 책은 작가의 최종 대본으로, 방송되지 않은 부분 또는 방송과 다른 부분이 다수 포함되어 있습니다.

차례

드라마 개요

제 목

마녀의 법정

구 조

법정 / 휴먼 / 복수

컨 셉

여성아동범죄 전담부라는 가상의 검찰 부서를 배경으로
승소를 위해서라면 뭐든지 다하는
위험한 속물 여검사와
정의를 위해서라면 못할 게 없는
마성의 초임 남검사가 펼치는 휴먼 법정물

기획 의도

공감共感과 공분公憤이 있는 드라마

연쇄살인범도 좋고, 쏘시오패스도 흥미롭지만
영화나 미드 어디쯤에 있을 것 같은
매끄럽고 비현실적인 범죄가 아니라
나와 내 가족, 이웃들 곁에서 늘상 벌어지는
투박하고 현실적인 범죄에 대해 이야기하고 싶었다.

예를 들면 아동학대, 성범죄, 혐오범죄 같은
평범한 생활 반경 어디에서나 터질 수 있는 범죄들 말이다.
왜냐,
나와 내 가족이 겪을 수도 있다는 걱정에 절로 공감되고,
더군다나 약자를 향해 가장 비열한 방식으로 휘두르는 범죄라
더욱 공분하게 되기 때문이다.

하여 결론은?
여성, 아동을 대상으로 한 범죄 뉴스가
일상적으로 업데이트되는 이 암울한 시대,
이제 그런 추악한 범죄를 소재로 한 드라마가
나올 때도 됐다는 것.

주요 등장인물

마이듬 (여 / 10살 → 31살) _ 여성아동범죄 전담부 소속 검사

'약자를 위해 싸우지 않는다. 나를 위해 싸운다.'

서울 4대 지검을 고루 거친 7년 차 평검사로
촉도 좋고, 법 적용도 칼이다.
필요하면 거짓말, 인신공격, 증거조작 등도 가리지 않는,
합법과 위법 사이를 아슬아슬하게 넘나드는 과감한 수사로
몸담았던 부서마다 에이스라 인정받았다.

여기에 겸손까지 겸비했다면 더할 나위 없겠으나
몹시 이기적이며 싸가지도 바가지다.
거기다 지방 국립대 출신에 여자라는 핸디캡까지 있으니
겸손은 사치고, 양보는 개나 줘버려 모드로 살아온 인생이다.
잘되면 나 혼자 잘해서인 거고,
내 밥그릇 뺏는 건 하느님, 부처님이라도 용서 못한다.

한마디로 대한민국에서 가장 보수적인 조직이라는 검찰에서
지방대 나온 여성 검사로서
출세 한번 해보려고 고군분투 중.

원래 꿈은 돈 잘 버는 의사였으나
10살 때 시장 간다고 나갔다가
실종된 엄마를 찾으려 검사가 됐다.
만약 납치였다면 엄마를 납치한 놈을 잡아야 하고-

만에 하나, 자발적 가출이라면 나 버리고 간 엄마,
어디 보란 듯이 잘 먹고 잘 사는 모습을 보여주고 싶어서였다.
출세 코스라는 대검 특수부 발령이 코앞이었는데-
뜻하지 않는 사건에 휘말려 최악의 기피 부서로 꼽히는
여성아동범죄 전담부로 발령받았으나
뜻밖에도 그곳에서 엄마 실종의 미스터리를 풀 열쇠를 발견한다.

여진욱 (남 / 34살) _ 여성아동범죄 전담부 소속 검사

'피해자를 위해 해줄 수 있는 게, 가해자 처벌밖엔 없네요. 미안합니다.'

그냥 있어도 훈훈하고, 말을 하면 더 훈훈하다.
그렇게 사정 다 봐줄 것 같은 온화한 얼굴로
사건 앞에서는 공정함과 냉정함으로 가차 없이 칼을 들이댄다.
승진, 출세, 사내 정치 따위는 관심 없어
조직 내에서 출포검(출세를 포기한 검사)으로 통한다.

로스쿨 출신의 늦깎이 초임 검사로 원래는 소아정신과 의사였다.
정신과 의사 출신 검사답게 말 속에 들어있는 뉘앙스, 숨겨진 단서를 찾아내
진술의 참, 거짓을 가려낸다.
물증 없고 진술증거가 대부분인 성범죄 사건의 전담검사로서
꼭 필요한 능력을 가진 셈이다.

선한 인상의 바람직한 기럭지,
거기다 의사 집안의 외아들이란 출생 배경까지 가졌으나
실은 병원장이었던 아버지의 자살로 그늘진 어린 시절을 보냈다.

노골적으로 출세, 욕망, 권력을 밝히는 이들이 좋아 보일 리 없다.
그러나... 세상 독한 것이 연민이라더니

이듬이 엄마의 비극적인 과거를 알게 되면서 나락에 떨어졌을 때,
누구보다 먼저 손을 내밀고 곁을 지켜주게 되지만...
연민으로 시작한 사랑도 잠시,
유일한 혈육인 엄마가 이듬의 엄마를 감금했다는
잔인한 진실과 맞닥뜨리게 되는데...

조갑수 (남 / 20대 → 50대)
_ 사법고시 출신의 경찰이었고, 현재는 형제로펌의 고문이사

'승리면 승리지, 깨끗한 승리, 더러운 승리, 그런 거 없다.'

엄혹한 7-80년대, 좌익활동가 아버지를 둔 탓에
사시를 패스하고도 검찰 임용에 미끄러졌다.
이후, 경찰 특채로 진로를 틀어 뱀의 머리가 됐지만
출세의 기회마다 아버지 전력이 발목을 잡자-
무고한 사람들을 잡아다 빨갱이로 모는 공안형사로 충성을 바쳤고,
그 과정에서 성고문까지 자행하는 범죄를 저질렀다.
그 부분에 한 점 후회나 부끄러움 같은 것은 없다.

최연소 경찰서장으로 승진하며 출세가도를 달릴 즈음
그에게 고문당했던 피해자들의 고소로
세상의 지탄을 받았으나,
위증교사와 증거인멸 등등 모든 수단을 다 동원해 고비를 넘겼고,
그 결과 경찰청장으로 은퇴, 오늘날에 이르렀다.

이듬 엄마인 영실의 실종과 이듬의 출생 비밀에
가장 결정적인 키를 쥐고 있는 인물.
무조건 승소를 이끌어내는 이듬의 능력을 높이 사 스카우트하려다
이듬이 곽영실의 친딸이라는 사실을 알게 되자-

파멸시키기 위해 온갖 공작을 꾸민다.

민지숙 (여 / 30대 → 50대) _ 여성아동범죄 전담부 부장검사

'성폭력 사건 최다 처리실적의 보유자, 여검사들의 롤모델'

왕년엔 검찰청 왕조현이라 불릴 만큼 미모를 자랑했으나
지금은 동네 아줌마 같은 후덕한 외모로
후배 검사들과 농담하길 즐기는 털털한 부장검사.

여검사가 희귀한 시절에 검사가 된 바람에
주로 가정폭력이나 성폭력 사건들을 배당받아왔고
그 경력이 20여 년째 이어지면서
검찰 내 성폭력 사건 최다 처리 실적을 보유하게 됐다.

2차 피해, 증거 부족, 보수적인 재판부 등
온갖 상처를 받고 법정을 떠나던
성폭력 피해자들을 숱하게 봐오면서
성범죄 전담 원스톱 부서*에 대한 목표와 소신을 키워왔다.

평검사 시절, 조갑수 경정 성고문 사건의 수사검사였다.
조갑수를 처벌하고 싶었지만 증거 불충분으로 실패했고,
20년이 흐른 지금은 조갑수가 대표로 있는 로펌의 변호사들과
법정에서 다투는 악연을 이어오고 있다.

* 수사, 기소, 재판까지 동일한 검사가 전담하는 시스템.

여성아동범죄 전담부 사람들

장은정 (여 / 30대) _ 여성아동범죄 전담부 수석검사

맞벌이 남편과 쌍둥이 아들에 치이는 수석검사.
다혈질에 성질 급하다.
기자 남편 사이에서 난 쌍둥이 아들을 키우는 엄마라 바쁘고 피곤하지만,
언제나 풀 메이크업에 완벽한 스타일을 고수하고 있다.

서유리 (여 / 20대) _ 여성아동범죄 전담부 초임검사

(감히) 저녁이 있는 삶을 꿈꾸는 초임 검사.
강남에서 태어나 강남에서 교육받고 강남에서 살고 있다.
칼퇴근에 목을 매지만,
층층시하 워커홀릭 선배 검사님들 덕분에 쉽지가 않다.

손미영 (여 / 30대 중반) _ 여성아동범죄 전담부 수사관

키는 작아도 귀는 큰, 걸어 다니는 '디스패치'.
중앙지검 10년 차 수사관이다.
검찰청 내 '디스패치'로 통할 만큼
온갖 소문과 신상정보를 꿰고 있다.
털털하고 싹싹한 성격이라 누구하고나 죽이 잘 맞는다.

구석찬 계장 (남 / 30대) _ 여성아동범죄 전담부 수사관

기 센 여검사들에 치여 이름 그대로 구석에 찌그러져 묵묵히 일하는 수사관.
노총각 자취남이라 저녁을 해결할 수 있는 야근과 회식을 좋아한다.

형제 로펌 사람들

백상호 (남 / 20대 → 40대) _ 형사 → 조갑수의 비서실장

'조갑수의 명령이라면 뭐든지 따른다.
단, 내 동생 상우를 제거하란 명령만 제외하고...'

칼같이 알아듣고 정확히 처리하는 최고의 비서.
20년째 조갑수를 보필 중이다.
숨소리만 들어도 기분 파악을 할 정도로
갑수에 대해 누구보다 잘 아는 사람이다.

20대 철 모르던 형사 시절,
수사 도중 우발적인 실수로 유력 용의자를 죽였고,
당시 반장이었던 갑수가 이를 덮어줬다.
이후로 두말없이 갑수의 오른팔이 되었다.
열두 살 때 친모로부터 버림받은 후
유일한 혈육이었던 동생 상우를 혼자 키웠다.

허윤경 (여 / 30대) _ 형제로펌 소속 변호사

형제 로펌의 에이스 변호사.
국선으로 성범죄 재판을 담당할 때면
피해자에게 하도 악랄하게 굴어

공판검사가 자제를 요청하는 탄원서까지 쓰게 만들 정도로 독종이다.
샤프하고 수완도 좋고, 승소에 대한 열망이 강해
이기기 위해선 무슨 짓이든 한다.
겉보기엔 그늘 없이 유복한 환경에서 자란 여자 같지만
아버지는 알코올 중독에 엄마는 사기 전과 7범.
벗어나려면 더 높은 곳으로 올라가야 했다.
해서 건축비리로 잡혀온 회장님 돈 좀 받았는데,
그것이 문제가 돼서 검사 옷을 벗은 전력이 있다.

그 밖에 중요 인물들

곽영실 (여 / 20대 초반 → 30대 중반 → ?) _ 이듬의 엄마

이듬을 검사로 만든 주인공.
서울 변두리에서 국수가게를 하며 이듬을 혼자 키우던 과부였다.
씩씩하고 괄괄한 성격 덕분에 이듬도 기 안 죽고 잘 컸다.
20년 전 성고문 재판 당시 조갑수에게
불리한 증거를 폭로하기 직전 실종됐고,
이듬이 검사가 된 이후 조갑수에게 납치된 정황과 함께
성고문 피해자라는 아픈 과거까지 드러나 이듬의 속을 후벼 판다.
정신병원 퇴원 후 교통사고로 죽었다고 하나
영실의 죽음을 확실히 확인한 사람은 없다.

고재숙 (여 / 30대 후반 → 50대)
_ 진욱의 엄마이자 20년 전 영실 실종 사건의 공범자

호감 가는 외모에 언변도 좋아 TV에 단골로 출연하는 정신과 전문의.

진료실보다 카메라 앞에 있는 시간이 더 많은 반 연예인이다.
화려해 보이는 인생이나 실은 자살한 남편이 남긴 막대한 빚으로
10여 년을 바지원장 노릇을 해가며 빚을 갚았던 흑역사가 있었고,
그 과정에서 어떤 여자의 인생을 짓밟아야만 했다.
빚과 생활고에 떠밀려 그 조건을 받아들였고,
20년이 흐른 어느 날, 아들 진욱이 이듬을 데려오자-
사라진 그 여자가 눈앞에 나타난 것 같은 아찔한 기시감을 느낀다!

오수철 (남 / 40대) _ 중앙지검 형사2부 부장검사

이듬의 전 상사.
조직 내 정치, 인맥, 라인에 목숨 걸고
처세도 밝아 윗분들은 예뻐하지만,
여검사, 여계장들 사이에선 손버릇 안 좋기로 악명이 높다.
사무실에선 은근슬쩍 만지고, 회식자리에선 과감하게 만진다.
성추행이라 항의하면 여검사는 이래서 안 된다며
길길이 날뛰는 찌질함이 있다.
결국 여기자 성추행 사건으로 징계위에 불려 갔을 때-
이듬이 사실대로 증언하는 바람에 좌천되자 보복의 칼을 간다.

진주 (여 / 10대 → 30대) _ 이듬의 20년 단짝 친구

이듬 엄마가 하던 국숫집 옆에서
할머니가 아귀찜 식당을 해서 이듬과 어렸을 적부터 같이 자랐다.
의리파에 화끈한 성격이라 이듬과 죽이 잘 맞는다.

용어 정리

몽타주 따로따로 편집된 장면들을 짧게 끊어서 붙인 화면을 말한다.

씬 장면(Scene)이라는 의미. 같은 장소, 같은 시간 내에서 이루어지는 일련의 행동이나 대사가 한 씬을 구성한다.

인서트 화면의 특정 동작이나 상황을 강조하기 위해 삽입한 화면. 인서트 화면이 없어도 장면을 이해하는 데에는 별다른 지장이 없으나 인서트를 삽입함으로써 상황이 명확해지는 한편 스토리가 강조된다. 인서트 화면으로는 대개 클로즈업을 사용한다.

클로즈업 배경이나 인물의 일부를 화면에 크게 나타내는 것.

플래시백 회상을 나타내는 장면. 지금 일어나고 있는 사건의 인과를 설명할 때 쓰이기도 하고, 인물의 성격을 설명하기 위해 쓰이기도 한다.

필터 같은 장면이 아닌 전화기 너머의 목소리나 마음속으로 하는 이야기 등 별도의 막을 거쳐 들려오는 소리를 표현할 때 쓴다.

CG 컴퓨터 그래픽스(Computer Graphics)의 약자. 컴퓨터 프로그램을 활용하여 다양한 효과를 가미, 영상을 더욱 실감나게 연출하는 작업을 가리킨다.

· 마녀의 법정 ·

1부

1. 어딘가 (낮)

먹구름이 잔뜩 낀 하늘 아래로 음산한 느낌의 건물 실루엣 보인다.
자막 [1996년]

2. 어딘가 복도 (낮)

날카로운 눈초리로 사방을 경계하며 빠르게 걸어가는 형사,
이어, 어느 문 앞에 멈추더니 긴장된 표정으로
뒷주머니에서 권총 빼든다.
'하나- 둘- 셋!'과 동시에 쾅! 문을 박차고 들어가-

3. 교실 안 (낮)

바닥을 한 바퀴 구르고 착- 일어나 권총을 겨누며 외친다.

형사 꼼짝 마. 경찰이다!! (하면)

동그래진 눈으로 형사를 쳐다보는 10살 또래 아이들.
화면 커지면 선생님과 아이들 30여 명쯤 있는 초등학교 교실 안-
화이트보드에 [아빠 일일학교 - 경찰] 이라 적혀있다.
우와- 아이들의 박수가 터지고

(컷 튀면)
형사, 후배 형사 둘과 격파 시범-
형사, 후배 형사 둘과 호신술 시범-

시범이 끝날 때마다 아빠가 자랑스러운 듯
물개 박수를 치는 형사 딸 세나.
그리고... 이 신나는 분위기와 무관하게 입이 댓 발 나와서
헐랭이 박수를 치는 여자애 둘 보인다. 이듬과 유미다.

이듬　... 야 세나 아빠 좀 오바하는 것 같지 않냐?
유미　어... 좀.
이듬　테레비 보니까 총 안 쏘고 그냥 손으로 잡던데...
유미　맞아. 저건 미국영화 같은 데서 하는 거 아냐?
이듬　어. 그리구 진짜 형사들은 너무 바빠서 이런 데 올 시간두 없을걸?
유미　맞아. 세나 아빠 좀 한가한가 봐- 그치? (하는데)

이때 형사 학부형, 수갑을 꺼내들며 "수갑 차볼 사람" 한다.
아이들 "저요, 저요." 난리가 터지는데...

이듬　죄도 없는데 수갑 채우는 건 좀 아니지 않냐.
유미　맞아. (하는데)

자기 아빠한테 구시렁대는 게 듣기 싫었던 세나,
이듬과 유미를 향해 확 돌더니-

세나 야, 마이듬, 장유미. 니들 부러워서 그러지?
이듬/유미 (이구동성으로) 아닌데?
세나 웃기네. 꼬우면 니들도 아빠 데려오던지. 아참, 너네 아빠 없지? 메롱~
유미 씨이- (책상에 엎드린다)
이듬 이게! (세나의 머리를 확 잡아당긴다)
세나 아, 아파!!! 아빠!! 얘 총으로 쏴버려.
형사 이놈들! 싸우면 안 되지. (하며 총을 확 뽑아드는 시늉을 한다)

헉- 놀라서 확 엎드리는 이듬,
아이들 그 모습을 보고 으하하- 웃는다.

4. 건물 외경 (낮)

유미 (소리) 복수하자!

낡은 다세대 주택들이 다닥다닥 붙어있는 변두리 동네를 배경으로-
허름한 단층건물 [유미네 아구찜] 간판이 붙어있고
그 옆으로 더 허름한 가건물, [이듬이네 국숫집] 간판이 붙어있다.

5. 이듬이네 국숫집 안 (낮)

테이블 몇 개와 주방, 쪽방이 딸려있는 식당 안
낡은 TV, '첫사랑' 류의 그 시절 드라마가 나오고...
그 앞으로 테이블에 마주 앉아 숙제 중인 이듬과 유미.

이듬 ... 어떻게?
유미 어! 너네 엄마한테 새아빠 만들어달라고 해,
세나 아빠 같은 경찰로.
이듬 울 엄마? (하고 주방 쪽을 보면)

낡은 면티에 몸뻬 차림의 영실(30대 중반),
손질한 대파들을 큰 바구니에 옮겨 담다가
"에취!!!" 재채기에 콧물까지 찍- 나오자
콧물 대충 손으로 훔치고, 그 손을 또 바지에 슥슥- 비비는...

이듬 (땅이 꺼져라 한숨 쉰다)
유미 (새아빠 얘긴) ... 취소.
이듬 됐어. 우리같이 아빠 없는 애들이
무시 안 당하고 사는 방법은 두 가지밖에 없어.
유미 뭔데, 그게?
이듬 공부를 엄청 잘하던가, 아님 엄청 예쁜 미스코리아가 되던가.
유미 (끄덕끄덕) 말 된다. 그럼 난 미스코리아.
이듬 어. 너 좀 가능성 있는 거 같아. (하다가 아얏!!)

보면- 대파가 가득 든 바구니를 옆구리에 낀 영실이 끌끌- 혀를 찬다.

이듬 (머리를 감싸 쥐며) 아, 엄마아!
영실 하여간 쪼그만 것들이 어디서 못된 것만 들어갖구 그냥!
아빠 없는 게 뭐 어때서? 맨날 없다, 없다.
이듬 아 뭐, 없으니까 없다 그러지, 그럼 없는데 있다 그러냐?
영실 엄마라도 있는 게 어디냐?
너같이 까칠한 기집애가 엄마까지 없어봐 그냥? (하는데)
유미 전 엄마도 없는데요?
영실 (잠시 움찔하다가) 넌 할머니 있잖아, 할머니. 어?
할머니가 유미 널 얼마나 이뻐하는데-
(척척- 대파 썰면서) 암튼 사람이 없다고 구시렁거리면 안 돼-
이거라도 있으니 감사합니다- 하면서 살아야 발전을 하는 거야-

이듬, 유미 맨날 듣는 타령인 듯 건성으로 "네에에~" 하며
숙제하던 노트에 코를 박는다.

이때- "뉴스 속보입니다." 하는 TV 소리에 무심코 TV를 보던 영실,
뭔가를 보더니 얼굴이 굳는다.
TV 화면, [은파구 경찰서장 조갑수 성고문 혐의 무죄 판결]
자막 떠 있고, 경찰 제복 차림을 한 조갑수의 상반신 프로필을 배경으로
뉴스 나오고 있다.

앵커 (소리) 현 은파구 경찰서장 조갑수의 성고문 혐의에 대한
1심 재판에서 법원이 무죄를 선고했습니다.

6. 뉴스 몽타주 (낮)

- 서울중앙지법 앞
TV 화면 속 - 다부진 눈빛의 조갑수(남/40대 초반),
훈장이 촘촘히 달린 경찰 제복 차림으로
휠체어에 앉아 백형사를 비롯한 경호원들 호위받으며 나온다.

앵커 (소리) 1986년 당시 불법파업을 주도한
형제공장 여성 노조원들을 상대로
불법 감금 및 성고문을 했다는 조갑수 총경의 혐의에 대해
법원은 증거 불충분으로
무죄를 내린다 밝혔습니다.

조갑수를 향해 우르르 달려들어 "지금 심정이 어떠십니까?
/ 무죄를 확신하셨습니까?" 등등의 심경을 묻는 기자들.
갑수, 대답 없이 지나치는데 "경찰로 복귀하실 겁니까?"
라는 기자의 질문을 듣자 멈추고...

갑수 개가 짖어도 마- 기차는 지 갈 길 가야죠. (하더니)

씨익- 웃는다. 그 얼굴 위로 또 한 번 터지는 플래시-

- 법원 브리핑실
굳은 표정으로 브리핑 연단에 선 민지숙 검사(20대 중반)와
정부장검사(남/40대 후반)에게도 플래시 세례가 터진다.
기자들 "항소하실 겁니까? / 법원 판결에 대해 어떻게 생각하십니까?"

지숙　피해자 진술보다 가해자 변명을 들어준
법원 판결에 강한 유감을 표합니다.
저희 검찰은 이에 굴복하지 않고
조갑수 총경이 무고한 여성들에게 저지른
추악한 범죄 사실을 반드시 밝혀낼 것입니다.
숨어있는 제보자의 용기 있는 결단을 기다리겠습니다.

7.　다시 이듬이네 국숫집 (낮)

이듬과 유미, 숙제하다 말고 서로 발장난- 치느라 정신없고
영실, 굳은 표정으로 TV에 시선 고정 중인데...

TV　(소리) 한편 조갑수 경정을 성폭행으로 고소했던
서 모 씨가 법원의 무죄 판결에 항의하는 유서를 남기고
건물 옥상에서 투신자살을 해 충격을 주고 있습니다.
영실　!!!
TV　(소리) 서 모 씨는 86년 당시
형제공장 노조에 소속돼 파업을 벌였다가
경찰에 체포된 피해 여성들 중 한 명으로...

이때- 이듬의 다급한 목소리.

이듬　(기겁해서) 엄마!!! 칼!! 칼!!!
영실　어? (해서 보면)

파를 썰던 영실, TV에 정신 팔려 파가 짧아진 줄도 모르고
손가락을 찌른 것. 도마 위로 피가 뚝뚝 떨어진다.

8. 동양병원 - 입구 (밤)

요란한 사이렌 소리와 함께 앰뷸런스가 병원 앞에 급정거한다.
앰뷸런스 문이 열리면 추락사한 서 모 씨(서정순)가
응급 베드에 실려 병원 안으로 들어간다.

9. 동 - VIP 병실 안 (밤)

창문 밖으로 그 모습을 내려다보던 조갑수, 끌끌- 혀를 찬다.
축하 꽃다발과 화환들로 도배되다시피 한 VIP 병실 안이다.
배변호사(30대 중반)와 휠체어를 끌던 백형사가 서 있다.

배변 기자들 눈이 많습니다. 퇴원은 내일 아침에 하시죠.
갑수 에이- 끝까지 성가신 것들.
배변 저 그리고...
갑수 ?
배변 ... 피해자들 말입니다. 정말 무고로 고소하실 겁니까?
어렵게 무죄 판결 받았는데- 법정에서 또 시비를 다투다
문제라도 생기면...
갑수 이봐요. 변호사 양반.
배변 ?
갑수 소문 들어 알겠지만, 나도 사시 패스했어요.
남들처럼 판검사 안 하고 경찰 특채로 곧장 들어가 그렇지,
(다가가 배변호사의 가슴팍을 손가락으로 쿡쿡 찌르며)
나도 경찰 옷 벗으면 너랑 똑같은 변호사라고, 무슨 말인지 알아?

배변　(당황) 네.

갑수　선배로서 하나 가르쳐줄까?
무죄 받았으면 무고로 갚는다.
이게 성폭행 재판의 기본이야.

배변　(갑수를 잠시 보다가) ... 알겠습니다. 고소 진행하겠습니다. (인사하고 간다)

조갑수 초조한 기색으로 바뀌어 백형사에게 묻는다.

갑수　(억센 사투리 억양으로 바뀌어)
어찌 됐노? 그 가스나 찾았나?

백형사　(고개 절레절레 흔들며)
이제 무죄 판결도 떨어졌는데 안심하셔도 (하는데)

갑수　(끊고) 10년 전에 내 그 가스나 집에 가, 고소 안 한다 각서 받을 때
카세트 있는 거를 봤단 말이지. 그기 영 마음에 걸린다...

백형사　... 그런 증거가 있다면 여태 가만히 있을 리가 없잖습니까?

갑수　뭔 속셈이 있을 수도 있는 기고... (영 찜찜한 표정이다)

10.　이듬이네 국숫집 – 쪽방 (밤)

가게 안에 딸린 작은 방 안
이듬이 영실의 다친 손가락에 빨간약을 발라주고 있다.

영실　(쓰리다) 살살 좀 발라라 쫌.

이듬　다 됐어. (하더니 후우후우- 불고 반창고까지 야무지게 감고)

영실　(새삼 대견한 듯 보다가) ... 야, 마이듬. 아빠 있는 애들이 부럽냐?

이듬　(심드렁) 뭐 그냥 그래, 요즘은.

영실　엄마가 어디 잘생긴 아저씨랑 결혼해서 새아빠 만들어줄까?

이듬　(어이없는) ... 잘생긴 아저씨가 엄마랑 결혼을 왜 하냐?
세상이 그렇게 만만한 줄 알아?

영실　(꿀밤을 때린다) 싸가지 없는 기집애, 진짜-

이듬 아 쫌!

구시렁거리는 이듬, 이불 속으로 들어가 배 깔고 눕더니
교과서를 읽기 시작한다.

영실 (그 모습을 보다가 옆으로 찰싹 붙으며) 야, 마이듬.
이듬 (귀찮은) 아, 왜?
영실 (팔꿈치로 툭 치며) 엄마랑 놀자, 어?
이듬 책 읽잖아.
영실 (보다가) ... 넌 대체 커서 뭐가 되려고 맨날 공부만 하냐?
이듬 (심드렁) 의사.
영실 허? 의사? (벌러덩 눕더니) 의사 조오치~
아픈 사람들 병 고쳐주고- 저기 어디 낙도 같은 데 찾아다니면서
무료 봉사도 하고-
이듬 (뭔 뜬금없는 소리를 하냐는 듯) 봉사? 난 그런 거 안 할 건데?
영실 의사 한다며?
이듬 어. 의사 해서 돈 많이 벌라고-
영실 (또 꿀밤) 어이그- 입만 열면 돈돈- 누가 들으면
엄마가 돈 한 푼 없는 그진 줄 알겠다, 기집애야.
이듬 나 혼자 잘살려고 그러는 줄 알아?
다 엄마 위해서 그러는 거지. 엄만 알지도 못하면서... 쯧!
영실 (하! 하이고- 어이없고 귀엽고/엉덩이를 토닥토닥하며)
그래그래- 열심히 해라. 딸 덕에 호강 좀 해보자.
이듬 (귀찮다는 듯 궁둥이를 밀어낸다)

영실, 그런 이듬이 귀엽다는 듯 웃다가
이내 표정 어두워진다.

(짧은 시간 경과)

영실, 방 안 구석에 있는 상자 속에서 뭔가 꺼낸다.

보면 겉면에 [1986년 11월 조갑수] 라 적힌 카세트테이프다.

- ***플래시백*** */ TV 화면- 호소하는 민지숙 검사의 얼굴*
"조갑수 경정이 무고한 여성들에게 저지른
추악한 범죄 사실을 반드시 밝혀낼 것입니다.
숨어있는 제보자의 용기 있는 결단을 기다리겠습니다."

영실, 생각에 잠긴 표정이 되다가...

11. 동 - 방 앞 / 안 (새벽)

아직 동이 트지 않은 새벽
세상모르고 자는 이듬 옆에 삐뚤삐뚤한 글씨로 메모가 놓여있다.
[엄마 잠깐 시장 간다. 8시까지 올게. 아침 유미네서 먹어.]

12. 동양병원 - 장례식장 (이른 아침)

이른 아침, 조문객도 없는 썰렁한 장례식장에 영실이 들어온다.
영정사진 액자 속에서 혼자 웃고 있는 서정순의 얼굴.

영실 (소리) 언니, 너무 늦게 왔지. 미안해.

주르륵- 나오는 눈물을 훔치는 영실,
단단히 결심한 표정이 돼서 돌아서 나온다.

13. 서울중앙지검 지숙 사무실 / 병원 지하 로비 공중전화 (아침)

사건기록 뭉치들이 산처럼 쌓여있는 사무실,

정장 차림으로 그대로 소파에 웅크리고 자던 지숙,
책상 전화벨 소리에 부스스 눈을 뜨고 누운 채로 받는다.

지숙　(눈 비비고) 네. 특수붑니다.
영실　(소리) ... 저기... 민지숙 검사님인가요?
지숙　네. 그런데요.
영실　(소리) 제보하려고 하는데요.
지숙　네, 말씀하세요.
영실　(소리) ... 조갑수... 서장...
지숙　(벌떡 일어나 앉는다)

- 병원 공중전화 박스 앞
영실　조갑수 서장이... 10년 전에 그 짓을 한 걸
자백한 테이프를 갖고 있어요.
지숙　(놀라) 거기 어딥니까?

14.　동양병원 - 3층 주차장 (아침)

병원으로 곧바로 연결된 3층 주차장-
차 한 대가 급히 서더니 지숙이 내린다.

15.　동 - 3층 로비, 승강기 앞 (아침)

지숙, 3층 로비 문을 열고 들어와 승강기 쪽으로 가는데-
조갑수와 짐 가방을 든 백형사가 승강기 앞에 서 있다.

갑수　(지숙을 알아보고) 아니, 이게 누구십니까?
지숙　(살짝 당황스럽지만 표정 수습) !
갑수　우리 정의의 여검사, 민지숙 검사님 아니십니까?

지숙 안녕히 주무셨습니까?

갑수 두 다리 쭉 펴고 잘 잤죠.
이래서 죄짓곤 못 산다는 말이 나왔나 봅니다.

지숙 과연 전설의 공안형사답네요.
무죄 판결에 억울하다고 자살한 서정순이
바로 (손가락으로 아래를 가리키며) 아래 있다는 건 까맣게 잊으셨겠죠?

갑수 (비웃는) 그러게 검사님이 좀 잘하지 그러셨습니까?

이때 승강기 문 열린다. 지숙, 타고

지숙 (보다가 미소) ... 재판 아직 안 끝났습니다. 조갑수 씨.

승강기 문 닫힌다.

갑수 저 가스나 저거, 내 신경 긁으려고 일부러 온 거 아이가? 쯧!

16. 동 - 지하 1층 승강기 앞 (아침)

영실, 손가방을 열고- 증거 테이프가 들어있는지 다시 확인한다.
손가방 지퍼 닫고, 품에 꼬옥 안는 영실. 승강기 문이 열린다.

17. 동 - 지하 1층 승강기 안 / 앞 (아침)

승강기 안에 탄 영실, 1층 누른다.
이어, 1층 문 열리고 내리려는데-
갑자기 응급 베드와 간호사들, 의사들 8-9명이
"죄송합니다 / 잠시만요!" 하며 우르르 탄다.
그 바람에 영실, 내리지 못하고 구석으로 몰리는데...

간호사　(급히 3층을 누르고) 죄송합니다. 응급 환자라서요.
영실　아, 네.

이어, 엘리베이터 3층 문 열리자-
의사와 간호사들, 응급 베드를 끌고 급히 나간다.
영실, 다시 1층을 누르다가 들어오는 누군가를 보고
얼굴이 하얗게 질린다. 바로 조갑수와 백형사다!!!
조갑수, 영실을 힐끗 보는데 알아보지 못하는 눈치다.
그 뒤로 서 있는 영실, 아무렇지 않은 듯 서 있지만
손이 바들바들 떨린다.

18.　동 - 1층 일각 (아침)

지숙, 공중전화로 영실에게 삐삐 메시지 녹음하고 있다.

지숙　민지숙입니다. 도착했습니다. 기다릴게요.

19.　동 - 승강기 안 / 앞 (아침)

1층 불이 꺼지고 문이 열린다.
조갑수와 백형사, 나가려는데- 등 뒤에서 삐삐- 소리가 들린다.
흘긋 쳐다보다가 갑수, 영실과 눈이 딱! 마주친다.
이때 승강기 옆을 지나쳐가는 지숙!

*- **플래시백** / 15씬*
지숙　(보다가 미소) ... 재판 아직 안 끝났습니다. 조갑수 씨.

갑수, 촉이 온다!
영실, 나가려고 하는데 갑수, 재빨리 닫힘 버튼을 누르고 백형사가 영실의 입을 확- 틀어막는다.

이듬 (소리) 엄마!!!!!!!!!!

20. 이듬이네 국숫집 - 쪽방 (아침)

이듬, 안 좋은 꿈을 꿨는지 식은땀을 흘리며 벌떡 일어난다.
두리번거리다가 머리맡, 8시까지 오겠다고 써두고 간
영실의 쪽지를 보고-
시계를 보면 아침 9시 40분이다. 확- 불안해지는 이듬.

21. 동양병원 - 1층 로비 (낮)

사람들 틈에 대형 TV를 앞에 두고 앉은 지숙-
계속해서 영실을 기다린 듯, 피곤하고 지친 기색,
시계를 보면 오후 2시다.
저쪽에서 김수사관이 다가와 앉는다.

수사관 CCTV 다 확인했는데요. 화질이 안 좋아서 식별이 안 되더라고요.
... 장난전화 같은데요.
지숙 (하아... 실망하는)

22. 유미네 식당 안 (저녁)

상금(50대 중반), TV 저녁 드라마를 보며 유미와 밥 먹고 있다.
문이 벌컥 열리더니 이듬이 엉엉 울며 들어온다.

이듬 할머니!!

상금 오매. 아가, 먼일이냐?
이듬 (꺼이꺼이 울며) 엄마가... 엄마가... 안 와요.

놀라는 유미와 상금의 얼굴.

23. 영실의 실종 - 몽타주 (낮/밤)

- 동네 일각
형사 두 명, 동네를 돌아다니며 영실의 사진을 보여주며
탐문수사하는 모습.

앵커 (소리) 장현동에서 식당을 운영하는 30대 중반 여성,
곽 모 씨가 보름이 넘도록 집에 돌아오지 않아
경찰이 수사에 나섰습니다.

- 동네 일각
초딩 이듬 동네 곳곳에서 전단지를 붙이고 나눠주며 영실을 찾고 있다.

- 동네 인근 하천
경찰들, 풀이 우거진 하천을 돌며 영실을 찾고 있다.

다른 앵커 (소리) 장현동 30대 식당 여주인 실종 사건을 수사 중인
경찰은 한 달이 지나도록 곽 씨의 행방이 잡히지 않자,
곽 씨가 납치됐을 가능성에도 무게를 두고
보강수사에 나섰지만- 이번에도 소재 찾기에 실패했습니다.

- 동네 일각
계절이 바뀌어 안개 섞인 가을비가 내리는 을씨년스러운 동네 풍경.
가로등에 붙어있는 [사람을 찾습니다] 전단지.
보면 영실의 사진이 붙어있다.

비에 젖은 채- 툭 떨어지는 전단지를 누군가 주워드는데 영실이다!
나갈 때 모습 그대로다. 영실, 전단지 속 자신의 얼굴을 보다가...

24. 이듬의 꿈 - 유미네 식당 앞 (밤)

간판도 없어지고 거의 폐건물이 되어버린 예전 국숫집.
영실, 슬픈 표정으로 국숫집을 쳐다보다가 등을 돌리는데
이때 고등학생 교복을 입은 이듬이
유미네 식당 문을 열고 나오다가 영실을 본다.

이듬 엄마?

무표정한 얼굴로 이듬을 잠시 보던 영실, 돌아서 간다.
"엄마!!" 영실을 알아본 이듬, 얼른 달려가는데-
어느새 안개가 자욱하게 밀려와 저만치 가는 영실이 보이지 않는다.
"엄마!! ... 엄마!!" 애달프게 영실을 부르는 이듬.

25. 어딘가 (밤)

이듬 엄마!!!!

하며 깜짝 놀라 눈을 뜨는 이듬, 어느새 30대 초반이 된 모습이다.
화면 커지면 화장실 변기에 앉아있다.

26. 검찰청 외경 (밤)

늦은 밤, 검찰청 건물 외경이 보인다.
자막 [2017년 서울]

27.　동 – 남자 화장실 안 / 밖 (밤)

'아 꿈이구나.' 침을 쓱- 닦는 이듬.
격무에 찌든 얼굴, 꾸깃꾸깃한 셔츠 위로 걸려있는
[검사 마이듬] 신분증.
이때 남자들 목소리가 들려온다.

박검　(소리) 야, 윤검. 담배 있냐?
윤검　(소리) 끊었습니다.
박검　(소리) 아- 독한 새끼. 혼자만 오래 살려고.
이듬　???

이어, 쫄쫄쫄- 소변보는 소리가 나자 이듬, 헉! 하는 표정.
카메라 위에서 내려다보면, 소변기 줄줄이 달려있는 남자 화장실 안이고,
이듬, 좌변기 칸에 떡하니 앉아있다.

이듬　(낭패스런 중얼) 미쳐, 미쳐...

역시 피곤한 기색의 박검사(40대 초)와 윤검사(20대 후반),
서로 번갈아가며 하품을 하며 소변을 누고 있다.

박검　아우 죽겠다. 벌써 몇 시간째냐?
윤검　(기억을 더듬는 표정이 돼서) ... 그저께 아침 8시에 공항에서
긴급 체포해와서... 지금 새벽 4시니까 마흔네 시간째네요.
박검　조사받는 거 보니까 그 의사 완전 빠꿈이던데?
윤검　계좌도 텅텅 비었다면서요?
박검　그러니까, 줬다는 놈은 있는데 받은 증거는 없지.
영장 쳐봤자 기각될 거 뻔하지.
아니까 버티는 거야, 지금. (물 내리고 세면대로 가서 손 씻는)

이듬 (문에 기대서 중얼) 내 말이...
윤검 그래두 마검사님 대단하지 않아요?
이듬 (자기 얘기 들리니까 문에 바짝 귀 대고) ?
윤검 아니, 어떻게 약식기소밖에 안 되는 의료법 위반을 갖고
병역비리로 키우죠?
박검 일 하나는 똑 부러지지. 걘 진짜 에이스야.
이듬 (흐뭇해서 고럼고럼~ 고개 끄덕거리는데)
윤검 그럼 이 사건 털고 가면
우검사님 제끼고 특수부 가는 겁니까?
박검 털어지겠냐? 받은 놈이 입 딱 다물고 있는데?
4시간 후면 마카오로 신혼여행 가서 룰루랄라하고 있을걸?
윤검 마카오라... 조오~켔다! 아 휴가 가본 지가 언젠지 (하는데)

이때- 탕!! 이듬이 나오더니
다짜고짜 박검의 멱살을 잡고 흔든다.

이듬 뭐라구요?
박검 (벙쪄) 아니 여기...
이듬 (다급히) 방금 신혼여행 어쩌구 하셨잖아요?
박검 아, 마카오? (하자마자)

다급히 뛰쳐나가는 이듬.
남겨진 윤검과 박검, '방금 뭐였지?' 하는 표정이 된다.

28. 검찰청 복도 / 계단 (밤)

계단과 복도를 급하게 뛰어가는 이듬.

29. 동 - 형사2부 이듬의 사무실 (밤)

사건기록 뭉치에 파묻힌 채로 책상에 엎드려 자는
손미영 계장(여/30대 후반), 보인다.
문이 쾅! 열리더니 이듬이 들어와, 손계장을 우악스럽게 흔든다.

이듬 손계장님!! 이도진 출입국 기록! 빨리빨리!!!
손계장 (자다 말고 깨서) 네?

30. 동 - 조사실 (밤)

편면경을 사이에 두고 조사실과 관찰실로 나뉘어있다.
흰머리가 머리 절반을 덮은,
강퍅한 인상의 오수철 부장검사(40대 후반)의 시선을 따라가면,
조사실 안, 단단히 약 오른 표정의 우검사(30대 중반),
자료 뭉치를 테이블 위에 쾅! 내리치더니 박차고 나오는 모습.
유들유들한 미소를 지으며 앉아있는 병역비리 의사(이하 비리 의사),
전혀 동요하지 않는다.

- 관찰실

우검 (나오며) 구멍이 없습니다. 구멍이. 어쩌죠?
오부장 그러니까 내가 확실한 증거 나오면 그때 하자고 했잖아.
덮어놓고 긴급 체포한 놈 어딨어? 어? 마이듬이 어딨어?

때마침 이듬이 서류철을 갖고 들어온다.

오부장 마검사, 너 이거 어떻게 책임질 거야? 어?
(조사실을 가리키며) 저 자식은 완전 배 째라로 나오고,
우리만 개망신당하게 생겼잖아.
이듬 (서류철을 보이더니) 해결하고 오겠습니다.

오부장 뭐 인마?

- 조사실
이듬이 미소를 지으며 병역비리 의사 앞에 앉는다.

비리 의사 슬슬 공항으로 출발하게 그만하시죠?
요즘 국제선 타려면 3시간 전에 도착해야 돼서...
이듬 여행 좋아하나 봐요, 이도진 씨?
비리 의사 왜요, 그것도 문젭니까?
이듬 우리 이도진 씨는 해외여행 간 중에 어디가 제일 좋았을까...
비리 의사 (하!) 지금 뭐하자는 겁니까?
이듬 갑자기 궁금해져서 내가 찾아봤거든요.
(기록들을 촥촥 넘겨보며) 작년 1월에 홍콩 마카오
작년 5월에 홍콩 마카오 작년 7월에 홍콩 마카오...
이거 완전 마카오 성애자구만.
비리 의사 (얼굴이 굳는다)
이듬 (다른 기록들을 촥촥- 넘기더니) 국내는 또 어딜 좋아하시나 봤더니...
강원도 정선이네? 그쪽에서 찍은 사진, 잘 나온 거 하나 있던데?
(하며 뭔가를 꺼내 앞에 내밀면)

정선 카지노 안 CCTV에 찍힌 비리 의사와 약혼녀(20대 중반) 사진이다.
비리 의사, 놀라 눈이 커진다.

비리 의사 (목소리 떨리는) 그냥 구경하러 간 겁니다.
그리고 우리 미진인 건드리지 마시죠.
이듬 (하!) 지금 약혼녀 걱정할 때가 아닌 거 같은데?
나 여기 오기 전에 어디 있었는지 알아요?
비리 의사 ?
이듬 춘천지검 특수부!
비리 의사 !!!

- 관찰실

오부장과 우검사, '엥?' 하는 표정이 된다.

우검사　마검사 동부지검 공판부 있다 오지 않았습니까?

오부장　또- 기술 들어가는구만.

- 조사실

이듬　분명 브로커는 의사 양반한테 1억을 쐈다고 했는데,
계좌는 왜 깨끗할까 궁금했는데- 이제 퍼즐이 쫙 맞춰지더라고, 왜냐?
내가 춘천지검 있을 때 너 같은 분들, 눈이 시리게 봤거든.
내기할까? 앞으로 24시간 안에 어디에 있는 사설 하우스에서
무슨 종목으로 얼마나 땡겼는지 알아내나, 못하나?

비리 의사　(머릿속이 바쁘다) ...

이듬　어떡할까, 의사 양반.
불법 의료시술에 원정도박 혐의까지 추가되면
의사 가운 다신 못 입을 텐데-
여기서 명단 넘기고, 하나만 받을래?
아니면 더 버티다 두 개 다 받을래?
물론 나야 두 개 받으면 좋지. 쫌 있으면 정기 인사거든.

비리 의사　... 비리 명단만 넘기면... 저 어디까지 봐줄 수 있는 겁니까?

- 관찰실

승리의 미소를 지으며 나오는 이듬-
흐뭇해진 오부장, 이듬에게 다가가

오부장　수고했어, 인마. (어깨를 두드리다가 이듬의 팔뚝을 꾸욱- 잡는다)

살짝 불쾌해지려는 이듬, 분위기상 하하 웃고 만다.

31. 검찰청 외경 (아침)

카메라 앞에 선 방송기자가 검찰청 건물을 배경으로
뉴스 멘트 따고 있다.
그 뒤로 카메라를 든 기자들이 바쁘게 건물 안으로 들어가는 모습.

기자 서울 강남의 모 정형외과 병원에서
고의로 어깨 탈구 수술을 받고 병역을 면제받은
병역기피자들이 적발됐습니다.
이들 가운데는 유명 연예인, 운동선수, 고위층 자제들까지
포함되어 있어 충격을 주고 있는데요.
잠시 후 서울중앙지검 형사2부 브리핑을 통해 자세한 수사 결과
소식을 전해드리겠습니다.

32. 동 - 이듬의 사무실 안 (아침)

이듬은 바쁘게 뭔가 열심히 타이핑하는 모습.
컴퓨터 모니터에 [병역비리 수사 결과 발표자료] 큰 글자가 보인다.

이듬 (중얼중얼거리며 타이핑하느라 정신없는) ... 더욱 박차를 가할
것입니다... 이상으로... 브리핑을 마치겠습니다. 끝!
(인쇄 버튼 누르고 아구구- 기지개를 켜며 일어난다) 죽겠다...

이때 흑마늘즙 같은 것을 쪽쪽 빨면서 창문 밖을 내다보던 손계장,

손계장 방송국 기자들 엄청 왔는데요, 검사님? (하고 이듬 보더니)
근데 그러구 나가도 되겠어요...?
이듬 네? (하고 벽거울 속 자신을 보더니 호들갑 떠는) 어머 눈곱!
어머어머 다크! (후다닥 서랍 안에서 팩트를 꺼내더니 처바르는데)
손계장 마검사님, (가슴팍 쪽을 가리키더니) 거기도!

이듬 (거울 보면 라면 국물 자국이 나있다) 아우 이건 또 언제...
(급한 대로 침 발라서 지우다가 그냥 팩트를 두드린다) 됐죠?
손계장 (엄지 척 하며) 퍼펙!

만족한 듯 미소 짓는 이듬의 얼굴에서...

33. 동 - 브리핑장 (낮)

어이없다는 표정을 하고 있는 이듬의 얼굴로 연결.
화면 커지면 기자들의 플래시 세례를 받으며
브리핑 원고를 읽는 검사는 이듬이 아니라 우검사다!

*- **플래시백** / 브리핑장 일각*
이듬, 잔뜩 화가 난 표정으로 앞에 서 있는 박검사에게 따지고 있다.

이듬 애초에 병역비리 사실 인지한 것도 나!
신혼여행 핑계 대고 내빼던 거 잡아온 것도 나!
증거 들이대서 자백 받아낸 것도 나! 나잖아요!
박검 어떡하냐, 그럼? 군대도 안 갔다 온 여검사가
병역비리 사건 브리핑이 웬 말이냐고
오부장님 난리 치는데?
이듬 (황당) 아니 부장님은 왜 이럴 때만 날 여자로 보신대?
박검 마검 니가 양보해. 우검사가 너 선배잖아.

다시 브리핑장

이듬, '선배는 개뿔-' 하는 표정으로 우검사를 향해 레이저 눈빛 쏜다.

우검 멀쩡한 어깨를 가진 병역기피자들에게 어깨 탈구 수술을 시행,
병사용 진단서를 발급해주고

총 3억 원의 이득을 챙긴 것으로 파악됐습니다.
저희 형사2부는 이와 유사한 방법의 면탈자가
더 있을 것으로 보고 추가 수사를 통해 여죄를 밝힐 계획입니다.

이때 앞쪽에 앉아있던 한기자(여/30대 중반)가 손 들고 질문한다.

한기자 병역기피 리스트를 입수하는 과정에서
아주 중요한 제보자가 있었다고 하던데요.
우검 ?
한기자 제보자가 누굽니까? 어떻게 입수하게 됐는지 경로를 밝혀주십시오.

당황해서 어버버 하는 우검사, 기자들 다들 의혹의 눈초리로 보자
오부장, 수습하려 나서는데...

오부장 그게 중요한 일도 (아니고)
이듬 저어... (나선다)

다들 이듬에게 시선 집중되는데...

이듬 수사 담당 검사로서
정확히 짚고 넘어가야 될 것 같은데요, 부장님? (오부장을 보면)
오부장 (할 수 없이 끄덕)
이듬 (연단으로 가서 우검사가 쥔 마이크를 자연스럽게 뺏는다)
안녕하십니까, 형사2부의 (강조해서) 마. 이. 듬 검사라고 합니다.

이듬을 향해 터지는 플래시.

이듬 (시크한 표정으로) 제보자가 아니라 피의자의 약혼녑니다.
결혼을 앞둔 예비 신부의 진정성 있는 호소에
해당 피의자의 양심이 움직였고, 저희는 그 점을 파고들어
병역비리 리스트를 잡을 수 있었습니다.

이 과정에서 절대 강압적인 수사는 없었음을 말씀드립니다.

기자1 결혼 전이었습니까?

이듬 예. 피의자의 결혼 이틀 전, 비리 사실을 인지한 저희 검찰에서
의사와 해당 병원에 대한 압수수색이 있었고...

이듬의 수사 경위를 다시 받아 치는 기자들.
우검사, 열받은 표정으로 이듬을 보면...

*- **플래시백** / 브리핑장 일각*
박검사, 이듬에게 양보를 종용하던 상황으로 돌아오면...

박검 억울하겠지만 우검사한테 양보해. 우검사가 너 선배잖아. (간다)

열받은 이듬, 씩씩거리며 가다가 브리핑장으로 달려오던
한기자와 부딪힌다.
이때- 이듬이 들고 있던 서류철이 떨어지면서
속에 있던 사진들과 종이들이 바닥에 흩어진다.
'아~' 짜증나는 이듬, 종이들을 줍고
한기자도 "죄송합니다." 하며 사진들을 줍다가 어? 하는 표정이 된다.
이듬, 보면 정선 카지노 CCTV에 찍힌
*비리 의사와 약혼녀의 사진(*씬30)이다.*

한기자 (호기심 가득한 눈초리로 사진을 보더니) 어? 이 사람
그 의사죠? 병역비리. 옆에 여자 누구예요?
이듬 아...
한기자 아, 저 중아일보 한정미 기자라고 합니다.
그러지 말고 살짝만요, 네?
이듬 (순간 뭔가 떠오른 표정이 돼서) 살짝요?
한기자 (끄덕!)
이듬 (은밀히) 그게... 자세히 말씀드리긴 좀 곤란하고요.
그냥 이번에 병역비리를 터뜨리게 만든 일등공신이라고 해두죠.

한기자 일등공신? 브로커?
이듬　브리핑 때 질문하시죠.
아주 친절하게 설명드릴게요. (싱긋 웃는다)
한기자 ?

다시 브리핑장

이듬　이번 수사가 병역의무 특혜를 뿌리 뽑는 초석이 되길 바랍니다.
지금까지 형사2부 (또박또박 힘주어) 마이듬 검사였습니다.
이상 브리핑을 마치겠습니다.

우검사, '그래- 너 짱 먹어라' 하는 듯 썩소와 함께 엄지 척- 하는데,
이때 오부장 어딘가를 보더니 눈이 커진다.
지검장(남/50대)이 차장검사의 안내를 받으며 브리핑장으로 들어온다.
이듬도 '헉- 지검장님!' 놀라고, 오부장 이하 형사2부 검사들 모두
지검장을 향해 깍듯이 인사한다.

지검장　(일일이 악수하며 치하하는) 고생 많았어요... 오부장도 고생했어...
고생했습니다... (하다가 이듬과 악수하며) 자네가 마이듬 검사구만.
일을 아주 잘한다며?
이듬　(넉살 좋게) 네. 제가 좀 잘합니다.
앞으론 더 잘할 테니 눈여겨봐주십시오! (꾸벅)

34.　단란주점 - 룸 안 (밤)

"부장님 향한 나의 사랑은 특급 사랑이야~
태평양을 건너~ 대서양을 건너~ 인도양을 건너서라도~"
이듬, 무슨 일이 있었냐는 듯- 시치미를 뚝 떼고
아부성 가무에 최선 다하고 있다.
오부장, 재롱잔치 보듯 흐뭇하게 웃으며- 감상 중이고

나머지 검사들 분위기 맞추느라 코러스 넣고- 술 따라주고-
이어, 노래 끝나고-

이듬 (오부장 향해) 감사합니다. 부장님!
오부장 야, 마이듬이 센스 봐라, 아주 죽이네.
어이 마검사, (옆에 빈자리를 손으로 탁탁 치며)
그만 부르고 얼렁 와봐- 우리 팀 홍일점 아냐.
홍일점이 따라주는 술 좀 마시자.
이듬 (불쾌하지만 넉살 좋게 받으며) 아 네! 그럼요, 홍일점 갑니다! (하고)

오부장에게 가는 척하는 이듬, 소파에 놓여있던 노래 리모컨 버튼을
꾹- 누른다. 이번엔 유행하는 아이돌 노래 전주가 나오자-

이듬 웁쓰!! 십팔번인데! 이거 딱 한 곡 하고 갈게요~

다시 스테이지로 나가서 노래하는 이듬,
쩝- 입맛 다시는 오부장, 우검사가 얼른 술 따라준다.
이때 문 열리더니 브리핑장에서 질문하던 한기자가 들어온다.

한기자 실례합니다~
오부장 (반가워하며) 오우-- 우리 미모의 한기자!

이듬과 한기자 시선 마주치면, 살짝 눈인사한다.

(짧은 시간 경과)

윤검, 박검, 우검 다들 널브러진 가운데-
한기자와 오부장만 둘이서 뭔가 얘기 중이다.
이듬, 피곤해 죽을 것 같은 얼굴로 옆에 앉아있다.

한기자 리스트 공개 언제 하실 겁니까,

저 특종 하게 이번에 좀 밀어주시죠?

오부장 나야 늘 한기자를 팍팍 밀어주지
(하면서 한기자의 허벅지를 팍팍 친다)

한기자 (당황스럽지만 억누르고) 저번에 제이일보 기자가 특종 하는 바람에
저 완전히 물먹고 짤릴 뻔한 거 아세요? 배후가 오부장님이라고
기자들 사이에 소문 쫙- 돌았어요.

오부장 기억이 안 나는데? (한기자의 어깨에 손 올리고 치근덕거리는)

한기자 그러지 말고 비리 명단 중에 이니셜이라도 네?

오부장 그걸 맨입으로? (손을 또 허벅지에 올리고 슥슥-)

이듬 (또 시작이구만 싫어서 고개를 절레절레)

한기자 (오부장 손 치우고 잔 들며) 그럼 러브샷 한잔할까요?

오부장 러브샷은 됐고, 한기자 너 오늘따라 왜 이렇게 뻣뻣하냐? 응?
특종 하려면 취재원하고 스킨십이 중요한 거 아냐? 어?
(한기자 어깨에 팔을 두르며 억지로 포옹-)

오부장에게 갑자기 포옹 습격당한 한기자,
순간 이듬하고 눈이 마주친다.
괜찮다는 듯 어정쩡하게 웃는 한기자. 민망한 이듬, 일어나 나간다.

35. 동 - 여자 화장실 안 (밤)

세면대 앞에 선 이듬, 짜증난다는 듯 물 세게 틀어놓고
손을 팍팍 닦는다.

이듬 아 저놈의 손모가지를 진짜-

이어, 페이퍼타월로 손 닦는데-
이때 밖에서 실랑이 벌이는 소리가 들린다.

오부장 (소리) 가만있어봐.

한기자 (소리) 오부장님 취했어요, 그만하세요, 네?

이듬 (오부장?)

36. 동 - 여자 화장실 앞 / 안 (밤)

오부장, 한기자의 양팔을 잡은 채로 벽에 밀어붙이더니
억지로 키스한다. 한기자, 고개를 돌리려고 버둥거리다가
화장실 문을 열고 나오려던 이듬과 눈이 마주친다.
정신을 차린 한기자, 있는 힘을 다해 구둣발로
오부장의 발등을 찍어버린다.
윽!!! 통증에 한기자에게서 떨어지는 오부장.
한기자, 그 틈에 후다닥 도망치고, 오부장, '어구구-' 바닥을 구른다.
이 모든 광경을 목격한 이듬, 오부장과 눈이 마주치려는 순간-
자기도 모르게 얼른 화장실 문을 닫아버린다.
이듬, 못 볼 꼴을 보고 만 더러운 느낌이다.

37. 단란주점 앞 (밤)

오부장, 우검의 부축을 받고 대기하던 택시 안에 탄다.
박검, 윤검 "조심히 가십시오." 배웅 인사한다.
택시 떠나면 한쪽에 떨떠름한 표정 짓고 있는 이듬이 보인다.

박검 (이듬 보더니) 부장님 많이 취했나 봐?
계단에서 제대로 구른 거 같던데?
이듬 구른 게 아니라, 찍힌 거겠죠.
박검 어?
이듬 (말하기도 싫다) 저 이만 물러갑니다. (간다)

38. 이듬의 오피스텔 – 1층 로비, 승강기 앞 (밤)

이듬, 더럽고 피곤하고 짜증스런 기분으로 로비에 들어서는데
승강기 앞, 모자를 깊숙이 눌러 쓴 남자가 서 있다.
이듬, 남자를 보자 자동 경계 모드가 돼서
반대편 승강기 버튼을 누르고 기다리는데-
모자남, 이듬을 보더니-
자기 쪽 승강기 버튼을 취소시키고 옆에 선다.
이듬, '뭐야?' 싶어서 남자를 힐끗 본다.
이듬을 향해 씨익- 미소 짓는 이 남자.
왠지 촉이 싸~ 해오는 이듬, 이때 승강기 문이 열린다.

39. 동 – 승강기 안 (밤)

승강기에 탄 이듬, 8층 누르고-
모자남이 어떻게 하나 본다.
이듬의 예상대로 모자남, 버튼 안 누른 채 가만히 있다.

이듬 저기요. 안 눌러요?
모자남 ... 네?
이듬 몇 층 가시냐고요?
모자남 (그제야 승강기 버튼을 보더니) 아, 8층이요.
이듬 그러시겠지.
모자남 ?
이듬 (중얼) 아나- 이거 변태들이 창궐하는 밤이구만.
모자남 네?
이듬 네는 뭐가 넵니까? 지금 너님 얘기하는 거잖아요?
모자남 왜 그러시죠?
이듬 처음 봤을 때부터 딱 수상했어.

어? 저쪽 승강기 있다가 내가 와서 이쪽 누르니까
나 따라 탄 거 맞잖아요.

모자남 아, 그거 홀수층인 줄 모르고 서 있다가 그런 건데...

이듬 (8층 버튼 가리키며) 이거는요?

모자남 저도 8층 삽니다.

이때- 승강기 문 열린다.

이듬 잘됐네. 그럼 어디 가봅시다.
거짓말인 거 뽀록나면 바로 신고 들어갈 테니까.

모자남 (기가 막혀 보다가) 저기요. 지금 그쪽 좀...
오바한다는 생각 안 드세요?

이듬 그러니까 가보시라고!

'하-' 모자남, 승강기에서 내린다.
이듬, 여차하면 신고할 기세로 스마트폰을 쥐고 따라 내린다.

40. 동 - 복도 (밤)

이듬 (모자남을 따라가며) 등짝에 식은땀 나는 거 다 보여요.
그냥 실토하시죠.

모자남 (기가 막혀 웃으며 간다)

이듬 어어? 지금 어딜 가는 거예요? 거기 내 집... (하는데)

모자남 (카드키 대고 문 연다) 됐죠? (하고 쏙 들어간다)

탕! 닫히는 문.
남겨진 이듬, 쪽팔림에 절로 손발이 오그라진다.

41. 이듬의 오피스텔 안 (밤)

이듬　　으아앙아앙아앙악!!!!!!!

침대 위, 광란의 발버둥치는 이듬.

이듬　　(벌떡 일어나) 다 오부장 그 새끼 때문이야!

- **플래시백** / *36씬*
오부장, 버둥거리는 한기자를 붙들고 억지로 키스하던 역겨운 장면!
한기자, 당황해서 이듬을 쳐다보던 눈빛!

이듬　　(떠올리기만 해도 짜증난다) 어뜩하지 그 기자?
(하다가) 아, 몰라 몰라. 내 일 아냐. 내 일 아니다, 마이듬.

42.　검찰청 외경 (낮)

자막 [2주일 후]

이듬　　(황당한 소리) 어머, 이거 뭐니?

43.　동 - 이듬의 사무실 안 (낮)

이듬, 자기 이름이 박힌 참고인 출석 통지서를
황당한 표정으로 보는데-
손계장, 마침 사건기록 카트를 끌고 들어온다.

이듬　　(손계장에게) 손계장님. 뭐예요, 이게?
손계장　(보더니) 어머어머- 진짜 왔네?
이듬　　뭔데요?

손계장 중아일보 한기자, 오부장님 성추행으로 고소했잖아요!

이듬 (올 것이 왔구나 싶다) ... !!!

담당 검사는요? 당근 오부장님 라인이겠지만...

손계장 (정색) 아뇨. 오부장님, 이번에 제대로 걸린 것 같아요.

이듬 ?

손계장 글쎄 이 사건 담당이 형사8부 김부장님이시래요.

이듬 (놀라며) 아, 저번 인사 때 오부장님 때문에 물먹은?

손계장 거기다 수사검사도 대박이래요.

김부장님이 총애하는 초임검산데,

검사윤리강령 달달 외우고 다니시는 정통파 도른자?

*- **인서트** / 조사실 안*

오부장, 붉으락푸르락해서 앞에 있는 담당 검사에게 호통-

담당 검사, 어두운 조명으로 가려, 마치 베일에 싸인 것처럼 보이는-

오부장 (책상을 탕탕 쳐가며) 야 인마, 넌 취하면 여자랑 스킨십 안 하냐?

이런 걸 성추행이라고 하면- 대한민국 남자들 전부 감옥 가야 돼.

어둠 속 검사, CCTV에 찍힌 사진을 오부장 앞에 놓아준다.

화질 선명하진 않지만- 한기자에게 억지로 키스하는 모습은 제대로 찍혔다.

이듬 (헉! 놀라는)

손계장 그 검사님 별명이 출포검이래요, 출포검.

이듬 출포검?

손계장 출세를 포기한 검사.

오부장님이 합의하에 한 거라고 계속 잡아떼니까-

그 여기자가 마검사님이 현장 목격했다고 얘기했나 봐요.

이듬 (아- 짜증나는) 아무리 출세를 포기해도 그렇지-

어떻게 부장검사 조사를 맡아?

그 검사, 이름이 뭐래요?

손계장 ... 여... 검사라고 하던데?

이듬　　여검사요?

44.　진욱의 사무실 안 (낮)

[검사 여진욱] 명패가 놓인 책상을 마주하고 앉은 이듬과 진욱.
진욱, 승강기에서 마주친 바로 그 남자다.
잔잔히 미소 띤 얼굴로 이듬을 보는 진욱,
그날 밤의 음침한 느낌은 온데간데없이 훈내만 폴폴 풍긴다.

이듬　　(눈을 가늘게 뜬 채로 진욱을 보는/소리)
뭐야, 도른자치곤 멀쩡하게 생겼네?
진욱　　맞죠? 그날 엘리베이터?
이듬　　(딴청 피우는) 뭐 어디서 마주친 거 같긴 한데, 딱히...
진욱　　(피식) 조사 시작하겠습니다. 바쁘신 분이니 빨리 끝내드리죠.
이듬　　(짜증/소리) 남의 일에 엮이는 거 딱 질색인데.
진욱　　현장을 목격한 이상 남의 일이 아니죠.
이듬　　혹시 내 생각이 들리세요?
진욱　　얼굴에 써 있습니다.
이듬　　(그제야 표정 수습하며) 그날 일이라면... 기억이 잘 안 나네요.
술이 많이 취했었거든요. 중간중간 필름도 좀 끊긴 거 같고-
진욱　　그거 아세요? 범죄 현장을 목격한 사람도
피해자랑 비슷한 피해 의식에 시달리는 거?
이듬　　?
진욱　　그날 엘리베이터에서요.

*- **플래시백** / 승강기 안에 서 있는 이듬과 진욱*
트레이닝복에 슬리퍼 차림, 편의점 비닐봉지 든 진욱의 모습 보이는 위로

진욱　　(소리) 저는 생수가 든 편의점 비닐봉지도 들고 있었고,
츄리닝에 슬리퍼 신고 있었어요.

딱 봐도- 바로 입주민처럼 보였을 텐데-

이듬　(이제 돌이켜보니 아차 싶은) !!!
진욱　근데 마검사님은 보자마자 저한테 뭐라고 하셨죠?

- **플래시백** / *39씬*
이듬　아나- 이거 변태들이 창궐하는 밤이구만.

진욱　마검사님은 그날 밤, 오수철 부장이 한정미 기자를
성추행하는 모습, 똑똑히 목격했을 겁니다.
같은 여자가 당하는 모습 보고 기분이 좋았을 리는 없겠죠.
거기다 성추행범들은 상습적인 패턴을 보입니다.
아마 마검사님도 비슷한 스트레스를 받았을 겁니다.

- **플래시백** /
30씬. 비리 의사 신문 마치고 나왔을 때 이듬의 팔뚝을 꾸욱- 잡던 오부장
34씬. "홍일점이 따라주는 술 좀 마시자!" 하던 오부장.

이듬　(반박할 수 없는) ...
진욱　그래서 엘리베이터에서 저를 봤을 때-
평소보다 훨씬 더 공격적으로 오버 리액션 한 겁니다. 그죠?
이듬　(흠- 자기도 모르게 고개를 끄덕끄덕한다)
진욱　... 편하게 말씀해주세요. 그날... 목격하셨죠?
이듬　(얼결에) 네 (하다가 정신 차리고 정색) 아뇨?
진욱　방금 네라고 하셨는데요?
이듬　내가요? 아뇨? 아뇨라고 했는데요? (벌떡 일어나며)
전 할 얘기 다 했습니다.
술이 너무 취했고요. 기억도 전혀 없습니다!

45.　동 - 이듬의 사무실 안 (낮)

이듬, '어씨- 하마터면 넘어갈 뻔했잖아' 구시렁거리며 들어온다.
"허? 진짜? 대박!" 하며 누군가와 통화 중이던 손계장,
이듬을 보더니 "이따 통화하자!" 끊더니

손계장 검사님!
이듬 왜요?
손계장 저 방금 여검사님에 대해서 완전 흥미로운 뉴스를 들었는데요.
이듬 ?
손계장 그분이요, 원래 정신과 의사였대요.
거기다 로스쿨 3년 내내 수석에, 변시(변호사 시험) 성적까지 탑! (엄지 척)
대박이죠?
이듬 정신과 의사였대요? (기막힌) 아씨- 어쩐지... (하는데)
손계장 설마 마검사님도 그날 본 거 다 얘기하고 오신 거예요?
이듬 (어이없다는 듯) 아니- 손계장님.
잡범들한테나 통하는 그런 잔기술에
넘어갔을 거 같아요? 내가? (하는데)

전화벨 울린다.

이듬 (받는) 네, 마이듬입니다. (목소리를 듣더니 얼굴 굳는다)

46. 동 - 오수철 부장검사 사무실 안 (낮)

이듬, 오부장과 마주 앉아있다.

오부장 브리핑장에서 박차장님 봤지?
박차장님이 검찰국장으로 영전하셔, 이번에.
이듬 ?
오부장 박차장님이 중앙지검 특수부 세 번째 자리로

자네랑 우검사 둘 중 하나를 염두에 두는 것 같던데-

이듬　!

오부장　마검사 연수원 졸업하고 지금까지 쭉-
인사이동 때마다 특수부 지원했지?

이듬　네.

오부장　한기자 일... 똑 부러지게 처리해주면
이번엔 원하는 그 자리로 갈 수 있을 것 같은데...

이듬　그 일이라면 벌써 담당 검사한테 기억이 안 난다 진술하고 왔습니다.

오부장　그걸론 부족하지.

이듬　?

오부장　내일모레 징계위 열리는 거 알지?
마검사가 직접 한기자 만나서 애원을 하던, 협박을 하던지 간에
무조건 고소 취하하게 만들라고.
같은 여자끼리니까 통하는 게 있을 거 아닌가?

이듬　(불쾌한데)

오부장　(이듬의 어깨를 툭- 치며) 한기자 일 깔끔하게 털어내고-
같이 (손가락으로 천장을 가리키며) 올라가자고-

47.　동 - 이듬의 사무실 안 (밤)

늦은 밤, 이듬, 혼자 앉아 골똘한 표정으로 뭔가를 본다.
시선을 따라가면 20년 전 영실과 함께 찍은 사진이다.
사진 속 엄마를 향해 슬픈 미소를 짓는 이듬.

오부장　(소리) 같이 올라가자고-

이듬, 결심한 듯 사진을 지갑 속에 넣고 벌떡 일어난다.

48.　아파트 단지 외경 (밤)

49. 한기자네 아파트 - 현관 앞 (밤)

문 앞에 선 이듬, 심호흡 한 번 하고 초인종 누르는데-
웬 어린아이 목소리가 튀어나온다.

한기자 딸 (소리) 누구세요?

50. 동 - 거실 (밤)

설거지가 넘쳐나는 주방, 그림책과 장난감이 널브러져 엉망인 거실-
한기자 딸(10살), 푸석한 얼굴의 한기자 옆에 꼭 붙어서-
잔뜩 경계하는 눈빛으로 이듬을 본다.

한기자 (소리) 고소 취하하라고요?

51. 동 - 서재 안 (밤)

한기자 (어이없다는 듯 웃음) 오수철 부장 대단하네요.
편집국장까지 구워삶아서 고소 취하하라고 하더니-
이젠 부하 검사까지 집에 보내요?
이듬 ...
한기자 마검사님도 그날 봤잖아요. 오부장이 어떻게 했는지.
같은 여자로서 화도 안 나요?
이듬 부장님도 그러시더라고요.
같은 여자끼리 통하는 게 있을 테니까 얘기 잘해보라고.
한기자 하!
이듬 3년 전, 지방 신문 여기자가 지청 부부장한테

성추행당한 적이 있어요. 그땐 다른 여기자들도 같이 있던 자리라
한기자님보다 훨씬 더 유리한 조건에서 고소했죠.
... 어떻게 됐을 것 같아요?

한기자 ?

이듬 담당 검사는 차일피일 수사를 미루다
결국 기소유예로 처리했고,
고소당했던 부부장은 지금 영전해서 대검 가 있어요.
그 여기자요? 사표 내고 우울증 치료받다가
지금은 호준가 뉴질랜드로 이민 준비한다고 하더라고요.
현명하게 생각하세요, 한기자님.

한기자 허! 당신들 진짜 대단하다.
70대 노인네가 7살짜리 여자애 귀엽다고 뽀뽀한 거 갖고
강제 성추행으로 1년 때렸잖아,
근데 취재하러 온 기자 끌어안고 허벅지 만지고
것도 모자라서 화장실까지 쫓아와서 강제로 키스까지 한 개저씨는
죄가 없다는 거야?

이듬 취하 안 하면- 괴로워질 겁니다.
오부장, 맘만 먹으면
기자 하나 매장시키는 건 껌이죠.

한기자 (이듬의 머리통을 갈기며) 지금 어디서 협박이야?

이듬 (머리 다시 가다듬고, 심호흡하더니 무릎 꿇는다)

한기자 ?

이듬 때리세요...

한기자 뭐?

이듬 저를 오부장이라 생각하고 분이 풀릴 때까지 때리시라고요.

한기자 마검사 진짜 대단하다.
이렇게까지 해서 출세가 하고 싶어요?

이듬 뭐라고 해도 상관없습니다. 고소 취하하세요.
그래야 저도 살고, 한기자님도 살아요.
오수철 부장- 절대 사과 안 할 겁니다.
1년 싸우다 나가떨어지나- 지금 나가떨어지나 결과는 마찬가지예요.

한기자 (하하- 치밀어 오르지만 반박할 수 없고)

52. 동 - 거실 (밤)

이듬, 표정 안 좋아서 나온다.
이때, 한기자 딸이 쪼르르 다가오더니 뭔가를 내민다.
보면 딸기 맛 사탕이다.
이듬, 마지못해 받아들고- 한기자를 향해

이듬 그럼 잘 알아들은 걸로 알겠습니다. (인사하고 간다)

53. 검찰청 근처 편의점 안 (밤)

이듬, 캔맥주 큰 거 하나를 계산대 위에 올린다.
알바, 띡- 바코드 찍자마자 바로 캔 따서 나가는 이듬.

54. 검찰청 근처 편의점 앞 (밤)

꾸역꾸역- 끊지도 않고 원샷하는 이듬.
다 마시고 입가에 묻은 맥주를 손등으로 쓱 훔치는데,
핸드폰 울린다. 보면 070으로 시작되는 번호다.
'뭐야' 싶어서 바로 끊어버리는 이듬.
기분도 더러워 캔을 우그러뜨리다가 흠칫! 한다.
맞은편에 낯익은 얼굴들이 보인다.
보면- 오부장과 우검사가 박차장(*브리핑장에 왔던)과
양쪽에서 어깨동무하고- 택시 잡고 있다.
택시 잡히자 박차장 올라타고- 오부장과 우검사,
깍듯이 인사하는 모습. 이듬, 촉이 싸~ 하다.

55. 대검찰청 외경 (낮)

56. 동 - 징계위 조사실 (낮)

감찰부 소속 징계위원들 세 명이 나란히 앉아있다.
그 앞으로 오부장이 느긋한 표정으로 앉아있고-
긴장된 기색이 역력한 한기자.
그 옆으로 진욱, 조사검사로 배석하고 있다.

오부장 술에 취해 기억은 없지만-
한기자가 불쾌했다면 사과하겠습니다.
하지만 강제로 키스를 했다거나 그런 일은 절대 없었다는 걸
참작해주셨으면 합니다.
위원1 한기자, 오부장도 사과하니 이쯤에서 마무리하시죠.
한기자 (어처구니없어) 뭐요?
오부장 그래, 앞으로 안 볼 사이도 아닌데, 화 풀고 좋게좋게 가자고, 어?
진욱 그건 아니라고 생각합니다.
오부장 뭐, 인마?
진욱 오부장님이 강제 성추행했다는 정확한 증거가 있습니다.
이를 반영해 결정해주셨으면 합니다.
위원2 여진욱 검사, 여긴 형사법정이 아니라 징계위원회입니다.
시시비비를 따지자고 모인 게 아니란 말입니다.

이때, 이듬이 들어와 목례한다.
오부장, 내 편이 왔구만 싶어 반가이 보고-
이듬도 오부장을 향해 안심하라는 듯 미소 짓는다.
한기자, 한통속이구만 싶어 입술을 깨무는데-

이듬 (징계위원들을 향해) 마이듬 검삽니다.
그날 일에 대해 있는 그대로 증언하겠습니다.

오부장 그래, 있는 그대로- 어디 한번 시원하게 얘기해봐.

이듬 넵! (하더니, 브리핑하듯 다다다)
한기자가 룸 안으로 들어온 시간은 11시 30분경-
병역비리 리스트 건으로 취재차 왔던 한기자가
오부장님 옆에 앉아 관련 사실을 캐묻는 동안
오부장님은 한기자의 허벅지 3회- 어깨 쓰다듬기 2회-
억지로 포옹하기 1회- 를 시전하셨고,
참다못한 한기자가 오부장님의 스킨십을 피해
새벽 12시 10분경 화장실로 대피했으나-
기어이 쫓아온 오부장님은 한기자를 벽에 밀어붙이고 키스하셨습니다.
그러다 한기자 구둣발에 왼쪽 발등 찍히는 것도
제 두 눈으로 똑똑히 봤구요. (하더니)

이듬, 갑자기 오부장에게 다가가 후다닥- 왼쪽 구두를 벗긴다.
오부장, '어어? 무슨 짓이야?' 당황하는 사이
양말까지 쑥- 벗기는 이듬.
보면 오부장의 발등에 시퍼런 멍이 도장처럼 찍혀있다.

이듬 (멍을 가리키며) 이게 그날 증겁니다.

오부장, 얼굴이 붉으락푸르락하고-
징계위원들 모두 한심하다는 듯 오부장을 향해 끌끌- 거린다.
진욱, 그런 이듬이 의외라는 듯 보는데-

이듬 저한테도 한기자 일 털고, 같이 특수부 가자고 하셨죠?
그래도 2년 동안 모신 정이 있는데,
이쯤에서 한기자한테 진정성 있게 사과해주시면
그 부분은 조용히 묻고 가드리죠.
어떡하시겠습니까, 오부장님?

오부장 (죽일 듯 노려본다)

57. 검찰청 - 일각 (낮)

오부장 마검사 너 이 새끼, 미쳤어?!!!!

오부장, 이듬을 당장이라도 때릴 것처럼 손을 치켜든다.
이듬, 그런 오부장을 빤히 쳐다보며

이듬 나한테 거짓말하셨죠, 부장님?
오부장 뭐?
이듬 저도 처음엔 부장님 제안 솔깃했는데요.
근데 2년 내내 눈엣가시였던 저를 부장님이 그런 일로
특수부에 데려갈 수 있을까, 하는 아주 작은 의심이 들더라고요.
근데 마침 한기자 아파트에 다녀오는 길에 우검사하고 부장님이
박차장, 아니 박국장님을 잘 접대하고 가는 모습을 딱 봤네요.
촉이 싸~ 해서 알아보니까, 부장님이 저한테 약속한 내용이랑
많이 다르더라고요?
오부장 (반박 못하는) 너... 그래서?
이듬 제가 부장님을 흥하게는 못해도 망하게는 할 수 있죠.
어차피 나도 못 들어가는 특수부-
부장님도 못 들어가야 공평하지 않겠어요?
오부장 이 새끼가 보자 보자 하니까 진짜!
(이듬을 한 대 치려고 손을 확 든다)
이듬 (정강이를 걷어찬다)
오부장 (통증으로 일그러지는데) 윽!
이듬 쉽! 쏘리! (하더니 가까이 다가가)
죄송한 김에 야자타임도 잠깐 하겠습니다.
(하더니) 야, 오수철. 만지지 좀 마라. 어?
내가 회식 때 왜 노래만 하는 줄 아니?

니 옆에 앉기만 하면 만지작거리는 통에
손목이 다 없어질 지경이라 그래.
그리고 별로 중요한 얘기도 아니면서
귓속말한다고 귀에 바람 좀 그만 넣어.
무슨 풍선 부니? (하고 돌아서려다가)
아 맞다. 너 처음 회식할 때 내 얼굴에 뽀뽀하면서
딸 같아서 그랬다구 개구라 쳤지?
이걸 진짜 친족 간 성추행으로 확 그냥! (때리려는 시늉)

오부장 (움찔)

이듬 (쌩하니 간다)

58. 동 - 다른 일각 (낮)

이듬, 씩씩거리고 걸어온다.
이때- 저편에서 한기자 배웅하던 진욱, 이듬을 보자 다가온다.
이듬, 별로 말하고 싶지 않은 기분- 무시하고 지나치려는데-

진욱 오부장님 고소, 취하하기로 했습니다.

이듬 ?

진욱 그리고 징계위에서 정말 고마웠답니다. (한기자가)

이듬 (건조) 아~ 네~ (가려는데)

진욱 마검사님!

이듬 (귀찮아 보면) ?

진욱 오늘 보니 생각보다 괜찮으신 분이네요.

이듬 ... 그래서요?

진욱 다음엔 좋은 일로 만났으면 좋겠습니다.

이듬 그런 일은 없을 거 같고요.
앞으론 엮이지 맙시다.

이듬, 성큼성큼 걸어간다.

그런 이듬의 뒷모습을 황당한 듯 보던 진욱,
이내 피식 웃더니 돌아서서 제 갈 길 간다.

59. 동 - 또 다른 일각 (낮)

이듬, 씩씩거리고 걸어가다가 주머니에 손 넣는데-
뭔가 잡힌다. 꺼내보면, 그날 한기자 딸이 준 딸기 사탕이다.
보다가 씁쓸한 표정이 되는 이듬.
사탕 까서 입에 넣고 굴리는데...

이듬 아... 씨(발)... 사탕 맛이 뭐 이러냐... (기분 더러워진다)

60. 동 - 이듬의 사무실 (낮)

이듬, 박스에 짐 싸고 있다. 지켜보던 손계장-

손계장 축하합니다. 마검사님도 이제 출포검 반열에 오르셨네요.
이듬 누가 출포검이래? 나 포기 안 했어요.
손계장 그래요. 사람이 희망을 갖고 살아야지. (하며 짐 싼다)
이듬 됐어요. 나 혼자 해요.
손계장 내 짐 싸는 겁니다. 나두 같은 데 발령날 게 뻔한데 미리 싸야죠.
이듬 저녁에 불닭발에 쐬주 한잔, 콜?
손계장 콜! (하는데)

띠링! 이듬의 컴퓨터에서 이메일 수신 알림음이 난다.
이듬, 컴퓨터로 다가가 검찰 내부 전산망에 접속해 모니터 보면-
[정기 인사 발표고지] 라는 제목 밑으로
이듬이 여성아동범죄 전담부로 발령났다는 메일 내용이 보인다.

이듬 (자리에 앉은 손계장에게) 손계장님!
여성아동범죄 전담부가 뭐예요?

손계장 아~ 여아부요. 거기 민지숙 부장님이 만든 부서잖아요.

이듬 민지숙? (하다가 오 마이 갓! 해서 보면) !!!

손계장 (맞다는 듯 손가락 빡! 하고는)
정의와 소신과 좌천의 아이콘!
20년째 승진도 거르고 성폭행 사건만 맡으신 그분!
다들 지금 여아부 가기 싫어서 난리도 아니래요.

이듬 미친다, 정말.

손계장 설마 마검사님?

이듬 (책상에 머리 박는다) !!!

61. 여아부(여성아동범죄 전담부) 사무실 앞 (낮)

이루 말할 수 없이 착잡한 표정으로
박스를 들고 서 있는 이듬이 보인다.
그리고 그 앞에 대문짝만 하게 쓰인 [여성아동범죄 전담부] 글자.

진욱 (소리) 여기서 만나네요. 마검사님.

이듬 (돌아보면)

여진욱 검사도 같은 박스를 들고 이듬 옆에 와서 선다.
이듬의 썩은 표정과 해맑게 웃는 진욱의 얼굴이 이등분되며... 1부 끝!

· 마녀의 법정 ·

2부

1. 검찰청 - 외경 (낮)

2. 여아부 - 복도 / 여아부 출입문 앞 / 사무실 앞 (낮)

이듬 아... 씨(발)

이때- 낯익은 음성이 들린다.

진욱 마이듬 검사님?

돌아보면 진욱이 미소 지으며 다가온다.

진욱 마검사님도 여아부 발령받았죠?
이듬 그쪽두... (여아부를 가리키며) 여기?
진욱 네!
이듬 하- (고개를 절레절레하다가 다시 걷는다)
진욱 (얼른 쫓아가며) 저기 제 이름은 그쪽이 아니구요.
정식으로 인사하죠. 저 여진욱 검삽니다. (멈춰서 손을 내미는데)

이듬 (반사! 하듯 손바닥을 척-) 악수했다 치고!
저는 그쪽하고 별로 엮이고 싶지 않은 마이듬 검삽니다.
(다시 걸어간다)

진욱 (어이없어 웃다가 쫓아오며) 그렇다면 참 안타깝게 됐네요.

이듬 뭐가요?

진욱, 사무실 앞에 멈춰서 손가락으로 위를 가리킨다.
보면, [마이듬 검사 / 여진욱 검사] 이름표가 달려있는 문 앞이다.
이듬, '아 씨(발)'

3. 동 - 이듬 / 진욱 사무실 (낮)

검사 책상 두 대, 수사관, 실무관 책상이 전부인 사무실 안
먼저 와서 짐 풀고 있던 손계장,
이듬과 진욱을 보더니 "어서 오십쇼." 인사한다.
이듬, 방이 맘에 안 든다는 듯 꼬나보는데-

진욱 사무실 좋네요. 안쪽 자리는 마... (검사님이 쓰시는 게 좋으시겠죠?)

이듬, 박스 턱! 소리 나게 내려놓더니 밖으로 나가버린다.
진욱, 그런 이듬을 보고 피식! 웃다 따라 나간다.

4. 동 - 복도 (낮)

이듬, 여전히 떫은 표정으로 걸어가는데-
진욱, 쫓아가며 이듬에게 말을 건다.

진욱 여기로 온 게 그렇게 싫으세요?

이듬 (멈춰 돌아서더니) ... 그럼 좋겠습니까?

진욱 왜죠?

이듬 왜... (냐니? 어이없어 보다가)
저기요, 그쪽 로스쿨 차석 맞아요?

진욱 수석인데요.

이듬 (헐) ... 그래요 뭐, 수석 해도 머리 나쁠 수 있지.

진욱 글쎄, 전 아무리 생각해도 모르겠네요.

이듬 (답답하다는 듯) 아니- 부장검사 물먹인 검사를
하나도 아니고 둘이나,
것두 한자리에 몰아넣은 거 보면 모르겠어요?
여기 완전 날 샜어요.

진욱 안 샜는데?

이듬 네?

진욱 제가 오부장님 조사해서 찍힌 거랑
여아부 발령난 건 아무 관계 없다고요.

이듬 무슨 근거로?
3초 안에 나 설득시키면 오빠라고 부른다 진짜.
하나, 둘 (하는데)

진욱 전 자원해서 왔거든요.

이듬 (딩~) 네?

진욱 아, 그리고 오빠라고 안 하셔도 됩니다.
전 여자들이 막 오빠 오빠- 그러는 거 별로 안 좋아해서...

이듬 아니 여길 자원해 왔다구요?

진욱 네!

이듬 헐! 대에박! 브라보! (헐랭이 박수 치며)
기피 부서 일순위에 빛나는 막장 부서를 자청하다니-
짱 드십쇼!

하고 돌아서는데 합! 합죽이가 되는 이듬.
보면, 40대 중반이 된 지숙(이하 민부장)이
이듬을 차분히 쏘아보며 미소 짓고 있다.

5. 동 - 장검 / 서검 사무실 (낮)

핸드폰 영상통화 화면, 대여섯 살쯤 된 사내 꼬맹이 둘,
"엄마. 형아가 나 때려 / 아니 얘가 자꾸 내 번개맨 인형 만지잖아."
울고불고 서로 때리고 하는 난리통이 펼쳐진다.
화면 커지면 [검사 장은정] 명패가 놓인 책상 앞
머리 뒤쪽으로 그루프 세 개 말린 것도 모르고 (출근길에 깜빡한)
정신없이 쌓여있는 사건기록들
종류별로 분류하느라 바쁜 장검(30대 후반)

장검 (정신없어) 할머니 어디 있니? 할머니한테 하나 사달라 그러고
(정리하며 구시렁) 아- 이 부선 사건들이 왜 이렇게 많은 거야, 진짜.
아들들 (소리) 할머니 똥 싸 / 엄마 형아가 나 여기 때렸어.
봐봐! 보라니까!
장검 (꾸욱 참고) 엄마가 지금 바빠요.
그리고 엄마 일하는데 전화하는 거 아니라고 그랬어? 안 그랬어?
아들들 (지들 할 말만 하는) 아니 그게 아니라 형이 자꾸 때리고 / 얘 짜증나.
장검 (못 참고 버럭!/욕 삐 처리) 야이 벼락을 처맞을 개 상노므 새끼들아!
아침부터 정신없어 죽겠는데 징징거리고 지랄이야, 지랄이!
니들 셋 셀 동안 전화 안 끊으면 번개맨이고 지랄맨이고
싹 다 압수할 거야! 하나- (하는데)
아들들 (뚝 끊는다)

정적-
장검사, 주위를 둘러보면-
앞쪽 수사관 책상, 상자에서 서류 뭉치들 꺼내던 구계장,
앞자리 [검사 서유리] 명패 놓인 책상에서 사건기록들
한 더미를 정리하던 서검이 벙쪄서 장검을 본다.

장검 거기 둘, 결혼했어요?

서검/구계 아뇨.

장검 할 거예요?

서검/구계 네.

장검 내 꼴 나기 싫죠?

서검/구계 (대답 대신 애매한 미소)

장검 쫌매세요, 꼭!

6. 동 - 회의실 (낮)

민부장 이하 이듬, 진욱, 장검사, 서검사, 손계장, 구계장 앉아있다.
여성아동범죄 전담부의 첫 미팅,
민지숙 부장의 한 말씀이 펼쳐지는 중이다.

민부장 열심히 하라는 말은 안 하겠습니다.
짧은 시간 안에 검사 1인이 수사, 기소, 공판까지
원스톱으로 진행하려면 저절로 열심히 하게 될 테니까.
거기다 성범죄 사건은 양형도 복잡한 거 알고 있죠?
전자발찌, 치료감호에 또 아동 케이스면
친권상실 조치도 병행하니까-
당분간 일요일은 없다고 생각하는 게 편할 겁니다.

다들 표정 수습하려고 애쓰지만, '죽었구나' 싶은 기색이 역력하다.

민부장 하지만 여러분이 힘든 만큼
피해자는 덜 고통스러워지겠죠. (하면)

장검 (수석검사로서 분위기 잡는) 넵, 명심하겠습니다.
열심히 합시다. 파이팅 하는 의미에서 박수- 박수-

다들 열띠게 박수 치는 가운데, 이듬만 떨떠름한 표정.

민부장 훈화 말씀은 끝이고, 일합시다, 이제.
(앞에 수북이 쌓여있던 사건기록 뭉치들을 검사들한테 턱턱- 던지며)
장검사는 당분간 아동하고 미성년자 사건을 담당하고...
서검사는 장검사 서포트 좀 잘해주는 걸로.

장검/서검 알겠습니다 / 네. (받아들고)

민부장 (다른 사건 뭉치를 진욱 앞으로 던지고)
여검사는 여성 사건 담당하고...

진욱 네. (받고)

이듬 (다음은 내 차롄가? 해서 보는데)

민부장 (손계장과 구계장을 쳐다보며)
손계장은 내근 위주로 구계장은 현장과 디지털 수사 지원하시고,

손/구 네!

민부장 그리고 마검사는...

이듬 ?

민부장 ... 나 좀 봅시다.

7. 동 - 민부장 사무실 안 (낮)

민부장, 이듬과 독대 중이다.

민부장 이 부서로 온 게 불만이야? 마검사?

이듬 ... 표현이 지나쳤던 점, 죄송합니다.
개인적인 이유로 지원하는 부서가 따로 있었습니다.

민부장 (그래? 하고 보다) 근데 자기가 모시던 부장검사를
징계위에서 개망신을 줄 땐,
이 정도 불이익은 예상 가능한 거 아닌가?

이듬 개망신... 그건 어디까지나
오부장님께서 저한테 위증을 강요하셨기 때문에-

민부장 (끊고) 수사 내용 흘려서 언론 플레이하고,
작은 사건도 어떻게든 키워서

윗분들 주목받게 만들고,
마검사 소문이 아주 자자하더라고?

이듬 (나름 할 말 있지만 일단 수긍하는 척하는) ...

민부장 근데 여긴 여성아동 전담부야.
피해자가 형사한테 한 번, 수사검사한테 두 번,
공판검사 세 번, 네 번- 반복 진술하다
2차, 3차로 상처받고 나가떨어지는 거,
없애자고 만든 데라고...

이듬 아, 네. 그럼요.

민부장 이전처럼 사건 해결했다고 카메라 앞에서 뽐낼 일,
앞으로 없을 거란 뜻이라고.

이듬 네, 명심하겠습니다.

민부장 (잠시 보다가) ... 그리고 미리 얘기하는데,
발령 부서가 맘에 안 들면 사표 쓰는 방법도 있어.

이듬 (놀라) 어우~ 사표라니요... 제 목표가 정년퇴직인데요.
열심히 하라는 따끔한 격려로 알겠습니다.

민부장 (보통이 아니네 싶어 미소 지으며 보는) 나가봐.

이듬 네!

8. 동 - 민부장 사무실 앞 / 복도 (낮)

나오자마자 금방 인상이 험악해지는 이듬, 구시렁거리며 걸어간다.

이듬 첫날부터 꼬이네, 이거-
(그러다 울컥) 뭐? 사표? 아씨 마이듬을 뭘로 보고 진짜-
2년 후에 봅시다. 제발 나가지 말라고 애원하게 만들어준다, 내가.

그런 이듬 옆을 지나가다 마주치는 장검과 서검.

장검 뭐, 특별수사 사건이라도 배당받았어요?

발령 첫날부터 부장님 독대부터 하고?

이듬 (건성으로) 네, 뭐...

장검 (악수 청하며 약간 비꼬듯이) 아무튼 앞으로 잘해봐요.
소문으로만 듣던 마이듬 검사랑 같은 부서에서 만나게 될 줄은 몰랐네.

이듬, 장검 내민 손 못 본 듯이 목례만 살짝 하고,
"수고하십시오, 선배님." 하며 돌아선다.
이때 핸드폰 울린다.
'아 뭐야.' 신경질적으로 바로 거절 버튼 누르는 이듬.
이듬, 지나가면 등 뒤에 대고 구시렁거리는 장검.

장검 아오- 저런 싸가지.

서검 왜요? 뭐 때문에 유명하신 분인데요?

장검 궁금해할 것 없어요. 얼마 있음 알게 될 거니까.

9. 몽타주 - 여교수 강간 미수 사건 (낮/밤)

- 대학 강당 (낮)
[선우 경영대학원 우수논문상 시상 및 경영인의 밤]
현수막이 걸린 강당.
우아하고 지적인 분위기의 선교수(여/40대 초반),
수상자로 나온 대학원생에게 상장과 꽃다발을 건네자-
대학원생, 큰절을 올리고 받는다.
무대 뒤편, 혼자서만 굳은 표정으로 서 있는 남우성(남/20대 후반)
행사 팸플릿을 든 손이 부들부들 떨리다가...
이내 팸플릿을 바닥에 떨어뜨린다.
2017학년도 졸업논문 작성자들의 사진들(10명 정도) 중
남우성의 얼굴은 없다.

- 선우 경영대학원 연구실 복도 (밤)

밤늦은 시간, 연구실 대부분 불이 꺼져있는데-
홀로 불이 켜져있는 곳이 있다. 선혜영 교수 이름표가 걸려있다.
누군가의 발이 선교수의 연구실을 향해 가다가... 멈춘다.

- 선교수 연구실 (밤)
쾅- 문이 열리더니 남우성이 들어온다.
선교수, 우성의 무례함이 불쾌한 듯 쏘아본다.
이어, "왜 내 논문만 탈락입니까? // 수준 미달이었어!!"
"이럴 순 없습니다. 다시 검토해주십시오. // 내 결정을 번복할 순 없어."
"당장 내 연구실에서 나가! // 싫습니다!" 점점 격해지는 모습들.
"그럼 내가 나가지!" 선교수, 나가면서 경멸에 찬 표정으로
"쓰레기 같은 놈." 내뱉는데- 우성, 여기에 욱! 해서
선교수의 어깨를 확- 잡더니 소파 쪽으로 내동댕이친다.
"뭐하는 짓이야?" 하는 선교수, 넘어지면서 올라간 치마에 허벅지가
훤히 보인다. 그것을 보고 눈빛 비열해지는 남우성의 얼굴에서...

이듬 (소리) 그래서 남자 조교가 여교수를 강간했다는 거예요?

10. 여아부 - 이듬 / 진욱 사무실 (낮)

손계장, 벽면에 작은 PPT 화면 띄워놓고 브리핑,
그 앞으로 이듬, 진욱 앉아 사건 회의 중이다.

손계장 아뇨. 하려다 못했죠.
이듬/진욱 ?

손계장, 리모컨 누르면 스크린에 CCTV 영상 플레이 된다.

손계장 사건 당시 선교수 연구실 앞 복도를 찍은 CCTV 영상인데요.

화면- 안경잡이 여학생 세미가 노트북 가방을 들고
복도를 걸어가고 있다.

손계장　김세미라고 경영대 학부생인데-
선교수가 차에 두고 온 노트북을 갖고 오던 중이었거든요.

다시 CCTV 화면 보이면,
선교수 방 앞에서 노크하는 세미,
이어, 뭔가 이상한 소리가 나는 듯
문에 귀를 대고 듣다가 다급히 문을 연다.
연구실 안에서 뭔가 끔찍한 상황을 목격한 듯 뒷걸음질 치는 세미.
잠시 후 후다닥- 뛰쳐나오는 남우성과 부딪히는 모습에서 스톱.

이듬　덕분에 미수에 그쳤다?
손계장　(끄덕) 네.
진욱　(들고 있던 사건기록을 몇 장 들춰보더니)
증거 사진은 이게 답니까? DNA 기록은 없습니까?
손계장　성폭행 키트 검사를 안 했더라고요.
현재는 폭행 증거하고 목격자 진술만 확보된 상탭니다.
이듬　오케이! 대충 와꾸는 나왔고, 조사 들어가죠.
피해자, 왔죠? (일어서는데)
손계장　그게... 검사님이 가서 만나셔야 할 거 같은데?
이듬　(귀를 의심하는) 네에?

11.　선우재단 대학병원 - 외경 (낮)

12.　동 - 야외 주차장 (낮)

이듬과 구계장, 공무집행 글자가 박힌 자동차에서 내린다.

양손 주머니에 찌르고, 잔뜩 찌푸린 표정으로 바라보는 이듬의 시선 끝,
[선우대학 종합병원] 간판이 보인다.

13. 동 - VIP 병실 (낮)

6㎜ 카메라 화면으로 작고 여린 체구의 선혜영 교수(40대 중반),
침울한 표정, 수액 링겔 꽂은 채로 침대에 기대앉은 모습.
목에 멍 자국이 선명하다. (남우성에게 목 졸린 흔적)
화면 커지면, 선교수 앞으로 이듬 서 있고, 구계장 촬영 셋팅 중이다.

이듬 (사무적으로) 원래 진술조사는 수사기관에서 녹음 또는 녹화가
원칙인 거 아시죠? 상태가 안 좋으시다니 오늘은 녹화로 대체하고
진술조사 들어가겠습니다.

(짧은 시간 경과)

선교수 (마음을 추스르려 심호흡하더니)
그날 남조교에게 술 냄새도 엄청 났고,
암튼 제정신이 아닌 거 같았어요.
한참 실랑이를 벌이다 시계를 보니
11시 10분 전이더라고요.
그 건물은 11시면 밖에서 문을 내리거든요.
아무리 내가 교수지만, 미쳐 날뛰는 젊은 남자랑 단둘이 있는데
문까지 잠긴다고 생각하니 갑자기 겁이 나더라고요.

14. 과거 - 선교수 사무실 (밤)

선교수, 책상 위에 있던 가방을 들고 나가며

선교수 (씩씩대고 노려보는 남우성을 향해) 내일 얘기해.
남우성 (앞을 탁 가로막는다)
선교수 뭐하는 짓이야? 안 비켜? (나가려는데)
남우성 이대로는 못 가요!
선교수 술 깨고 내일 얘기해. (다시 나가려는데)

남우성, 선교수를 소파 쪽으로 밀어버린다.
내동댕이쳐지는 선교수, 그 바람에 치마가 위로 말려 올라간다.
얼른 치맛자락 내리고 일어서려는데
남우성, 선교수의 어깨를 찍어 누르며 확 덮친다.

15. 다시 현재 - VIP 병실 (낮)

그날 밤 감정들이 되살아난 듯 선교수 울먹울먹하며
진술 중이다. 이듬 별 표정 변화 없이 듣고 있고
구계장, 무거운 표정으로 녹화되는 모니터 보고 있다.

선교수 그때- 나가려고 하다 소파에 넘어졌을 때 치마가 말려 올라갔고
그게 시작이었던 것 같아요.
한 손으론 양팔을 누르고, 다른 한 손으론
(말 못하고) ... 아픈 건 둘째 치고 너무 창피해서 정신이 하나도
없더라고요.
그런데... 걔가 뭐라고 했는 줄 알아요?
너같이 부모 잘 만나 잘난 척하는 년은
당해봐야 정신 차린다고- 아니 어떻게 나한테... (말을 못 잇다가)
하아- 이대로 가다간 정말 큰일 날 거 같아서 지금이라도 그만하라고,
안 그럼 고소하겠다고 했죠. 그랬더니 갑자기 목을 조르더라고요.
그때 세미가 문을 안 열었으면 정말 끝까지 갔을 겁니다.
남우성 (흥분/소리) 난 안 했다고요, 절대로요!

16. 여아부 - 조사실 (낮)

조사실 안, 까칠해진 얼굴의 남우성이 앉아있고
맞은편 진욱, 그 옆으로 진술 내용을 노트북으로 받아 적기 위해
앉아있는 손계장 보인다.

남우성 (씩씩거리며 손으로 마구 머리를 흐트러뜨리는데)
진욱 남우성 씨, 지금 영상 녹화 중인 거 알죠?
이렇게 감정적으로 나가면 불리해집니다.
무조건 아니라고만 하지 말고, 차분하게 얘기해보세요.
남우성 (하- 긴 한숨을 토하더니) 학기 내내 카드빚 내서 등록금 내고
삼각김밥 세 개로 하루, 라면 국물 하나로 3일,
그렇게 간신히 2년을 버텼습니다. 난 정말로 졸업해야 했거든요.
교수님 찾아가서 논문 재심사해달라고, 졸업 못하면
난 정말 죽는다고- 애원하는데-

17. 과거 - 남우성의 진술 몽타주 / 선교수 연구실 (밤)

선교수, 남우성 서로 팽팽히 노려보던 끝에

선교수 (잔뜩 경멸을 담아) 쓰레기가 썼으니 논문도 그따위지, 비켜!
남우성 !!!

남우성 (소리) 그때 정말 눈이 돌아가더라고요.
이 여잘 죽여버리고 싶다고 생각했어요.

남우성, 선교수의 목을 조른다.

18. 다시 현재 - 여아부 조사실 (낮)

진욱 그러니까... 폭행 사실은 인정하지만 성적인 접촉은 없었다, 이 말입니까?
남우성 네.
진욱 그럼 이건 뭡니까? (하면)

손계장, 앞에 있던 노트북을 돌려 남우성에게 보여준다.

- **인서트** / 노트북 화면
연구실 앞, 놀란 세미가 서 있고,
이어, 연구실 안에서 허둥지둥 뛰쳐나오는 남우성의 모습.
그런데 셔츠 단추가 다 풀려서 가슴팍이 훤히 보이는 상태!
화면 스탑!

진욱 (화면 속 우성의 모습을 가리키며) 성적인 접촉은 없었다면서
셔츠는 왜 벗은 겁니까?
남우성 그건... (말문이 막히는)
진욱 목 조른 사실만 인정한다는 겁니까?
남우성 (대답 못하고 고개 떨구고 한숨 파아-)
진욱 솔직히 털어놓으시죠. 남우성 씨.
남우성 (뭔가 변명하려하다 울상이 돼서) 아니 그게... 정말 아니에요.
난 정말 그 여자... 아니 교수님한테
성폭행 같은 거 한 적 없다구요!

진실과 거짓이 반반씩 섞여있는 듯한 남우성의 얼굴.

19. 동 - 이듬 / 진욱 사무실 (낮)

진욱, 잔뜩 고민스러운 표정으로 여교수 수사기록을 들여다보는데
이듬 들어온다.

진욱　오셨습... (니까?)

이듬　(끝나기도 전에 명령하듯) 선교수 사건, 강간치상[1]으로 해서
　　　내일 오전까지 결정문 제출해주세요. (사건기록 툭 책상에 던지고 앉는다)

진욱　네에? (어안이 벙벙해서 이듬을 보자)

이듬　아! 업무분담한다는 걸 깜빡했네. (하더니)
　　　여검사, 검찰 들어온 지 얼마나 됐죠?

진욱　10개월쯤이요?

이듬　(당당하게) 난 7년 차예요.
　　　한마디로 검찰에서 겪어야 할 산전, 수전, 공중전,
　　　겪을 건 다 겪어봤다고나 할까?

진욱　그래서요?

이듬　한방에 연륜 있는 7년 차 베테랑과
　　　들어온 지 1년도 안 된 병아리가 있어요.
　　　당연히 주임과 보조로 업무가 나누어지겠죠?

진욱　그러니까 제가 보조?

이듬　당연하죠! 그렇다고 부담 가질 필요는 없구요.
　　　보조 검사로서 내 지시, 내 명령, 내 요구에 성실히 따라주면 돼요.
　　　아 군기 잡는 거 아니니까 괜한 오해는 마시고-
　　　나도 초임 땐 그렇게 일했거든요.

진욱　(어이없어 하- 웃고) 일단 그렇다 치고요.

이듬　(그렇다 치고?) ?

진욱　이 사건 조사 더 해야 돼요. 마검사님.

이듬　왜죠? 가해자 진술은 허점투성이에다
　　　피해자 진술은 구구절절- 설득력 있고-
　　　결정적으로 강간 시도 당시 피해자의 항거불능을 입증할 목격자도 있는데?

진욱　우발적인 성폭행이 벌어지기엔 두 사람 서열 관계가 너무 확실해요.
　　　자기 논문 심사 맡은 교수를 성폭행하는 조교가 얼마나 될까요?
　　　거기다 남우성은 보통 가해자들하고 좀 다른 점이 (하는데)

1　강간, 준강간, 의제강간 및 이들의 미수죄를 범하여 사람을 상해에 이르게 함으로써 성립되는 형법상의 범죄.

이듬 (끊고) 잠깐! (손을 내밀면서) 증거!
의심 말고, 눈에 보이는 증거를 대보세요.

진욱 ?

이듬 내가 여검사, 정신과 의사였단 얘긴 들었는데요.
여긴 심리 분석하는 정신병원이 아니라고요.
이 사건의 실체적 진실은 조교가 교수를
강간하려다 미수에 그쳤다고요.
원스톱 부서의 생명은 스피드예요. 정리됐죠, 이제?
여검사는 결정문 쓰세요. 나는 다음 사건을 검토하죠.

이듬의 핸드폰이 울린다. 발신자 보면 [유미] 다.

이듬 어, 유미야.

- **인서트** /
*** 아구찜 상호가 박힌 앞치마를 입고 서빙 하느라 바쁜 유미-*

유미 야 이년아! 너 지금 오피스텔에서 쫓겨나게 생긴 거 알아?

이듬 쫓겨나? 내가 왜?

유미 너 계약 기간도 지났는데- 부동산에서 오는 전화 계속 씹었다며?

이듬 부동산? (하다가 확! 떠오르는 전화번호)

- **플래시백** /
1부 54씬 / 2부 8씬 / 070 국번 전화가 오자 이듬 끊어버리는.

이듬 (헉!!)

유미 (필터) 그럴 줄 알았다. 너 집주인도 바뀌었대. 빨리 전화해봐.

이듬 알았어.

이듬, 허둥지둥 옷과 가방 챙겨 나가며

이듬 (진욱에게) 1시간만 나갔다 올게요!

이듬, 나가는데- 손계장 들어온다.

손계장 어? 마검사님, 어디 가세... (이듬 벌써 가버리고)
진욱 (어이없어서 하- 웃다가) 손계장님, 선교수 사건 CCTV 자료, 어딨습니까?
손계장 지금 영상자료실에서 복사 뜨고 있을 거예요.

20. 동 - CCTV 영상자료실 (낮)

진욱, 몇 번이고- CCTV 화면 플레이를 반복하며
화면을 뚫어져라 본다.
어느 지점에선가 스탑시키는 진욱, 뭔가 생각에 잠긴 표정인데-
이때 핸드폰이 울린다.

진욱 (받는) 네... 오셨다고요? (시계 보고) 네, 지금 가겠습니다.

21. 이듬 / 진욱 오피스텔 부동산 (낮)

황당한 표정으로 누군가를 보는 이듬의 시선을 따라가면-
맞은편 진욱이 떡하니 앉아있다!

이듬 왜죠? 왜 여검사가 새 집주인인 거죠?

카메라의 시선, 테이블 위에 놓인 등기부등본을 클로즈업,
오피스텔 주소 옆으로 소유자 [여 진 욱] 이라 박혀있고-

진욱 (어이없는) 그러게요. 어떻게 또 마검사님이 임차인...

이듬 처음 만났을 때 들어갔던 거긴 뭐예요, 그럼?

*- **플래시백** / 1부 40씬, 8층 복도에서 자기 오피스텔로 들어가던 진욱.*

진욱 아, 그건 어머님 꺼고요. 마검사님 오피스텔은 제 껍니다.
이듬 (떫은/소리) 이런... 지금 오피스텔 두 개라고 자랑하냐?
진욱 여기 오피스텔이 시세보다 좀 싸더라고요.
검사 월급 얼마 안 되니까
수익형 오피스텔 하나 사서 월세 받으면 좋을 거라고... (하는데)
중개인 (소리) 생각 잘한겨.

중개인(남/40대 중반) 매실차 담긴 종이컵 두 개를 놓아주더니,
진욱 옆에 앉아 참견하기 시작한다.

중개인 요즘은 그저 따박따박 월세 받는 게 최고지.
(이듬에게) 어쩔겨 아가씨? 지금 전세 1억에 있쥬?
이듬 네.
중개인 (진욱을 가리키며) 여긴 월세로 돌린다는디? 맞쥬? (하면)
진욱 (중개인 귀에 대고 살짝 뭐라뭐라- 하고) ...
이듬 (그 모습이 심히 불안하고) ...
중개인 원래 이 오피스텔 월세 시세가 보증금 천에 90인디,
이 양반이 특별히 천에 80으로 해준다네? 5백이면 85로...
이듬 네에? 80?
중개인 아유- 엄청 싸게 해준겨.
그 평수에 월 80 있나 찾아봐유- 읎지.
이듬 (하아~ 한숨을 푹- 쉰다)

22. 부동산 중개소 앞 (낮)

이듬, 심란한 표정으로 나온다.

이어, 진욱이 따라 나오며...

진욱 이사 날짜 잡히는 대로 알려주세요.
이듬 저기요! 여검사. (다급해서 진욱의 멱살을 확 잡고 벽에 밀어붙인다)
진욱 (벙쪄서) 에?
이듬 내가 구질구질해서 이런 말 진짜 안 하려고 그랬는데-
지금 전세 1억도 은행에 겨우겨우 대출받아서
비싼 연이자 내가면서 갚고 있어요, 뿐이야?
대학 등록금이랑 사시 준비하면서 진 빚만 5천인데
그거 아직도 갚고 있고요.
화장품은 로드샵 세일, 옷은 스파 브랜드,
밥은 삼시세끼 구내식당에서 해결하는데도 빠듯빠듯하게
틀어막고 사는 인생이거든? 근데 월세 80을 무슨 수로 내겠어요?
여검사가 사정 좀 봐주면 안 될까, 응?
아니 이건 인간이라면 봐줘야 돼 무조건!!!

진욱 (소리) 마검사님! 마검사님!

상상에 빠져있던 이듬, 정신을 후딱 차린다.

진욱 어디로 가세요, 사무실로 가시면 같이 갈까요?
이듬 집주인이 방 빼라는데 집부터 알아봐야죠.
(하며 슬며시 눈치를 살피는데)
진욱 (웃으며) 아, 그러네요. 그럼 얼른 알아보세요.
이듬 (실망/소리) 이런.
진욱 먼저 갑니다. (간다)
이듬 (하아- 차마 잡지는 못하겠고)
진욱 (뭔가 생각난 듯 다시 돌아오는) 저기요, 마검사님.
이듬 네... 네? (희망으로 보는데)
진욱 여교수 사건 말이에요. 아까 CCTV 보다가
좀 이상한 걸 발견했는데- 같이 검토해주시면 안 될까요?

(뻐 있는) 제가 병아리 초임검사라 혼자 판단하기가 좀 그러네요.

이듬　(더 이상 무시가 안 된다) ... 뭘 검토하고 싶은데요?

23.　여아부 – CCTV 영상자료실 (밤)

진욱, 모니터 앞에 서서 이듬에게 설명해주고 있다.

진욱　보세요.

화면 안 – 선교수 연구실에서 후다닥 나오다 김세미와 부딪힌 남우성.
바닥에 떨어진 핸드폰을 줍다가 핸드폰을 잠시 쳐다보는 모습에서 스탑

진욱　선교수 주장대로라면- 지금 남우성은 강간하려다 들킨 상황이에요.
도망가다 하필 김세미하고 부딪히는 바람에 핸드폰까지 떨어져요.
얼른 줍고 가야 되는데 핸드폰을 쳐다봐요. 것두 2초씩이나.
왜 그랬을까요?

이듬　(잠시 보다가) ... 액정이 깨져서?

진욱　(정색) 네?

이듬　아니- 할부기간 엄청 남았는데 액정 깨지면 아무래도...

진욱　(엄청 정색) 다시 생각해보세요.

이듬　(기분 나쁘지만 다시 생각해본다) ... 설마?

진욱　?

이듬　그 순간 전화가 왔거나... (하다가) 통화 중?

손계장　(소리) 그 시간에 통화한 사람이 있었네요.

24.　동 – 이듬 / 진욱 사무실 (밤)

손계장, 통화 내역이 기록된 종이를 들고 보고 중이다.

앞에 진욱과 이듬이 서 있다.

손계장　발신자 이름은 윤민주
통화 내역을 뽑아보니까
하루에 세 번 이상 통화하는 사이예요.
이듬　백퍼 여자 친구란 얘기네. 사건 당일 통화 기록은요?
손계장　남우성하고 윤민주가 통화 시작한 시간이 밤 10시 46분,
통화 종료한 시간은 11시 23분,
남우성이 선교수하고 같이 있을 때 시간하고 거의 일치해요.
진욱　그럼 윤민주는 그때 무슨 상황이 벌어졌는지
전화로 다 듣고 있었단 얘기네요.
이듬　변태야, 뭐야, 그걸 왜 듣고 있어?
일단 윤민주부터 만나죠, 지금 어딨어요?

25. 윤민주 동물병원 - 앞 (밤)

[윤민주 동물병원] 간판 밑으로
[공무집행] 글자가 박힌 자동차가 병원 앞에 서 있다.

26. 동 - 안 (밤)

이듬, 진욱- 동물병원에 들어오면 한쪽에서 개 빗질하던 직원-

직원　무슨 일로 오셨죠?
진욱　윤민주 원장님 찾아왔는데요.

이때 안쪽에서 흰 가운을 입은 남자가 나온다.
직원, "윤원장님!" 부른다.
이듬, 진욱- 놀라서 '윤민주가 남자였어?'

27. 동 – 탕비실 (밤)

원두커피가 담긴 종이컵을 마주하고 앉은
이듬과 진욱, 윤원장.

윤원장　우성이 그 친구가 전화 끊을 때
종료 버튼을 안 누르는 습관이 있어요.
그러지 말라고 잔소리했었는데- 오히려 도움이 될 때가 있네요.
진욱　도움이 됐다고요?
그럼 남우성 씨가 가해자가 아니란 얘깁니까?
윤원장　(단호) 네. 우성이는 피해자예요.
이듬　남우성 씨도 알아요? 통화 녹음된 거?
윤원장　네.
이듬　(기가 막혀) 그럼 처음부터 그걸 넘겼어야죠.
그동안 왜 가만있었대요?
윤원장　(대답 못하는데) ...
진욱　... 두 분... 사귀는 사이죠?
이듬　(커피 마시다가 컥!)
윤원장　!
진욱　(윤원장이 낀 반지를 가리키며) 남우성 씨도 같은 반지를 꼈더라고요.

- **인서트** / *2부 16씬 여아부 조사실 안*
씩씩거리며 머리를 마구 흐트러뜨리다가
테이블 위로 손을 털썩 놓는 남우성의 손가락에 같은 반지 있는 모습.

윤원장　(반박 못하는)
이듬　(진짜 동성애자였어? 놀라서 보는데) !
윤원장　(머뭇거리다) ... 저도 처음엔 제가 문제가 된 부분만 오려서
증거로 제출할까 생각했습니다.

근데 얼마 전에 제가 커밍아웃을 했거든요.
(하고 어딘가를 가리키면)

거치대에 꽂힌 여러 잡지 가운데 [그들의 용기 있는 선택]
헤드라인이 박힌 잡지가 있는데, 그 사이로 윤원장 얼굴 보인다.

윤원장 재판 들어가면 선교수 쪽에서도
통화 녹음한 핸드폰 주인이 누군지 알아볼 거고,
저랑 우성이가 사귀는 사인 것도 금방 드러날 겁니다.
근데 걔는 꼭 교수가 돼야 하거든요.
동성애자라는 걸 알고도 뽑아줄 대학이 있을까요?
우성이도 절대 입 안 열 겁니다.
진욱 제가 남우성 씨 설득해보겠습니다. 그러니 윤민주 씨도 (하는데)
이듬 설득은 무슨 설득입니까? (하더니 윤원장에게)
저기요, 지금 뭔가 착각하는 것 같은데-
남우성 씨가 동성애를 하든 이성애를 하든
그건 우리가 고려할 사안이 아닙니다.
진욱 마검사님!
이듬 성폭행 과정이 녹음된 이상
윤민주 씨 핸드폰은 범죄 증거물입니다.
손님들 보는 앞에서 압수수색 영장 받고 제출하시겠습니까,
아니면 지금 조용히 주시겠습니까?
윤원장 (당황해서 이듬을 보는데) ...

28. 여아부 - 조사실 (밤)

이듬과 진욱, 남우성과 마주 앉아있고,
노트북에선 윤민주 핸드폰에서 추출한 음성 파일이 재생 중이다.
그들 위로 흘러나오는 선교수의 끈적한 목소리.

선교수 (소리) 나도 니 논문 엑셀런트한 거 알아.
너 정도면 계약 교수 정돈 충분히 패스할 거야.

남우성 (소리) 교수님...

선교수 (소리) 몸이 이쁘네-

이때, 뭔가 후드득 뜯어지는 미세한 소리가 나고- (옷 찢는)
진욱 뭔가 단서를 잡은 듯한 표정.
이때 이듬, 역겨워 더 못 듣겠다는 듯 녹음 파일 스탑시키고 보면,
마주 앉은 남우성, 괴로운 듯 머리를 쥐어뜯는다.

이듬 이 정도면 빼박캔트죠?
남우성 씨 강간미수 혐의, 불기소 처분하고요,
선혜영 씨 재수사할 겁니다.
이제부터는 피해 증인으로 진술조사 (하시죠 하려는데)

남우성 아뇨!

이듬 ?

남우성 진술 거부하겠습니다.

이듬 네?

남우성 피해 진술... 안 할 거라고요.

이듬 (머리가 띵-) !

진욱 남우성 씨!

남우성 검사님들이야 재판하고 나면 끝이지만- 나는 죽을 때까지
여자한테 당할 뻔한 찌질한 새끼 되는 겁니다.
재수 없으면 동성애잔 것까지 털리는 거고요.
그거까지 책임져 줄 수 있어요?
검사님들이 내 인생 대신 살아줄 겁니까?

이듬 지금 대체 무슨 소리를... (한바탕 하려는데)

진욱 잠깐만요. (자기가 설득하겠다는 듯 손짓하더니)
남우성 씨, 모든 성폭행 피해자들은 2차 피해를 감수하고 재판에 나와요.
그만큼 가해자가 응징되길 바라기 때문이죠.
내가 겪었던 고통만큼 아니, 그 절반이라도

가해자들도 겪어야 한다고 생각하거든요.

남우성 ...

진욱 난 처음부터 남우성 씨가 피해자일지도 모른다고 생각했습니다.
성폭행 피해자라면 백 퍼센트 갖고 있는 그걸
남우성 씨한테도 발견했었거든요.

남우성 ?

진욱 자책이요. 다른 범죄는 안 그런데 희한하게 성범죄 피해자만
자기가 잘못해서 그런 일이 벌어졌다고 생각해요.
가해자도 피해자한테 책임이 있다고 비난하죠.
생각해보세요. 그 일이 터진 다음부터 지금 이 순간까지
남우성 씨는 계속 자기 탓만 하고 있었을 겁니다.
내가 게이라서, 내가 학생이니까, 내가 남자답지 못해서...

남우성 (자기도 모르게 눈물이 뚝뚝 떨어진다)

진욱 근데 남우성 씨는 하나도 잘못한 게 없어요.
잘못한 사람은 선교수죠.

이때- 편면경 너머로 보고 있는 민부장, 진욱의 진정성 어린 설득에 미소 짓는다.

남우성 (망설이듯 진욱에게 묻는다) 진술한다고
확실히 처벌되는 것도 아니잖아요.

진욱 (이때다 싶은) 일단 남우성 씨 진술을 토대로 증거를 찾을 겁니다.
최선을 다해 남우성 씨가 입은 피해 입증하겠습니다.

남우성 (깊은 한숨) 제가... 뭘 하면 되죠?

진욱 증거로 활용할 수 있는 건 뭐든지 말씀해주세요.

우성 고민하고 있으면, 이듬 뭔가 생각났다는 표정에서

29. 남우성의 원룸 근처 (낮)

의류수거함들을 통째로 턴 듯 갖가지 옷들이 쌓여있다.
마스크 낀 구계장, 옷 먼지에 쿨럭거리며 비닐장갑 끼고
사건 당일 입었던 남우성의 남방을 찾다가...
저만치 단추가 떨어져 너덜너덜한 남방과 구깃한 바지가 눈에 들어온다.
얼른 가서 옷들을 집어 드는 구계장, 핸드폰에 저장된
남우성 사진(*사건 당일 복도 CCTV 캡처한)과 비교하면 똑같다!

30. 여아부 - 민부장 사무실 (밤)

이듬, 진욱 국과수에서 온 데이터 자료를 민부장에게 내민다.

민부장 피해자 옷에서 가해자 지문이 나왔다고?
진욱 목격자 진술도 거짓인 것으로 확인이 됐습니다.
이듬 (답답한) 아니 옷도 좋고, 목격자 진술이 거짓인 것도 좋은데-
확실한 증거가 있잖아요. 왜 어렵게 싸워요?
민부장 녹취 파일 때문에 피해자가 동성애잔 거 공개되면?
그 뒷감당은 어쩔 건데?
이듬 검사가 가해자 처벌하면 됐지,
피해자 개인사까지 고려해줘야 합니까?
진욱 피해자가 가해자 누명 쓰면서까지 숨겼던 프라이버시, 아닙니까?
거기다 녹취 파일 공개하면 진술 안 한다고 버티는데-
그건 어쩌시려고요?
민부장 이렇게 정리하지.
지문감식 결과와 목격자 허위진술 있으니
이걸로 선교수를 압박해 자백을 받는 건 어때?

31. 동 - 조사실 (다른 날 낮)

선교수, 앉아있다.

마주 앉은 이듬, 진욱에게 눈짓하면-
진욱, 선교수 앞으로 폴리백에 각각 담긴
남조교의 셔츠와 바지를 놓아준다.

선교수　이게 뭐죠?
이듬　기억나시죠? 이 옷?
선교수　...
이듬　(파일 철에서 사진 두 장을 꺼내 보여주며) 그리고 이건...
이 옷에서 찍힌 교수님 지문이요.

선교수 보면- 마치 푸른 시약을 뿌려놓은 듯
자신의 손자국만 선명하게 찍혀있다.

이듬　잘 나왔죠? 선명하게? 그게 무슨 기법이라고 하던데?
선교수　(불쾌한) 나한테 이걸 왜 보여주는 거죠?
이듬　조사받을 때 남우성하고 드잡이하던 과정에서
남우성이 양팔을 붙잡는 바람에 꼼작할 수 없었다고 했죠?
꼼짝도 못했다는 양반이 남우성 씨 바지 지퍼 내리고-
셔츠 찢고- 되게 터프하게 옷을 벗겼더라고요.
선교수　(당황해 입술을 깨무는데)
진욱　진술한 내용과 완벽하게 불일치입니다.
남우성이 성폭행을 시도했다는 목격자 진술도
거짓말인 걸로 드러났고요.
선교수　그래서요? 내 몸집에 두 배나 되는 젊은 남자를
내가 강간했다, 이 말입니까?
이듬　(책상을 탕! 치며) 선혜영 씨!!!
선교수　(움찔!)
이듬　약한 여자라고 하면- 다 믿어줄 줄 알았습니까?
(옷을 흔들며) 여기 증거, 선혜영 씨 위증, 목격자 위증
이걸로 충분하게 당신 강간미수범이야, 지금!
아시죠, 강간미수도 강간하고 똑같은 형량인 거?

선교수 (안절부절) ...

진욱 자백하시죠. 교수님.
판사님도 정상참작해주실 겁니다.
초범이고... 여자고... 사회적으로 존경받는 교수님이고...

선교수 (이를 악물고) ... 자백하면?

이듬 실형 대신 감호치료 쪽으로 고려해보겠습니다.
어쩌실래요? 감옥보단 병원이 더 낫지 않겠어요?

진욱 ?

선교수 (본색 드러내는) 하- 이 사람들 진짜 어이가 없네?
나더러 지금 여자 강간범이 되라는 거야?
웃기지 마. 난 절대 그런 짓 한 적 없으니까.
(하더니 냉정한 얼굴이 돼서) 변호사 선임하겠습니다.

이듬, 진욱- 낭패다.

32. 영파지방법원 외경 (낮)

자막 [영파지방법원]

33. 민사법정 내부 (낮)

멋들어진 백발 머리, 빈틈없는 정장 차림, 빨간 넥타이-
60대 초반이 된 조갑수가 원고 측 변호사로 최후 진술 중이다.

갑수 ... 꽃다운 나이의 의경 두 명이 시위대가 휘두른 쇠파이프에
머리를 맞아 즉사했습니다. 추운 겨울에 집을 뺏기는데
당연히 화가 났겠죠, 누구한테라도 따지고 싶었겠죠.

방청석 보면- 오랜 투쟁으로 꺼칠해진 철거민들로 차있다.

그 사이로 40대가 된 백실장(과거 백형사)도 앉아있다.
피고석, 30대 변호사 한 명과 며칠째 면도를 못한 듯
수염이 까칠하게 자란 철거민 두 명이 앉아있고,
맞은편 원고석엔 훈장이 주렁주렁 달린 제복 차림의 경찰 간부와
그 옆으로 허윤경 변호사(여/30대 중반)가 앉아있다.

갑수 하지만 우리가 기억해야 할 사실은... (피고석의 철거민들을 가리키며)
저 두 사람은 이미 10년 전에도
이와 유사한 시위현장에서 폭력을 휘둘러 당시 시위를 진압했던
의경들에게 전치 8주 이상의 중상을 입힌 전력이 있다는 겁니다.
이 말은 곧 자신들에게 닥친 불행을 스스로 이겨낼 생각은 않고,
사회 탓으로 돌리며 애꿎은 젊은 의경들에게 분풀이하는 데
익숙한 자들이라는 겁니다.

술렁거리는 방청객
"말 함부로 하지 마! / 우리는 다섯 명이나 죽었어!!"
성난 음성이 튀어나온다.

재판장 (미간을 찌푸리며) 조용히 하세요, 조용히!!
갑수 더 이상 저런 자들에게 이 나라의 미래를 짊어질 젊은이들이 희생되는
비극이 없도록 법의 엄정한 판단을 촉구하는 바입니다.
(판사에게 공손히 목례한다)

34. 민사법정 앞 (낮)

양쪽으로 문이 활짝 열리면 법정 안
울고불고 난리가 난 방청석이 보인다.
"이런 법이 어딨어? / 우리가 10억이 어딨다고 / 차라리 죽여라, 죽여!"
그 사이로 승자의 미소를 지으며 유유히 걸어나오는 갑수.
그 뒤로 허변과 백실장 따라 나온다.

35. 영파지방법원 앞 (낮)

갑수, 나타나자 대기하던 기자들,
우르르 몰려와 플래시 터뜨리며 질문 공세 던진다.
허변과 백실장 조금 떨어진 곳에 서 있다.
"판결에 만족하십니까? / 승소할 거라고 예상하셨나요?"

갑수 최선을 다했을 뿐입니다. 재판부의 현명한 판단에 감사드립니다.

갑수, 가려는데... 그 앞을 막아서는 기자들.
"이번 영파시장 선거에 출마하신다는 소문이 사실입니까?
/ 확실한 입장을 밝혀주십시오!" 너도나도 외치자,
갑수, 허허 웃으며 출마선언한다.

갑수 그토록 궁금하시다면야... 말씀드려야겠지요.
저, 조갑수는... 지난 30여 년 동안
정의가 바로 서는 사회를 위해 뜨겁게 살았습니다.
안전하고 행복한 나라를 위해
경찰로, 정치인으로 불철주야 헌신했습니다.
이제 저는 바로 이곳, 영파시에서...
모든 시민이 주인이 되는, 새로운 영파시를 위해
제 열정을 다 바쳐보려 합니다.

갑수의 자신만만한 표정 위로, 앵커 목소리 들린다.

앵커 (소리) 오늘 오후, 조갑수 전 의원이
영파시장 선거 출마를 공식 선언했습니다.

36. 형제로펌 - 건물 외경 (낮)

건물 전광판 TV로 뉴스 나오고 있다.
갑수와 현 영파시장의 얼굴 이분할된 뉴스 화면으로 보이며...
자막 [조갑수 vs 김문성 팽팽한 2파전 예측]

앵커 (소리) 이에 연임을 노리던 김문성 현 시장의 지지율이
크게 요동치면서, 전문가들은 앞으로 두 달 남은
영파시장 선거가 팽팽한 2파전이 될 것으로 전망하고 있습니다.

37. 동 - 승강기 앞 / 복도 / 로펌 사무실 내부 (낮)

승강기 문 열리면 안회장과 통화 중인 갑수 내리고
이어 허변과 백실장 내린다.

갑수 뉴스 봤지요?

사무실로 걸어가는 세 사람의 동선을 따라 로펌 내부 보인다.
변호사 10명 정도 되는 중소형 로펌이지만, 바쁘게 돌아가는 분위기.
직원들, 분주히 움직이다가 갑수가 지나가면 깍듯이 인사한다.
허변, 잠깐 멈춰 서서 직원과 이야기한다.

38. 동 - 갑수 사무실 (낮)

자리에 앉은 갑수 앞에 명패 [형제로펌 고문이사 조갑수] 놓여있다.
갑수 계속 통화 중이다. 백실장 조금 떨어진 곳에 서 있다.

갑수 이제부터가 시작이고마. 담주엔 선거사무소도 열 끼고...
(듣다가 성질)

쓸데없는 걱정 말고, 주머니나 두둑하게 잘 준비해두소. (끊는데)

이때 문을 열고 들어오는 허변.

허변　강간 사건 하나 들어왔답니다.
갑수　강간? 아이고- 번짓수 제대로 찾아왔네- 의뢰인이 누꼬?
허변　선우학원 재단 이사장의 둘째 딸이라고 합니다.
갑수　부잣집 딸내미가 뭐가 부족해서 그런 험한 일을 당했노?
허변　피해자 쪽이 아니라 가해자 쪽입니다.
갑수　가해자가 여자라꼬? (?? 하다가 파안대소를 터뜨리는)
야-, 이 사건 재밌겠다. 안 그러나?
허변　(미소 지으며 끄덕)
갑수　담당이 어데고?
허변　여성아동범죄 전담부라고 민지숙 부장검사가 있는 곳이라고 합니다.
갑수　민지숙이? (하더니 재밌다는 듯 웃고)
이 동네 오니 간만에 그 이름을 다 듣네, 참.
허변 니, 민지숙 코 한번 납작하게 해봐라, 내 보러 갈게!
허변　알겠습니다. (미소)

39.　중앙지법 - 회의실 (낮)

못마땅한 표정의 이듬이 보인다.
옆으로 다소 경직된 표정의 남조교, 진욱이 보이고-
맞은편으로 허변과 선교수,
이들 사이로 우정미 부장판사(여/40대 초반) 앉아있다.
화면 하단 자막 [여교수 강간미수 사건 준비기일]

이듬　(판사 보며 못마땅한 소리) 아- 왜 하필 또 여자야?
진욱　판사님, 참여재판을 배제하고 일반재판으로 진행해주십시오.
피해자가 참여재판을 원치 않고 있습니다.

더군다나 이 사건이 언론의 주목을 받고 있는 점을 고려할 때
피해자의 2차 피해를 우려하지 않을 수-

허변 2차 피해는 우리 의뢰인이 당하고 있습니다.
인터넷 들어가 보세요. 의뢰인 연관검색어가 여자 강간범입니다.

진욱 그러니까 더더욱 비공개 재판으로 가야 하는 것 아닙니까?

재판장 변호인- 잘 생각해보셔야 합니다.
재판이 열리면 지금보다 더 큰 2차 피해를 당할 수 있습니다.
감당하실 수 있겠습니까?

선교수 (금방이라도 눈물이 떨어질 듯한 표정을 하고) 판사님,
외람되지만- 제가 한 말씀 드려도 되겠습니까?

재판장 (끄덕끄덕)

선교수 저는 이미 제자를 성폭행한 파렴치한 여자로 찍혀
평생 몸담았던 학교엔 휴직계를 내고, 아이들도 미국에 있는
친정에 보낸 상탭니다. 직장도 잃고,
아이들도 뺏긴 이 상황보다 더 큰 피해가 어딨겠습니까?
하루에도 열두 번씩 죽고 싶지만,
떳떳하게 공개법정에서 저의 무죄를 입증하는 것만이
제 살 길이라고 생각합니다.

이듬 (피해자 코스프레에 어이가 없어) 저기요, 선생님-
무슨 근거로 무죄를 확신하세요? 사람들 앞에서 유죄 판결받고
공개적으로 개망신당할 수도 있을 거란 걱정은 안 하시나요?

선교수 (흑! 눈물을 터뜨린다)

허변 (손수건을 준다)

재판장 검사- 말조심합시다.

이듬 (아나-)

재판장 ... 민감한 사안이고 양측 모두 합의할 의사 없는 상황을 고려해
참여재판으로 진행하는 걸로 하겠습니다.

선교수 (울먹울먹) 감사합니다.

허변 (선교수의 등을 토닥토닥- 해준다)

40. 동 - 회의실 앞 (낮)

선교수, 회의실에서 나오자마자 뒤따라 나오던 남우성의 뺨을 매섭게 후려친다. 남우성, 벙찌는데- 뒤따라 나오던 이듬과 진욱, 놀라서 달려와-

진욱 뭐하는 짓입니까?
선교수 (우성을 죽일 듯 노려보며)
이 벌레 같은 새끼! 감히 니가 날 모욕해?
(악에 받쳐) 너 땜에 내가 무슨 꼴을 당하고 있는 줄 아냐고?!
허변 진정하세요, 교수님.
선교수 (우성에게 시선 거두지 않고, 쏘아보며)
너 내가 아주 박살을 내줄 거야, 각오해! (홱 몸을 돌려 가는)
허변 (우성에게) 괜찮으세요? (하더니 은밀하게)
힘없는 여자 이겨서 뭐하시려고?
더 개망신당하기 전에 그만하는 게 좋을걸요?
남우성 (모욕감에 허변을 잠시 노려보다 간다)
이듬 (허변에게) 협박하는 겁니까, 지금?
허변 협박이 아니라, 하도 딱해서 충고 한마디 드렸습니다.
이듬 지금 그쪽이 남한테 충고할 주제가 된다고 생각하세요?
허변 주제가 될지 안 될지... 법정에서 가려보죠. (웃고 간다)
진욱 (어처구니없고) 대단하네요, 저 변호사. (하는데)

이듬, 허변호사 가는 모습을 쭉- 쳐다보는 표정이 심상치 않다.

41. 중앙지법 - 외경 (낮)

42. 동 - 형사대법정 안 (낮)

형사합의부 법정, 우정미 주심판사와 부심판사 좌우로 앉아있다.
기자들로 가득 찬 방청석, 사이로 목격자 김세미와 모자를 푹 눌러쓴
윤민주 원장, 그리고 민지숙 부장검사와 조갑수 대표.
갑수, 지숙과 눈이 마주치자 여유 있는 표정으로 고개를 까딱해 보인다.

법복을 입은 이듬, 맞은편으로 허변호사와 선혜영 교수 앉아있고
역시 법복 차림의 진욱, 배심원들과 눈을 맞춰가며
공소요지 말하는 중이다.

진욱 대학원 졸업논문 심사에서 유일하게 탈락한 피해자는
지도교수인 피고를 찾아가 그 이유를 물어봅니다.
그러자 피고는 니 논문은 훌륭하지만 하나가 더 필요하다고 하죠.
그 하나가 뭘까요, 맞습니다.
논문 통과를 미끼로 성관계를 요구한 겁니다. (선교수를 쳐다보면)

배심원들도 진욱의 시선을 따라 일제히 선교수에게 시선 집중-
선교수, 모욕감을 이기려는 듯 고개 들고 당당한 표정인데...

허변 (선교수에게 슬쩍) 고개 숙이고 처연한 표정!
가해자처럼 보여요, 지금.
선교수 (그 말에 얼른 시선을 내리깐다)

진욱 부당한 요구를 들어주고 학위를 딸 것이냐,
성관계를 거절하고 포기할 것이냐, 망설이는 사이
피고는 학생의 셔츠를 찢고, 바지 지퍼를 내리며 성관계를 시도합니다.
이 사건을 한 문장으로 정리하면 이렇습니다.
(또박또박 힘주어) 지도교수가 학위를 빌미로 학생을 성폭행하려 했다.

허변, 일어나 반박한다.

허변 검찰의 공소사실을 모두 부인합니다.

건장한 20대 남자를
자기 몸무게에 절반밖에 안 되는 40대 여자가 강간을 시도했다 칩시다.
근데 어떻게 한 번도 저항하지 않고 꼼짝없이 당할 수 있을까...
한번 생각해보시죠. (하고)

배심원들을 주욱- 보면, 배심원들 혼란스럽다는 표정이다.

허변 부디 배심원 여러분의 상식적인 판단을 당부드리는 바입니다.
이상입니다.

(짧은 시간 경과)

법복 입은 진욱이 앞으로 나와
스크린에 띄워진 증거분석 결과 데이터(남우성 옷에 묻은 선교수의 지문을 파란색 시약으로 표시한)를 설명하고 있다.

진욱 일반적으로 지문에서 검출되는 물질은
단백질이나 아미노산 등이 500에서 1000나노그램 정도입니다.
그런데 이 셔츠와 바지에서는
각각 2000나노그램이 넘는 물질이 검출됐습니다.
재판장 무슨 뜻입니까?
진욱 (선교수를 가리키며) 피고인이 그날 밤,
상당한 악력으로 피해자의 옷을 찢은 정황을 뒷받침하는 증겁니다.

허변 (소리) 검사 측 주장을 인정할 수 없습니다.

스크린 앞에 서 있는 허변.
사건 당일 성폭행 정황을 재연한 사진이 떠 있고,
아래쪽에 짓눌린 여자(선교수 역), 위에 있는 남자(남우성)를
밀어내는 과정에서 찢어지는 옷.

허변 보셨죠? 피고인의 주장대로 증인을 뿌리치고 밀어내는 과정에서도 거의 동일한 양의 지문 물질이 검출됐습니다.
고로 피고인이 옷을 찢었다는 검사 측 주장은
신빙성이 없습니다.

허변, 실무관에게 다가가 지문검출 데이터 서류를 주면-
실무관 받아서 재판장에게 넘긴다.
재판장, 허변이 제출한 서류를 보며 고개 끄덕끄덕-
방청석 사람들도 술렁술렁- 보일 듯 말 듯 미소 짓는 선교수.

(짧은 시간 경과)

남우성 조교, 증인석에 앉아있다.
이듬이 나와서 신문한다.

이듬 사건 당일 밤 11시경 증인은 피고인의 연구실로 혼자 갔죠.
맞습니까?
우성 네.
이듬 왜 하필 그 늦은 시간에 여자 교수 혼자 있는 연구실에 간 겁니까?
다음 날 낮에 가도 충분했을 텐데요?
우성 다음 날 아침 10시가 논문 재심사 마감이었습니다.
그땐 너무 급했기 때문에 미처 그런 생각은 못했습니다.
이듬 그래서 증인의 논문만 불합격시킨 이유가 뭔지 물어봤습니까?
우성 네.
이듬 그랬더니요?
우성 수정사항을 메모했다면서 태블릿 PC를 주셨습니다.
직접 보라구요. 그래서 PC를 보는데...
교수님이 제 허벅지를 만지기 시작했습니다.
이듬 손을 그냥 올려놨을 수도 있잖습니까?
우성 (이듬을 똑바로 보며) 정확히 말씀드리면 허벅지를 주물렀습니다.
이듬 그래서요, 흥분됐습니까?

우성 아니요.
이듬 (계속하라는 듯 고개를 끄덕거리면)
우성 그러고는 제 얼굴을 잡더니 키스를 했습니다.
이듬 얼마나요?
우성 ... 모르겠습니다.
이듬 키스를 받아줬다는 말입니까?
우성 네.
이듬 키스할 때 혹시 기분이 좋았습니까?
우성 아뇨. 나빴습니다.
이듬 기분 나쁜데 키스 왜 받아준 겁니까?
충분히 제지할 수 있었을 텐데요?
우성 (뭐라고 반박해야 할지 몰라 우물쭈물) ...
이듬 그 당시 피고인을 여자로 느낀 건 아닙니까?
우성 (강하게) 한 번도 여자로 느낀 적 없습니다.
이듬 그럼 말이 안 되지 않습니까?
아니, 피고인을 여자로 느낀 적도 없고,
스킨십도 기분 나쁜데, 키스하는데 다 받아주고
옷이 벗겨질 때까지 가만있을 수 있냐, 이 말입니다.
증인이 아무리 힘없는 을이라고 해도 증인은 남잡니다.
피고인을 충분히 힘으로 제압할 수 있어요.
우성 (이듬의 공격에 화가 치미는) 몇 번을 말합니까.
제 논문이 걸려있었다고요!
이듬 증인은 논문이 중요합니까, 남자가 자존심도 없어요?
보통 남자라면 그 자리에서 박차고 나올 텐데요?
우성 (바르르 떨며) 대학원 등록금이 얼만 줄 아세요?
박사학위 따려면 하루에 몇 시간을
책상 앞에 있어야 하는지 아시냐고요?
지도교수한테 찍혀서 나오면 그다음에는요?
이듬 (반어법) 학위가 그렇게 중요하면, 끝까지 참았어야죠!
성관계 요구는 왜 거부한 겁니까?
우성 !

이듬　(반어법) 끝까지 참았어야죠!
우성　(뭐라 항변하려다가... 씁쓸한) 네. 맞네요, 맞습니다.
검사님 말대로 그때 참았다면... (울컥해서 말 더듬는)
논문도 통과됐을 거고... 이 자리까지 나와서...
이러고 있지 않았을 텐데... 제가... 잘못했네요. 다 제 잘못입니다.
이듬　(배심원들을 보며) 이상입니다.

이듬의 전략이 먹혔다. 배심원들 모두 남조교를 동정심으로 본다.
자리로 돌아가 앉은 이듬, 어디 한번 해보라는 듯 허변을 본다.
허변, 조용히 미소 지으며 일어나 우성에게 다가간다.

허변　증인은 선우대학원 입학 당시 피고가 아닌
다른 교수한테 조교 지원원서를 냈다가 떨어진 적이 있습니다.
성적은 우수했던 걸로 나오는데, 떨어진 이유가 뭐였죠?
이듬　재판장님, 본건과 관계없는 질문입니다.
허변　증인과 피고인의 평소 관계를 확인할 수 있는 중요한 사안입니다.
재판장　계속하세요.
허변　대답해주시죠.
우성　지방대 출신에다가 전공 학부가 다르기 때문에 안 된다고 했습니다.
허변　그런 상황에 피고가 증인의 가능성을 보고 연구조교로 뽑았구요.
인정하십니까?
우성　네.
허변　사건 당일 날 논문심사에서 탈락한 사실을 알았을 때,
어떤 기분이 들었죠?
우성　(뭐 이런 질문이 다 있나) 기분이요? 당연히 나빴죠.
허변　화도 나고요?
우성　(어이없는) 네.
허변　그래서 복수해야겠다고 생각하신 겁니까?
우성　네?
재판장　변호인, 갑자기 복수 얘기가 왜 나오죠?
질문의 의도가 뭡니까?

허변 재판장님! 사건 당일 남우성이 피고를 고의로 음해할 목적이었음을 증명할 SNS 기록을 증거로 제출합니다.

진욱 (본능적으로 불길한 느낌이 들어) 이의 있습니다.
사전에 합의한 증거가 아닐뿐더러
증거 능력도 확인되지 않은 증겁니다.

재판장 변호인, 사전에 확인 안 된 증거는 받지 않겠다고 했을 텐데요?

허변 죄송합니다. 하지만- 재판장님.
이 사건이 여성아동범죄부 소관인 것은 알고 계실 겁니다.
검찰 수사 3일 만에 원스톱으로 재판 날짜가 잡혔고,
저희도 오늘 오전에서야 발견한 증거이기 때문에
미리 고지해드릴 시간이 없었습니다. 부디 양해 바랍니다.

재판장 (잠시 생각하더니) ... 알겠습니다. 들어보세요, 그럼.

서기, 허변호사에게 받은 USB를 열면-
스크린 위에 우성과 민주가 나눈 카톡 내용들이 나온다.
주로 선교수를 험담하거나 욕설을 한 내용들만
악의적으로 편집한 내용들.
'실력도 없는 X이 존나 짜증나게.'
'오늘 치마 입고 왔다. 다 늙어서 끼부리는데 미치겠다.'
'논문만 통과되면 그년의 실체를 다 까발릴 거다.'
우성, 놀라 할 말을 잃는다. 배심원들, 술렁거리고...
이듬과 진욱 역시 갑작스러운 공격에 어이가 없는데-

허변 본인이 쓴 내용 맞죠?

우성 앞에 무슨 얘기가 있었는지 다 자른 거잖아요.

허변 증인 본인이 쓴 내용이 맞다는 건 인정하시냐고요.

우성 말도 안 돼!

이듬 (벌떡 일어나) 재판장님, 본건과 상관없는 내용이며,
증인이 피고인을 공격하는 내용만 골라서
일방적으로 짜깁기한 것으로 보입니다.

재판장 인정합니다.

허변　알겠습니다. 사실 증인을 이해 못할 바는 아닙니다.
선생님이나 회사 상사에 대해 뒷담화하는 건 자연스러운 일이죠.
그런데 증인은 유독 한 사람하고만 피고에 대해 얘길 하던데요.

우성　제가 왕따라서 같이 얘기할 사람도 없는 게 문제가 됩니까?

허변　... 증인... (씨익- 웃더니)
증인 남자를 좋아하는 동성애자죠?

우성　!!!

허변　저 카톡을 주고받은 사람은 친구가 아니라
3년 된 애인이고요.

이때, 스크린 위로 남우성과 윤민주 다정히 뽀뽀하는 사진이 뜬다.
허변호사, 실수인 것처럼 "죄송합니다." 하며 얼른 내리지만
이미 볼 사람들은 다 봤다.
방청석과 배심원들 모두 술렁술렁거리고-
당황한 우성, 얼굴이 시뻘게져 고개를 숙인다.
진욱, 싸늘하게 굳어 허변호사를 노려보고-
갑수는 재밌다는 듯 얼굴에 미소가 한가득이다.

진욱　재판장님, 변호인은 본건과 상관없는 증인의 프라이버시를
침해하고 있습니다.

허변　여자한테 강간당하는 동성애자도 있습니까?
만약 증인이 이성을 좋아하는 평범한 남자라면!
여자가 성적인 제안을 했을 때- 남녀로 그 상황을 즐기거나-
아니면 본인이 가진 물리적인 힘으로 여자를 얼마든지 제압할 수
있었을 겁니다. 증인은 애초부터 여자를 싫어하는 게이니까
무고한 피고에게 강간죄를 뒤집어씌운 거 아닙니까?

우성　(모욕감에 입술이 부들부들 떨린다) ... 아닙니다.

허변　증인, 반박해보시죠.
평소 여자인 피고에게 혐오감을 갖고 있었죠?
그러다 논문이 탈락되니까 복수하려고 성폭행으로 고소한 거 아닙니까?

우성　아니라고!!! (허변에게 달려들어 목을 움켜잡는다)

놀라는 허변, 그러나 한편으로는 바라던 상황이다.
경위들, 우성에게 달려들어 허변과 간신히 떼어놓고-

재판장 증인 끌어내세요!

배심원들 모두 경악하는 표정으로 그 모습을 본다.
'하아-' 안타까운 표정으로 끌려가는 남조교를 바라보는 진욱-
그러나 이듬은 별 표정의 변화가 없다.
오히려 웃음을 참으려는 듯 입가가 씰룩거리고 있다.
진욱, 그런 이듬이 의아스러운데...

재판장 (법봉을 치며) 조용하세요. 검찰 측, 변호인 측-
재판 계속 진행할 수 있겠습니까? 잠시 휴정할까요?
이듬 아뇨. 괜찮습니다. 진행하시죠.
허변 (표정 관리하며) 저희도 좋습니다.

(짧은 시간 경과)

증인석에 앉은 선교수, 가련한 표정으로 진술 중이다.

선교수 (흐느낀다) 솔직히 저는 이 상황 자체가 너무나 힘이 듭니다.
저, 사회적으로도 인정받고,
가정에서도 사랑받으며 살아온 사람입니다.
그런 제가 뭐가 아쉬워 입에 담기도 싫은
그런 일을 저질렀겠습니까?
저를 그런 말도 안 되는 범죄자로 몰아가는
이 상황에서 빨리 벗어나고 싶은 마음뿐입니다.
허변 이상입니다.
재판장 검찰 측- 반대 신문 있습니까?
이듬 (일어나) 재판장님- 사건 당일 피고가

남우성에게 강간을 시도한 정황이 녹음된 증거를 제출합니다!

모두- 귀를 의심한다!!!!!

재판장 (놀라) 검사, 뭘... 제출한다고요?
진욱 (역시 놀라서) 마검사님?
이듬 (차분하게) 사실 저희도 증인이 동성애자라는 걸 알고 있었습니다.
거기다 증인의 애인이 증인과 통화하다 우연히 그날 밤 성폭행 정황을
녹음한 사실도 알고 있었고요.
하지만 피해자가 법정에서 동성애자라는 게 밝혀질까 봐
극도로 우려했기 때문에 증거로 제출하지 않았던 겁니다.
허변 (당황해 보는) ...
이듬 근데 앞서 보셨다시피 이미 변호인 측에서
증인의 프라이버시를 다 공개했기 때문에
저희도 망설일 필요가 없다고 판단한 거죠.

얄밉도록 침착한 태도의 이듬,
허변호사- 그런 이듬을 노려보다가 문득! 떠오르는 것이 있는데!!

*- **플래시백** / 중앙지법 로비, 준비기일에 만났을 때 상황-*
이듬에게 "법정에서 봅시다." 인사하고 돌아서는 허변.
/ 중앙지법 화장실.
화장실에서 나온 허변, 손 씻으려 세면대 앞에 서는데-
누군가 놓고 간 핸드폰이 보인다. 때마침 오는 문자.
[남우성 씨 연락처 알아요? 마검사님?]
흠칫해서 화장실 안을 보는 허변, 보면-
저쪽 화장실 문이 닫혀있는 걸로 봐서 이듬이 두고 간 핸드폰이다.
[재판 끝날 때까지 남우성 씨 SNS 보안해달라고 전해주세요]
[윤민주 씨 관련된 내용은 특히요]
허변, '윤민주?' 하는 표정이 되고-
이때 화장실 안에서 물 내리는 소리 들리자, 얼른 나간다.

/ 화장실 앞
허변, 사무실에 전화해 지시 내리는
"어. 난데... 남우성 통화 내역 좀 캐봐!"

다시 법정.
허변, 이제야 알겠다는 듯- '그 문자, 사기였어?'
어이없어 이듬을 보고-
역시 어안이 벙벙한 진욱, 머릿속을 스치는 그날의 기억.

*- **플래시백** / 법원 로비*
허변이 화장실 쪽으로 가는 걸 유심히 보던 이듬, 갑자기 진욱에게-

이듬　잠깐 핸드폰 좀 빌릴게요.
진욱　네?
이듬　얼른요. 제 꺼 배터리가 방전돼서.
진욱　(의아하지만 일단 주면)
이듬　(얼른 받아 들고 화장실 쪽으로 간다)

*- **플래시백** / 허변이 우성이 동성애자임을 터뜨리던 순간-*
진욱, 놀라서 이듬을 보는데- 이듬, 놀라기는커녕
오히려 웃음을 억지로 참는 듯
입가가 씰룩대는 표정이라 의아했던!!!

다시 법정
'마이듬이 일부러 남우성 신상을 허변에게 흘렸구나!'
이제야 퍼즐이 딱 맞춰진 진욱, 멘붕이 돼서 이듬을 보는데-

재판장　틀어봅시다, 그 증거!
이듬　(실무관에게 USB를 넘긴다)

실무관, USB를 열면 사건 당일 밤-

노골적으로 성관계를 강요하는 선교수의 끈적한 음성과
일방적으로 당하기만 하는 남조교의 애처로운 음성들이 뒤섞여
법정 안을 메운다.
얼굴이 창백해질 대로 창백해진 선교수,
도저히 못 듣겠는지 그만 증인석에서 졸도해버리고...
경위들 달려가 선교수를 밖으로 데려간다.
또 한 번 술렁거리는 배심원석과 방청석-

재판장 (하아-) 조용히 하세요! 조용히!

당황한 표정의 진욱과 전혀 상반된 표정의 이듬을 번갈아 보다
무슨 상황인가 싶은 민부장과
멘붕에 빠진 허변의 표정을 보다가
그 맞은편에서 승리의 미소를 짓는 이듬에
뭔가 흥미를 느낀 듯 제대로 쳐다보기 시작하는 조갑수.
그리고 진욱 반사적으로 방청석에 있는 우성을 보면-
허탈한 표정으로 망연자실해 있는 모습이다.
경악과 충격으로 아수라장이 된 법정-
그 안에서 혼자만 미소 짓고 있는 이듬의 얼굴에서

43. 법정 안 / 밖 (낮)

[개정 중] 불이 꺼지고 법정 문이 활짝 열린다.
기자들 앞다퉈 나오며 통화로 판결 소식을 전하느라 바쁘다.

기자들 판결 났습니다! 징역 1년 6개월에 집유 3년이요!! /
네, 피해자가 동성애자래요.
이 사건 죽이는데요?

법정 안 사람들 시끌시끌하며 밖으로 빠져 나가면,

기록을 정리하고 있는 이듬,
어이없는 듯 이듬을 쏘아보는 진욱과 시선이 마주친다.
진욱 시선 무시하고 걸어가는 이듬.
진욱, 따라와서 이듬의 팔을 확 잡아챈다.

진욱 사람 뒤통수 한번 제대로 치시네요.
이듬 네?
진욱 마검사님 맞죠? 서쪽 편에 남우성 씨 비밀 깐 사람.
이듬 (약간 찔리지만) 뭐... 어쨌든 승소했잖아요?
진욱 (어이없는) 어쨌든 승소요?
아까 동성애 사실 추궁당할 때 남우성 씨 표정 보고도
그런 말이 나옵니까, 지금?
이듬 네.
진욱 지금 남우성 씨가 어떤 심정일지 1도 생각 안 하십니까?
이듬 (건조) 그걸 내가 왜 해야 되죠?
진욱 (놀라울 따름) 네?
이듬 난, 검사지 변호사가 아니거든요.

어이없어 이듬 보고 있는 진욱을 뒤로하고
밖으로 나가는 이듬.
이듬에게 쏟아지는 카메라 플래시들.
"혐의 입증이 특히 힘들었던 사건을
결정적 한 방으로 이긴 소감이 어떠십니까?"
"피해자가 동성애자인 건 언제부터 아셨습니까?" 등등의 말이 쏟아지고
이듬, 기자들 앞에서 입을 연다.

이듬 안녕하십니까. 여성아동범죄 전담부 검사 마. 이. 듬. 입니다.

이듬의 뿌듯한 표정에서... 2부 끝!

· 마녀의 법정 ·

3부

1. 법원 - 법정 앞 / 복도 (낮)

[재판 중] 불이 꺼지고 법정 문이 활짝 열린다.
기자들 앞 다퉈 나오며 통화로 판결 소식을 전하느라 바쁘다.

기자들 판결 났습니다! 징역 1년 6개월에 집유 3년이요!! /
네, 피해자가 동성애자래요. 이 사건 죽이는데요?

2. 동 - 법정 안 / 앞 (낮)

법정 안, 기자들의 원색적인 호들갑이 그대로 들려온다.

기자들 (소리) 미다시? 최초 여성 강간범이라고 뽑아 일단!
/ 가해자는 여교수, 피해자는 호모예요.

멍한 표정으로 듣고 있던 선교수, 일어나려다 휘청한다.
옆에 허변, 부축하려는데 선교수, 매몰차게 뿌리치고 간다.
허변, 고개를 확 돌려 보면-

약 올리듯 승리의 미소를 짓는 이듬이 보인다.
허변, 기막힌 듯 보다가 선교수를 쫓아나가고,
이듬 홀가분히 일어나 짐을 챙기다가
어이없는 듯 이듬을 쏘아보는 진욱과 시선이 마주친다.
진욱 시선 무시하고 걸어가는 이듬.
진욱, 따라와서 이듬의 팔을 확 잡아챈다.

진욱　사람 뒤통수 한번 제대로 치시네요.
이듬　네?
진욱　마검사님 맞죠? 저쪽 편에 남우성 씨 비밀 깐 사람.
이듬　(약간 찔리지만) 뭐... 어쨌든 승소했잖아요?
진욱　(어이없는) 어쨌든 승소요?
아까 동성애 사실 추궁당할 때 남우성 씨 표정 보고도
그런 말이 나옵니까, 지금?
이듬　... 네.
진욱　지금 남우성 씨가 어떤 심정일지 1도 생각 안 하십니까?
이듬　(건조) 그걸 내가 왜 해야 되죠?
진욱　(놀라울 따름) 네?
이듬　난, 검사지 변호사가 아니잖아요?
진욱　(어이없어 보다가) ... 아니 마검사님 무슨 싸이코패습니까?
이듬　(귀를 의심하는) ... 싸이코패쓰? (하는데)
민부장　(소리) 마검사!

보면 민부장, 앞에 서서 굳은 표정으로 이듬을 보고 있다.
이듬, 살짝 불안해지는데-

3.　동 - 법정 복도 (낮)

승강기 문 열리면-
이듬, 고양이 앞에 쥐처럼 찍소리 못하고 민부장 따라 탄다.

민부장　어떻게 된 거야, 대체?
저쪽에서 남우성이 동성애잔 건 어떻게 알아냈고,
녹취 파일은 또 언제 준비한 거야? (의혹의 눈으로 보고)

이듬　아, 그게요. 부장님.
(어떻게 된 거냐면은 하고 변명하려는데)

승강기 문 다시 열리고
이번엔 허변과 조갑수가 올라탄다!
허변 vs 이듬 / 갑수 vs 민부장의 시선이 부딪히는 사이
승강기 문 닫힌다.

4.　승강기 안 (낮)

외나무다리에서 만난 원수들 같은 불편하고 무거운 침묵이 깔리다가...

갑수　오랜만입니다. 영감님.

민부장　오랜만이네요. 조갑수 총경... 아니 이제 조후보님이라 불러야 되나?

이듬　(아는 사이야? 싶어 보는데)

갑수　(미소 짓고) 우리 민검사님은 참 20년이 지나도 한결같으십니다.

민부장　?

갑수　그렇게 과거만 쳐다보니 발전이 없지요.

민부장　조갑수 씨도 20년 전 그대롭니다. 후안무치하고 뻔뻔하고.

갑수　(하하하 웃으며) 애들 있는 앞에서 상투 잡고 싸우는 꼴 보이지 맙시다.

두 사람의 심상치 않은 대화에 이듬, '둘이 뭐야?' 싶어 보다가
갑수와 시선이 마주친다.

갑수　(이듬을 보며) 아까 검사님 맞지요? 재판 잘 봤습니다.

이듬　(고개만 까딱한다)

갑수 (허변에게) 허변 니 분발해라.
허변 반성하고 있습니다. (하더니 이듬에게)
공판 준비기일 때... 화장실에서... 맞죠?
이듬 (시치미) 네?
허변 (미소 지으며/고자질하듯) 핸드폰 일부러 밖에다 놓고
나 보라고 거짓말로 문자 보냈잖아요. 맞죠?
이듬 (당황스럽지만) 어머 글쎄요. 난 그런 기억이 없는데?
허변 (비꼬는) 당연히 없어야겠죠.
민부장 (창피해서 이듬을 노려보고)
갑수 (재밌다는 듯) 그런 일이 있었나?
허변 네. (하더니 이듬에게) 검사님이 던진 떡밥인 줄 모르고
덥썩 먹다가 제대로 체했네요. 앞으론 조심할게요.

승강기 문 열린다.

갑수 또 봅시다. (이듬에게 눈인사 하고 내리고)

허변, 까딱 고개인사하고 내린다.
민부장, '내 이럴 줄 알았다' 하는 눈빛으로 이듬을 쏘아보고
이듬, 난감하다.

5. 법원 야외 일각 (낮)

백실장, 자동차 앞에 서서 대기하다가
갑수와 허변 모습 보이자, 자동차 뒷문 열고 목례한다.

갑수 (차에 타려다가) 선교수 항소심, 강호(로펌)에 맡긴다 카데?
허변 니 아나?
허변 네. 들었습니다.
갑수 그럼 선우재단 사외법무팀 자리 날아간 것도 알겠네?

허변 ... 네.

갑수 알면 걸어와라. 올챙이 적 생각하면서. (차에 탁 올라탄다)

자동차 출발하고, 허변 멀어지는 자동차를 보며 이를 부드득 간다.

6. 달리는 자동차 안 / 밖 (낮)

백실장, 운전하고- 갑수, 생각에 잠긴 표정으로 뒷자리 앉아있다.

갑수 (피식) ... 웃기는 가스나네.

백실장 (룸미러로 갑수 살피며) 허변호사 말씀입니까?

갑수 상호 니, 떡밥 검사라고 들어봤나?

백실장 ... 네?

갑수 검사가 피해자 신상을 유리한 증거처럼 싹- 포장해가
변호인 쪽에 떡밥으로 던졌다 이말이다.

백실장 그런 검사도 있습니까?

갑수 있다! 것도 꽉꽉 막힌 민지숙이 밑에 있으니 웃기지 않나?

백실장 ... 제가 더 알아볼까요, 그 검사?

갑수 (대답 대신 미소를 짓는다)

7. 여아부 - 민부장 사무실 앞 (낮)

결재 서류판 든 장검과 서검, 들어가려는데
문 앞에 서 있던 구계장과 손계장, 만류하며
손가락으로 사무실 앞을 가리키면-
민부장의 성난 목소리가 들린다.

민부장 (소리) 검사가 흥신소 직원이야? 뭐야?!!

8. 동 - 민부장 사무실 안 (낮)

단단히 화난 표정의 민부장, 앞에 서 있는 이듬을 질책 중이다.

이듬 저도 2차 피해를 생각 안 한 건 아닙니다.
민부장 그런데?
이듬 부장님이 더 잘 아시잖아요,
우리나라 성범죄 전담법정이 어떤지.
민부장 (어떤데?)
이듬 마흔도 넘은 성인 남자가 중3짜리 한테
아이돌 만들어준다 접근해서 성폭행한 사건이요.
5년 전, 부장님 계시던 형사7부에서 맡았죠?
민부장 !
이듬 법원에서 자발적 성관계로 인정해서 무죄 내렸잖아요.
아무리 DNA 증거 내밀고, 목격자 진술을 뒤집어도
가해자 눈물 몇 방울이면 판결이 뒤집어지는 곳이라고요.
민부장 !
이듬 거기다 이번 사건은 가해자가 여자였어요.
강간미수 사실을 입증할 명확한 증거도 없었고요.
녹취 파일 안 까면 무죄 떨어질 확률 100퍼였다고요.
민부장 현실적으로 어쩔 수 없었다?
이듬 편법을 써도 이겨야겠다고 판단했을 뿐입니다.
선교수가 가해자라는 건 팩트니까요.
민부장 팩트? 그럼 이건 어떻게 책임질래?
이듬 ?

민부장, 앞에 있던 컴퓨터 모니터를 돌려 이듬에게 보여주면
[여교수 강간미수 사건] 과 관련된 인터넷 기사 제목들이 보인다.
[여교수는 강간범, 피해자는 게이?] [동성애 숨기다 성추행까지?]
하나같이 선정적이고 노골적인 제목의 기사들이다.

민부장 학위 취득에 목매는 대학원생이
지도교수한테 성폭행당했단 본질은 온데간데없고!
삼류 잡지 같은 소리만 떠들어대잖아, 지금?
녹취 파일 터뜨릴 때 여기까진 생각 못했어?

이듬 (입술 깨문다) ...

민부장 마검 너, 본인이 굉장히 유능하다고 생각하지?
천만에! 실력이 없으니까 자꾸 변칙 쓰고
편법에 눈 돌리는 거야.

이듬 (자존심 상해서 보면)

민부장 하나만 더 묻자. 마검 너, 여아부 들어와서 처음 면담했을 때,
개인적인 이유로 원하는 부서가 따로 있었다 그랬지?

이듬 ... 네.

민부장 대체 그 개인적인 이유가 뭐야?
출세가 급해? 아니면 높은데 올라가면 누구 복수할 사람이라도 있어?

이듬 그런 것까지 말해야 됩니까?

민부장 아니? 여기가 마검 니 개인적인 한풀이하는데 아니라고,
그 얘길 하는 거라고, 지금!

이듬 (자존심 상해 보는데)

민부장 ... 보기 싫으니까 사유서 쓰고 나가.

이듬 네? 사유서요?

민부장 왜? 싫어? 내가 직접 써서 징계위로 올려줄까?

이듬 (모욕감에 입술 깨문다)

우성 (화난/소리) 지금 병 주고 약 주는 겁니까?

9. 법원 일각 (낮)

[명인대학 정신건강의학과 김성진 과장] 명함을 든
우성의 손이 바들바들 떨린다.

앞으로 진욱, 무거운 표정으로 서 있고 조금 떨어진 곳 윤민주,
자동차 앞에 기대서 두 사람을 보고 있다.

진욱　실력 있는 친굽니다. 도움 될 거예요.
우성　(명함 구겨서 바닥에 내팽개친다)
진욱　!
우성　내가 그랬잖아요?
재판 가면 다 까발려진다고!
엄마 아버지한테도 이십 몇 년 숨긴 거,
잘난 검사님 때문에 다 알게 됐다고, 이제!
진욱　(묵묵히 바닥에 떨어진 명함을 주워
우성의 재킷 호주머니에 넣어준다)
우성　뭐해요, 지금? 장난해?
진욱　... 앞으로 많이 힘들 겁니다.
우성　!
진욱　해줄 수 있는 게 가해자 처벌밖에 없네요.
죄송합니다. (고개 살짝 숙인다)
우성　(기막힌 듯 보다가 돌아서 간다)
진욱　(고개 숙인 채로 무거운 표정)

10. 이듬 오피스텔 근처 편의점 (밤)

이듬, 캔맥주가 가득 들어찬 바구니를 계산대에 올려놓는다.
알바생, 띡띡띡- 바코드 찍으며 계산하는데,
이듬, 바구니에 있던 캔맥주 꺼내서 벌컥벌컥 마신다.

알바생　어어? 계산하고 드셔야...
이듬　(빈 맥주캔을 앞에 탁 놓으며) 얼마죠? (꺼억-)

11. 이듬 오피스텔 근처 길 (밤)

양손에 무거운 맥주캔 봉지를 든 이듬, 씩씩거리고 걸어가는데
뒤에서 오던 누군가의 손이 봉지 하나를 들어준다.
어? 해서 보면 진욱이다.

이듬 (삐딱) 왜요? 싸이코패스는 이만한 짐도 못 들까 봐요?
진욱 할 얘기 있어요.
이듬 부장님한테 대박 깨진 거 알죠?
여검까지 숟가락 얹을 생각이면 사양할게요.
진욱 재판 얘기 하려는 (게 아니라)
이듬 (지레 끊고) 에헤- 재판 얘기 하지 말라니까!
진욱 타이밍 안 좋은 건 아는데- 지금 해야 돼요.
이듬 타이밍 안 좋으니까 하지 말라고요, 재판 얘기!
진욱 마검사님!
이듬 하지 말라...
진욱 (끊고) 이사 언제 가십니까?
이듬 니까... 네?
진욱 이사요, 이사.
집은 알아보고 있는 겁니까?
이듬 아, 이사...
진욱 들어온다는 사람은 많은데,
나간단 얘기가 없어서 난감하네요, 제가.
거기다 퇴근해서까지 마검사님하고 부딪히니까
마치 연장 근무하는 것 같아서 피곤하고요.
마검사님도 저랑 마주치는 거 별로시죠?
이듬 (어물쩍) 뭐... 그런 거 같기도.
진욱 (칼같이) 잘됐네요. 날짜 정해지는 대로 연락주세요. 그럼.
(짐 다시 건네주고 목례하고 간다)

다시 양손에 맥주 봉지 든 채로 남겨진 이듬, 황당하고...

12. 이듬 오피스텔 안 (밤)

들어온 이듬, 민망한 기분에 구시렁거리며
맥주캔들을 냉장고에 쟁여넣고 있다.

이듬 아, 저... 새파란 초임 주제에 어디 감히 주임검사한테
얼굴 보니까 피곤하다 그래?
내가 그 연차 땐 어머 부장님은 걸어다니는 비타민이세요.
전 부장님 얼굴만 봐도 힘이 나요~
이러면서 입에 침도 안 바르고 아부 떨었구만!
(진욱 오피스텔 쪽을 바라보며) 저 아이큐만 높았지,
사회성은 완전 개판이구만! (맥주캔 꺼내 따며)
하여간 위아래로 다 멕이는 날이네, 진짜!

맥주 한 모금 마시고 침대에 털썩 눕는 이듬.
이내 표정이 무거워진다.

*- **플래시백** / 3부 8씬*
민부장 대체 그 개인적인 이유가 뭐야?
출세가 급해? 아니면 높은데 올라가면 누구 복수할 사람이라도 있어?

이듬, 일어나 구석에 처박아놓은 오래된 종이박스
(이듬이 장현동 살았을 당시 물건들 모아놓은)를 연다.
뚜껑 열어보면 만화책들(여왕의 기사) 보이고,
만화책들 꺼내보면
그 밑에 오래돼서 누렇게 바랜 전단지 묶음이 나온다.
전단지 속 웃고 있는 엄마 영실의 얼굴 위로

이듬 (소리) 아씨! 자꾸 누가 떼가는 거야?

13. 과거 - 장현동 주택가 일각 (낮)

자막 [2003년]

[치킨공주] 스티커 붙은 배달 오토바이가 담벼락에 세워져있고,
닭 벼슬 모양의 헬멧을 쓴 고딩 이듬이 씩씩거리며 전단지를 붙이고 있다.
옆으로 깻잎머리에 촌스러운 화장을 한 교복 차림 유미도 서 있다.

이듬 어제 분명 이 자리에 다섯 장씩 붙였거든.
근데 아까 배달 가는데 보니까 또 없는 거야, 또!

14. 과거 - 장현동 다른 일각 (낮)

쭈쭈바 같은 것을 입에 물고 걸어가는 이듬과 유미.
유미, 심각한 표정이 돼서 이듬에게 묻는다.

유미 ... 혹시 아줌마 납치한 놈 아닐까? 전단지 범인?
이듬 뭐?
유미 그놈이 이 동네 산다고 생각해봐.
사방에 지가 납치한 여자 사진이 막 붙어있는데
얼마나 찔리겠어. 개 찔릴 걸?
이듬 말 되는데? 경찰서 가서 CCTV로 확인해달라 그러자! (하는데)
유미 어!!! 납치범?? (어딘가를 손가락으로 가리키면)

교복 차림의 여고생, 담벼락에 붙은 실종 전단지를
거칠게 뜯더니 박박 찢어버리고 있다.
가슴에 [황세나] 명찰 달고 있다. 1회에 나온 세나다.
세나, 황당해 보는 이듬과 눈이 딱 마주친다.

15. 과거 - 장현동 공원 일각 (낮)

당장이라도 머리채를 잡을 듯 살벌한 시선으로 마주 선 이듬과 세나.
중간에 낀 유미, 어찌할 바 모르고 서 있다.

세나 마이듬 너! 인터넷 신문고에 투서 올렸다며?
우리 아빠 수사 제대로 안 해서 니네 엄마 못 찾는다고!
이듬 그게 뭐? 내가 없는 소리 했어?
세나 너 땜에 우리 아빠 지방으로 발령났어. 나두 전학 간다고!
이듬 ... 그러니까 찾았어야지.
못 찾으면 왜 못 찾는지 설명을 해주던가.
꼴랑 3개월 찾다가 8년이 되도록 내팽겨쳤어, 미제 사건 될 때까지!
이거 직무유기 아냐?!
세나 아니 우리 아빠가 무슨 하느님이냐?
자기 발로 가출해서 꽁꽁 숨어있는 니네 엄말 무슨 수로 찾냐고?
이듬 뭐?
유미 (자기도 뭔가 들은 게 있는 듯 켕겨서) 야아~
이듬 (싸늘) 제 발로 가출했다고 누가 그래? 증거 있어?
세나 동네 사람들이 너 불쌍해서 쉬쉬하는 거야.
니네 엄마 너 버리고 도망친 거 맞아.
이듬 (부들부들) 우리 엄마가 날 왜 버려? 왜?!!!

이듬, 분노로 세나의 머리채를 확 잡는다.
엉켜서 싸우는 세나와 이듬.

16. 과거 - 장현동 경찰 지구대 (밤)

엉망진창인 꼴로 이듬과 세나, 나란히 앉아있다.
이때 파출소 안으로 들어오는 세나 부모, 세나를 보고 놀라는데 세나모　세나야!!

세나　(울먹거리며) 엄마아- (안긴다)

세나부　어떻게 된 거야?

순경　(세나부에게 경례) 충성! (하더니)
학생들끼리 싸움 났다고 가보니까 세나잖아요.

세나모　누가 이랬니? 누구야 대체? (하고 보면)

입술이 터진 이듬이 삐딱한 표정으로 세나모를 떡 쳐다본다.
옆으로 유미, 흐트러진 깻잎머리를 하고서 앉아있다.

세나모　너였구나! 하! 이듬이 너 우리집하고 무슨 웬수졌니,
맨날 지 엄마 찾아내라고 데모하고.
인터넷 투서까지 써서 세나 아빠 주저앉히더니
이젠 세나까지 두들겨 패?

유미　아니, 그게요 아줌마. 이듬이도 많이 맞았어요.

이듬　야, 내가 언제?

세나모　시끄러! 너두 똑같아!
(이듬에게) 저 봐- 미안하단 소리 한마디 없네.
니가 이렇게 성격이 못되고 독하니까
니네 엄마도 도망친 거 아냐?

이듬　(울지 않으려 버티며) 아줌마가 어떻게 알아요?
아줌마가 봤어요? 우리 엄마 도망친 거?

세나부　(세나모에게) 고만해! 당신 세나 데리고 먼저 가. 얼른!

세나모, 구시렁거리며 세나와 나가면-

세나부　(이듬과 유미에게 다가가) 니들도 얼른 들어가라. (가려는데)

이듬　아저씨, 저 아저씨 해꼬지하려고 글 올린 거 아니에요.
(울먹울먹) 엄마 찾고 싶어서, 엄마 보고 싶어서...
아니 살았는지 죽었는지라도 알고 싶어서... 그래서...

(주먹으로 눈물 닦는다)

세나부 니 엄마 그냥 어디서 잘 살고 있다고 생각해라.
자식 버리고 도망친 엄마들, 백이면 백...
죽기 전엔 한 번 자식 찾아온다고 하더라.

이듬 (답답) 아니라니까요. 우리 엄마, 도망치지 않았다구요.

세나부 ... 살아있으니까 안 나타나는 거다.
죽었으면 시체라도 나왔지.

이듬 (그 말에 참았던 눈물이 와르르 쏟아진다)

17. 과거 - 장현동 동네 일각 (밤)

이듬, 눈물을 닦으며 전단지를 자기 손으로 떼고 있다.
유미, 옆에서 말리는데...

유미 야아- 이러다 못 찾으면 어떡해? 내일이라도 아줌마 봤다는 사람 나올 수도 있잖아.

이듬 됐어. 이제 내가 직접 찾을 거야.

유미 니가 무슨 수로 찾아?

이듬 몰라. 형사가 되든 아니면 대통령이 되든 내 손으로 찾을 거야.
납치당한 거면 그 나쁜 놈 내가 잡고!
나 버리고 도망간 거면... 출세해서 엄마가 찾아오게 만들 거라고!

18. 다시 현재 - 이듬 오피스텔 안 (밤)

전단지 속 영실의 사진에 툭! 눈물이 떨어진다.

이듬 (얼른 천장을 보며) 아나 왜 이러니?
(얼른 눈물 훔치며) 울지 마, 마이듬! 울면 누가 상 주냐?

이듬, 무거운 분위기를 떨쳐내려 리모컨을 찾아든다.

이듬 그래, 간만에 잉여잉여하게 놀아볼까? (TV 켜는데)

(시간 경과)

이듬, 눈물 콧물 사정없이 흘리며 사발면 안주 삼아서
캔맥주 마시며 TV 영화 보고 있다.
영화 웨딩드레스[2]가 나오고 있다.
송윤아가 만든 웨딩드레스가 나오는 영화의 한 장면에서
사건 인트로 시작된다.

도우미 (소리) 신부님 나오세요.

19. 웨딩드레스 샵 (낮)

챠르르- 커튼이 젖혀지면서 웨딩드레스를 입은 송가영(30대 초반)이
보인다. 스마트폰을 보며 대기 중이던 머리숱 없는 약혼남(30대 후반),
가영을 보자- 감탄하며 일어난다.

약혼남 오- 장난 아닌데? (엄지 척) 송혜교 전지현 김태희인 줄!
가영 치! (하면서도 기분 좋은/거울을 이리저리 보며)
근데 좀 야한 거 같지 않아?

옆에 서 있던 매니저, 호들갑 떨며-

매니저 하나도 안 야해요, 신부님!
우리 신부님이 가슴도 좀 있고- 어깨 라인이 예뻐서

2 송윤아, 김향기 주연. 시한부 엄마가 어린 딸을 위해 웨딩드레스를 만들어주는 내용의 2009년도 작품.

조금 과감하게 드러내는 게 훨씬 어울려요.

가영 그래도 좀 얌전한 스타일이 좋을 거 같아,
그날 오빠네 병원 교수님들도 많이 올 텐데-

약혼남 너 맘대로 해. 난 다 예뻐. (하는데)

약혼남의 핸드폰 문자 수신음이 들린다.
핸드폰 보면- [망설이다 보낸다. 인터넷에 너 약혼녀 동영상 도는데 한번 확인해봐.] 문사 온다.
'뭐지?' 해서 사진 첨부 파일을 열면-
상반신을 노출한 가영이 웬 남자와 엉켜있는 동영상이다.
(*모자이크 처리)

약혼남 (핸드폰 속 가영과 웨딩드레스 차림의 가영을 번갈아 보다가)
가영아... (핸드폰 내밀며) 이거 너 아니지?

동영상을 본 가영, 얼굴이 창백해진다!

20. 검찰청 - 외경 (아침)

진욱 (소리) 지난주에 여아부로 접수됐던 동영상 유출 사건입니다.

21. 여아부 - 회의실 (아침)

사건 회의 시간이다.
이듬을 제외한 민부장, 장검, 서검, 손계장, 구계장 앉아있고,
진욱, 슬라이드 화면 앞에 서서 사건 브리핑 중이다.
손계장, 출력한 브리핑 자료들을 한 부씩 나눠주는데-
이때 선글라스를 낀 이듬이 들어온다.

이듬　　죄송합니다. 5분 늦었습니다. (자리로 가서 앉으려는데)

모두 선글라스를 낀 이듬에게 시선 집중-

민부장　(선글라스 가리키며) 어디 여행 가?
이듬　　여행은요. 아참- 보여드리기 민망한데 (하면서 선글라스를 벗으면)

간밤에 라면과 맥주와 눈물로 퉁퉁 부은 이듬의 눈두덩이가 보인다.
다들 '으-' 일그러진다.

이듬　　보셨죠, 여러분? 늦은 밤 과도한 나트륨 섭취가
이렇게 위험한 겁니다. (다시 착 낀다)
민부장　일합시다. (진욱에게) 계속해.
진욱　　네. (하면)

슬라이드 화면에 송가영의 얼굴이 뜬다.

진욱　　피해자는 송가영으로 30대 초반, 유치원 교사고요.
다음 달 결혼을 앞둔 예비신붑니다.

슬라이드 화면에 김상균 얼굴이 뜬다.

진욱　　용의자로 추정되는 김상균은
2년 전 송가영과 사귀다 헤어진 전 남자 친구고,
현재 취업 준비생이라고 합니다.
장검　　추정이라니? 헤어진 여자 친구가 결혼한다니까
앙심 품고 일부러 올린 거 아냐?
진욱　　현재까진 자기도 유출 피해자라고 주장해서요.
영상 확인 결과 김상균 얼굴도 약간 노출되긴 했습니다.
손계장　그래두 그런 영상 볼 때 누가 남자 얼굴 보나요?
다 여자 얼굴만 기억하죠, 그죠? 구계장님?

구계장 (예상치 못한 질문에 화들짝) 전 안 봐서 모르겠는데요.

서검 (야동을 안 본다구?) 정말요?

구계장 저 여아부 들어온 뒤로 야동 끊었습니다.
특히 일반인 동영상은... 보는 것만으로도 죄짓는 기분이 들어서요.

서검 (뻘쭘) 아 네.

민부장 암튼 남자도 피해잔지, 아닌지는 조사하면 금방 나올 거고
다들 한마디씩 해보지?

장검 어렵다고 전망합니다.
처벌 근거는 성폭법 14조[3]인데-
영상은 합의하에 찍었고, 고의로 올린 증거는 없고-

서검 저도 어렵다는 데 한 표요.
만에 하나 범행이 밝혀져도 초범이라 벌금형 정도로 끝날 거 같아요.

민부장 그런 한가한 소리들 할 거면 집에들 가!

장검/서검 (움찔) !

민부장 성폭법 14조가 가벼워 보여?
맨날 벌금형 나오니까 노상방뇨쯤으로 착각하는 거야, 지금?
자기 알몸이 찍힌 동영상이 인터넷에 돌아다닌다고 생각해봐.
그때도 증거 없고 초범이라고 벌금형으로 기소할 거야?

... 다들 숙연해지고

민부장 몰카 같은 불법촬영물 유포는 인격살인이나 마찬가지야.
여아부에서 맡은 이상, 초범이라도 중벌을 받을 수 있다는
선례를 꼭 남기고 싶은데... 맡아볼 사람?

장검과 서검, 난감한 듯 시선을 피하는데...
침묵을 지키고 있던 이듬이 우아하게 손을 든다.

3 성폭력범죄 처벌에 관한 특례법 14조(카메라 등 이용 촬영) : 카메라 등을 이용해 성적 욕망 또는 수치심을 유발할 수 있는 다른 사람의 신체를 그 의사에 반해 촬영하거나 반포, 임대, 제공 등을 하면 5년 이하의 징역 또는 1000만 원 이하의 벌금을 물린다.

이듬 제가 해보겠습니다. 부장님

민부장 (마뜩치 않은) ... 마검사가?

이듬 어제 재판 반성하는 차원에서요.
새 마음, 새 각오로 새 출발 하겠습니다.

민부장 (미심쩍은 듯 보면) ...

이듬 피해자가 두 번 울지 않도록
신중하고 따뜻한 수사... 해보겠습니다. (하는데)

민부장 (그래도 못 믿겠다는 듯) ... 혼자는 안 되고, 여검하고 같이 해.

이듬 (에? 해서 진욱 보는데)

진욱 (역시 똥 씹은 표정이다)

민부장 왜? 싫어? 싫으면 안 해도 돼.
나도 또 뒤통수 맞을까 봐 싫거든.

이듬 (얼른) 어우- 아닙니다. 열심히 하겠습니다.
(하더니 진욱에게) 나 좀 보죠?

22. 동 - 야외 테라스 (낮)

이듬, 진욱- 마주 보고 서 있다.

이듬 어제야 감정적으로 좀 격앙돼서 그랬다 치고
사람이 하룻밤 자고 나면 좀 제정신으로 돌아오잖아요?
그런 점에서 나한테 뭐 할 얘기 없어요?

진욱 (잠시 생각하다) ... 어제 법정에서 싸이코패쓰라 그래서 불쾌하셨습니까?

이듬 (기다렸다는 듯) 네. 몹시 불쾌했고요. 굉장히 무례했지만!
앞으로 안 볼 사이 아니니까 사과 한마디 하면 퉁치고 넘어가죠.

진욱 (빤히 본다)

이듬 내가 이렇게 관대하다, 진짜. (하는데)

진욱 글쎄요.

이듬 글쎄요?

진욱 솔직히 무례는 마검사님이 했죠.

이듬　　내가요. (언제?)
진욱　　남우성 씨한테요.
이듬　　!
진욱　　사과했습니까? (남우성 씨한테) (바로) 물론 안 하셨겠죠?
이듬　　?
진욱　　동성애자한테 아우팅이 얼마나 공포스러운 건지는 아시고요?
(바로) 물론 모르시겠죠, 알 필요도 없다고 생각하실 테고.
이듬　　아니 지금 뭐 하자는...
진욱　　재판은 이겼을 진 몰라도 사람 하나 죽인 겁니다, 마검사님이.
그러니까 싸이코패쓰라는 말도
사과할 필욘 없을 거 같습니다.
이듬　　(할 말 없어 약 오른) ...
진욱　　(할 말 없죠 하듯 쳐다보는데) ...
이듬　　(냅다 정강이를 찬다)
진욱　　(불시의 공격에 아파서 정강이를 잡는데) 윽!
이듬　　아프죠? 재판 지면 이거보다 백배는 더 아플 걸요?
뭐? 사과? 검사는요 승소가 곧 사과예요.
진욱　　마검사... 님. (아파서 정신없는)
이듬　　아, 이렇게 나이브한 후배랑 일하려니 깝깝하네 진짜.
앞으로 딱 달라붙어서 여검의 그 안일한 뇌구조를
확 뜯어고쳐줄 테니까, 기대해요. (가다가 다시 돌아와)
그리고 방 내놨어요! 칼같이 나가줄 테니까! 전세금도 칼같이!
오케이?!

지 말만 다다다- 하고 가는 이듬,
진욱, '아 저 여자랑 2년을 어떻게 같이 있지?' 싶어 짜증나는...

23.　동 - 장검 / 서검 사무실 안 (낮)

손계장, 사건서류 뭉치 잔뜩 쌓인 카트를 밀고 들어온다.

자리에 앉아 수사기록 보던 서검, 눈이 휘둥그레져서-

서검　헉! 뭐가 이렇게 많아요?

그 소리에 마찬가지로 수사기록 보던 장검도 가까이 다가가는데-

손계장　몰카 사건이요. 지난달에 관할구역에서 몰카 단속했잖아요.
서검　아유- 미성년자 성매매 사건도 엄청 밀렸는데 (울상)

잔뜩 쌓여있는 기록들 사이로
유난히 두꺼운 기록 하나 집어 드는 장검.

장검　(손계장 보며) 이건 뭔 사건이길래 기록이 이렇게 두꺼워요?
손계장　그게 좀 애매하고 황당한 건이라서요.
장검　?
손계장　누가 범행의 주체인지 아리까리하달까요?
안 그래도 조사받으러 올 시간이 됐는데... (하며 시계 올려다보면)

그때, 문 두드리는 소리 들리더니-
순한 인상의 30대 남자(창수),
번개맨 망토를 두른 여섯 살짜리 남자 꼬맹이(승준) 손을 잡고
들어온다.

24.　동 - 조사실 (낮)

조사실 안이 신기한지 두리번거리며 돌아다니는 승준.
마주 앉아있는 장검과 창수.

창수　정말 죄송합니다. 그런 민망한 사진을
애가 찍고 있을 줄 정말 몰랐어요.

자꾸 핸드폰을 달라길래 애들 만화나 보는 줄 알았죠.

장검 그러니까 아버님 말씀은 (승준을 가리키며) 요 꼬맹이가
아버님 핸드폰으로 여자들 치마 속을 찍었다
뭐 이런 말씀이신가요?

창수 네. 애가 워낙 장난끼가 많아서요.
진즉에 알았으면 혼냈을 텐데-
저도 일하느라 정신없고, 애 엄마도 없고 하니까...
애 키우는 게 쉽지가 않네요. (훌쩍)

장검, 창수를 의심쩍은 얼굴로 한참 보는데-
돌아다니던 승준, 창수 옆에 앉더니

승준 아빠- 울지 마. (한다)

장검 너 번개맨 좋아하니?

승준 (끄덕끄덕)

장검 이모들 치마 사진 찍는 거 진짜 나쁜 짓이야.
담에 또 그럼 번개맨이 와서 혼내준다? 알았지?

25. 동 - 조사실 앞 (낮)

몇 번이나 고개를 숙이며 인사하고 돌아서 가는 창수와 승준.
그런 모습 지켜보고 있는 장검 옆으로 와서 서는 손계장.

손계장 왜 그냥 보내세요? 애가 찍었단 말을 진짜 믿는 거예요?

장검 (찜찜한 얼굴) 애가 아빠 몰래 찍었다잖아요.

26. 동 - 장검 / 서검 사무실 안 (낮)

장검, 자리에 앉아있고- 손계장 옆에 서서 이야기 이어간다.

손계장 송치가 지금 돼서 그렇지.
지하철 순찰 돌던 경찰들한테 신고 들어온 것만 80건이 넘는답니다.
거기다 좀 오래되긴 했어도
몰카 현행범으로 벌금형 받은 전력도 있고요.

장검 그래서 뭐? 증거도 없이 심증으로 몰아붙여서
잡아넣기라도 하라는 거예요?
그러면 애는? 이혼해서 엄마도 없다는데?

이때- 서검사 사건기록 들고 들어와 앉는다.

손계장 아- 장검사님, 애만 보면 마음 약해지는 캐릭터구나?

장검 몰라요, 몰라. 그렇게 구리면 계장님이 증거 좀 잡아 오시던가요.
그럼 시원하게 기소의견으로 넘겨드릴게.

서검 (그 말에) 왜요 왜? 무슨 일인데요?

손계장 (조사하다 만 서류 서검에게 넘겨주며)
증거 불충분, 혐의 없음. 불기소 쾅쾅쾅!

27. 동 - 조사실 (낮)

*- **인서트** / 유출된 인터넷 동영상이 재생되고 있는 노트북 화면*
기념일인 듯 풍선들과 촛불로 장식된 방 안.
머리에 큰 리본 달고- 속옷 차림의 송가영,
핸드폰 카메라를 들고 있는 김상균을 향해 장난스레 말한다.
"백일 선물은 바로 짠! 나야, 오빠! / 오우- 섹시한데."
화면 스탑된다.

수치심에 고개도 못 들고 어깨만 가늘게 떨고 있는
피해자 송가영이 보인다.
이듬과 진욱, 무겁게 쳐다보다가... 앞에 놓여있던 티슈 통을 밀어준다.

가영 인터넷에 벌써 다 퍼졌더라고요. 강남 리본녀라고...

진욱 ... 저거 언제 찍은 동영상이죠?

가영 (눈물 닦고) 백일 기념일이요.

진욱 구체적으로?

가영 2년 전 여름이었을 거예요.

이듬 동영상 확인한 건 최근이라면서요?
그 전엔 영상이 돌아다니는 걸 모르고 있었나요?

가영 당연하죠. 저는 저 영상이 살아있을 거라곤 상상도 못했거든요!

이듬/진욱 ?

가영 그때 찍고 나서 바로 지웠단 말이에요.
요즘 세상에 누가 동영상 찍구 보관해요.
저 날두 찍구 바로 지운다고 약속해서 찍은 거란 말이에요.
지운 것도 내 두 눈으로 똑똑히 확인했어요.

진욱 다른 동영상도 확인된 게 있습니까?

가영 아직은 모르겠어요. 근데 있을 거 같아요.
사귀는 내내 맨날 동영상 찍자, 사진 찍자 그래서 싸웠거든요.
헤어질 때도 불안불안했어요.
혹시 나 몰래 찍은 사진이 있을까 봐.
근데 나랑 끝나자마자 또 금방 새 여친 만나더라구요.
그래서 안심했는데... 저걸 올린 거예요.

이듬 김상균은 자기도 피해자라고 하던데요? 영상은 누가 유출시킨 거라고?

가영 웃기지 말라 그래요! 그 새낀 진짜 악마예요!
그때 지웠다고 속이구, 계속 갖고 있었던 게 확실하다니까요!

28. 동 - 영상자료실 (낮)

진욱의 얼굴에 바짝 핸드폰을 들이미는 구계장,
진욱, 황당한 표정으로 '어어-' 하는데 찰칵!
이듬, 팔짱 끼고- 뭐 하는 거지? 싶어 보는데...

구계장 (핸드폰 진욱에게 내밀며) 지워보세요.
진욱 (지우고 주면)
구계장 없는 거 확인하셨죠? (하고)
진욱 네.

구계장 컴퓨터 쪽으로 가 마우스 클릭 몇 번 하면
컴퓨터 화면에 방금 찍어서 지운 진욱의 얼굴이 떡하니 뜬다.
이듬, 진욱 '어?!!' 하는 얼굴로 쳐다보면-

구계장 별로 어려운 기술도 아니에요.
(핸드폰 가리키며) 클라우드랑 연동만 해놓으면
이 로컬 기계는 아무 소용 없어지거든요.
이듬 하여간 머리 좋아들.
진욱 그럼 김상균이 이런 방법으로 인터넷에 올렸을 거란 말입니까?
구계장 현재로선 추정이죠.
이듬 유출 동영상은요? 분석 결과 나왔어요?
구계장 보니까 김상균 얼굴만 살짝 블러 처리한 거 같은데-
암튼 그것도 애매해요.
이듬 그럼 아직 확실한 건 없다, 이 말이네?
하나마나한 소리 할 거면 뭐하러 부른 겁니까?
구계장 (소심하게) 그게... 이제부터 얘기하려고 했는데...
이듬 뭔데요?
구계장 혹시 해서, 제가 영상 최초로 유출됐던 중국 쪽 IP를 털어봤거든요.
근데, 그 IP 주소를 따라갔더니,
생각지도 못한 파일이 하나 있데요.
진욱 다른 영상이요?
구계장 (컴퓨터 앞에 앉고/마우스로 파일 찾으며)
불법 사이트에 풀렸다가 지워진 기록이 있는 영상인데,
지우다 남은 일부 영상이 있었어요.
이듬 그걸 같은 사람이 올렸을 거란 보장이 어딨어요?

구계장 일단... 보시죠.

구계장, 화면에 영상 하나 띄우는데

*- **인서트** / 기념일 풍선으로 잘 꾸며진 방 안*
20대 후반의 예쁘장한 얼굴의 여자(오민정)가 침대에 앉아있다.

*- **플래시백** / 3부 27씬의 송가영 동영상 부분과 일치하는 공간!*

*- **플래시백** / 3부 27씬*
가영 "나랑 끝내자마자 또 금방 새 여친 만나더라구요."

진욱 제2의 피해자네요.
이듬 아니, 김상균 또 찍은 거야?
진욱 (구계장에게) 이 사람 인적사항 확인 가능하죠?
구계장 삭제 요청했던 기록이 남아있으면 찾을 수 있을 겁니다.

29. 검찰청 앞 + 이듬 / 진욱 사무실 (낮)

이듬과 진욱 주차되어 있는 차 쪽으로 걸어가며
손계장과 통화 중이다.

이듬 손계장님, 김상균은 어떻게 됐어요?
아직도 감감 무소식이에요?
손계장 아침부터 계속 전화했는데 안 받아요.
아무래도 수신 거부한 거 같아요.
이듬 조사 불응하시겠다?
그럼 영장 치고 수배 때리죠? (전화 끊고)

차에 올라타는 두 사람.

30. 달리는 자동차 안 / 밖 (낮)

진욱, 운전하고 옆에 이듬 앉아있다.

진욱 김상균은 어쩌면 처음부터 성관계 동영상을 찍을 목적으로
여자들한테 접근했을 가능성이 커요.

이듬 그럼 제3, 제4의 피해자도 있을 각이다?
이 정도 사이즈면 음화 제작 반포 쪽도 의심해 봐야 되는 거 아닌가?
(하는데 구계장으로부터 문자가 온다) 어, 왔다! (해서 보면)

- **인서트** /
오민정의 신분증 사진과 함께 신원 정보를 알리는 문자 내용
*오민정, 30세, 서울시 송파구 *** 주소 쓰여있다.*

31. 아파트 상가촌 (낮)

미용실 간판이 걸려있는 아파트 상가촌.

손계장 (필터) 이름은 오민정, 압구정에서 꽤 유명한 헤어디자이너였는데
1년 전에 미용실도 관두고 이쪽으로 옮겼다고 하네요.

32. 미용실 안 (낮)

40대 여자 손님 샴푸 해주고 있는 오은하.
미용실 의자 3개가 전부인 작은 미용실 안
보조(여/20대), 바닥을 쓸고 있다가
이듬과 진욱이 들어오는 것을 보자 싹싹하게 "어서 오세요." 인사하는데

이듬 저, 오민정 씨 찾아왔는데요?

보조 오민정 씨요?

샴푸하다가 예전 이름 듣고 얼굴 굳는 오은하.

은하 그런 사람 없는데, 누구시죠?

이듬 아 저는요. (하며 다가가는데 뭔가를 보고 얼굴이 굳는다)

보면 샴푸 의자에 가려져있던 은하의 전신이 드러나는데
배가 제법 부른 임산부다!
이듬과 진욱 뭔가 사연이 있구나 싶은 얼굴로 은하를 보는데...
샴푸 받던 손님도 뭔가 수상쩍다는 듯 세 사람을 보는데...

진욱 (얼른) 저기 머리하러 왔는데요.

(시간 경과)

진욱, 이듬 나란히 커트 망토를 두른 채 시술 의자 앉아있다.
계산하고 떠나는 여자 손님, 호기심 어린 눈초리로 진욱과 이듬을
다시 보고 나간다.

은하 (가위 들고 진욱 머리 자르기 시작한다) 이쪽으로 옮기면서
이름도 바꿨어요. 아파트촌이라 보는 눈들도 많고 소문이 빨라요.

진욱 그런 거 같네요. 저희도 적당히 하고 가겠습니다.

이듬 김상균하곤 어떻게 만난 거죠?

은하 애 아빠랑 연애하다 잠깐 헤어졌을 때 만났어요, 그 인간.
한 석 달 만났나? 처음엔 좋았죠. 연하에 잘생겼지, 자상하지.
시험만 합격하면 프러포즈 한다고 매일 노랠 불러댔죠.
그땐 나도 정신이 나가서 걔가 해달라는 거 다 해줬어요.

이듬 해달라는 거요?

은하　동영상이요.
이듬/진욱　!!
은하　동영상 찍는 걸 좋아했어요.
처음엔 장난으로 받아주다가 매번 그러니까 짜증이 나더라고요.
변태 아닌가 싶어서 겁도 나고요.
진욱　그래서 헤어진 겁니까?
은하　아뇨? 클럽에서 만난 여자랑 양다리 걸친 거 들켜서요.
정말 가지가지 한다 싶어서 그만하자 그랬죠.
진욱　그러다 결혼 준비할 때 동영상이 올라왔죠?
은하　(놀라) 네!

*- **플래시백** / 한정식 식당*
얌전한 정장 차림의 은하, 허둥지둥 나와 핸드폰을 다시 확인한다.
친구가 보내준 링크를 터치하면 상반신 노출한
은하의 동영상이 플레이된다. 헉!! 자기도 모르게 손으로 입을 막는 은하.

은하　(소리) 상견례하고 오는데 친구한테서 문자가 왔어요.
인터넷에 이상한 동영상 올라왔는데, 너 같다고-
오빠 알기 전에 얼른 지우라고-

다시 미용실
진욱, 이듬- 미용실 소파에 앉아 은하의 얘기를 듣고 있다.

은하　처음엔 경찰에 신고할까도 생각했어요.
근데 그 증거들을 제 손으로 직접 준비해야 하더라구요.
다음 달이 결혼이었고 뱃속에 첫째도 있었어요.
어떻게든 막는 게 급해서
사설 업체에 동영상들 지워달라 의뢰를 했죠.
근데 제가 이런 얘길 검사님들한테 왜 다 하는지 아세요?
이듬/진욱　?
은하　나랑 똑같이 당한 여자 있다 그랬죠?

이듬　네.

은하　재판도 하겠죠?

진욱　네.

은하　그래서 말인데요. 나 증언 안 할 겁니다. 절대 부르지 마세요.

진욱　오민정 씨.

은하　그거 지우느라 10년 모은 적금까지 깼어요.
정말 죽다 살아났다고요.
(배를 만지며) 지금도 그때 생각하면 배가 뭉치고요,
김상균이란 이름 듣는 거 자체도 소름 끼쳐요.
그 여자분 일은 안됐지만- 앞으로 찾아오지 마세요, 저.

진욱　(문자 수신음 울려 보고 심상치 않은 표정)

이듬　뭡니까?

진욱　... 김상균 체포됐대요. 검찰청으로 오고 있답니다.

33. 검찰청 - 야외 주차장 앞 (낮)

이듬, 진욱의 자동차 서면,
이듬과 진욱, 내려 건물 안으로 급히 들어간다.

34. 여아부 - 조사실로 가는 복도 (낮)

이듬, 진욱 조사실로 들어가는데
뒤로 손계장 따라가며 보고한다.

손계장　음주 단속하는 경찰 보고 도망치다 걸렸다네요?

이듬　술 마셨대요?

손계장　아뇨. 체포영장 떨어진 거 알고 지레 겁먹고 그런 거 같아요.

이듬　암튼 이제 그 비싼 얼굴 드디어 보겠네요!

35. 동 - 조사실 (낮)

조사실과 관찰실로 나누어진 공간-
잘생겼지만 어딘지 음침한 인상을 주는 김상균(30세),
별로 주눅 든 기색 없이 이듬과 진욱을 보고 있다.
관찰실- 손계장 콘솔 앞에 앉아 지켜보며 녹화 중이다.

상균 (여유 있게 미소 지으며) 아니 세상에 어떤 미친놈이
지 여자 친구랑 하는 동영상을 올립니까?
걸리면 어떻게 될지 뻔히 아는데?
이듬 어떻게 되는데요?
상균 성폭력 특별법 제14조, 카메라 등을 이용해 성적 욕망, 수치심 등
어쩌구저쩌구해서 5년 이하 징역, 천만 원 이하 벌금에 처한다. 맞죠?
이듬 잘 알면서 왜 그랬어요, 김상균 씨?
상균 네?
이듬 송가영 씨가 결혼한다니까 빡쳐서 그랬어요?
나는 아직 취직도 못하고
한 달에 꼴랑 백만 원 주는
컴퓨터 수리 알바 뛰면서 공무원 준비 중인데,
전 여친은 돈 많은 의사랑 결혼한다니까
동영상이라도 뿌려서 복수하고 싶었어요?
상균 (쏘아보다가 순간 피식 웃더니) ... 너무 진부한데요?
이듬 뭐라고요?
상균 내가 걔랑 헤어진 게 언젠데요. 벌써 2년 전이에요.
얼굴도 가물가물한 애한테, 복수는 무슨 복수예요.
그리고 증거도 없으면서 왜 자꾸 나 범죄자 취급해요?
나이 서른에 한 달에 꼴랑 백만 원 받는 인생이면,
섹스 동영상이나 올리는 변태 찌질이로 보이세요?
이듬 뭐? (어이없어 상균을 쏘아보는데)
상균 (소름 끼치는 미소로 본다)

진욱　그럼 이거는?

상균, 보면-
진욱, 앞에 있던 노트북을 상균 쪽으로 돌려 화면 보이게 하는데
3부 28씬에 나왔던 오은하 동영상 캡처 사진 화면이다.

진욱　기억나죠? 누군지?
상균　글쎄요.
진욱　송가영 씨 동영상과 같은 장소, 같은 앵글에
동영상 최초 유포된 IP 주소까지 같아요.
유사한 방법으로 촬영하고
동일 IP 주소로 배포했다는 정황으로
충분히 가중처벌받을 수 있습니다.
상균　(불리하다 싶은지 슬쩍 시선 거두는)
진욱　거기다 계좌 추적해서 동영상 올린 사이트 관리자하고
현금 거래한 증거 잡으면
음화 반포까지 엮을 수 있는 상황이라고요,
지금 농담 따먹기 하자고 부른 것 같아요?
상균　(하! 한숨 쉬고) 답답하네요, 검사님.
이듬/진욱　?
상균　동영상 올릴 때 누가 현금 거래합니까?
전자 화폐로 받죠. 수입 좋을 땐 한 달에 몇 천도 벌고요.
여자가 어리면 어릴수록 많이 팔리죠.
이듬/진욱　??
상균　인터넷에 그렇게 나와 있더라구요. (피식)
이듬/진욱　(하!)
상균　그리고요.
내가 IP 우회해서 인터넷에 올렸다는 증거 찾았습니까?
이듬/진욱　!!
상균　유출 경로 확인할 길 없으니까 자백하라고 쪼는 거잖아요, 맞죠?
이듬　(이것 봐라?) 김상균 씨, 일을 키우는 스타일인가 보네.

한 대 맞고 끝날 걸 굳이 열 대 다 맞아야 직성이 풀리나 보지?

상균 반말하지 마시죠?
처음 보는 여자한테 반말 듣는 거 기분 나쁘니까.

이듬 아이구 이런, 내가 김상균 씨한테 여자로 보였습니까?

상균 그럼 아닙니까? (이듬의 가슴팍을 스윽- 보더니) 여자 맞는데요?

이듬 (순간 당황) !

상균 (이듬의 당황을 놓치지 않고 슬쩍 미소 짓는데)

이듬, 그런 상균을 싸늘히 보는데...

진욱 (소리) 긴급 체포하자구요?

- 관찰실
편면경 너머 보이는 상균을 배경으로 이듬과 진욱이 마주 서 있다.

이듬 체포하면 48시간 동안 묶어놓을 수 있잖아요.
그 사이에 빨리 디지털 증거 걷어 와서 분석 맡기고
원본 동영상 나오면 바로 구속 때리게요.

진욱 그래도 영장 떨어지면 움직이죠?
적법한 절차에 따라 수집한 증거 아니라고
재판에서 시비 걸면- 증거 효력 없어집니다.

이듬 아까 김상균 하는 거 못 봤어요?
눈 하나 깜짝 안 하고 수사검사 성희롱까지 하잖아요.
여기서 풀어주면 증거부터 지울걸요?

진욱 (그렇긴 하지만) ...

이듬 얼른 움직이죠.
영장은 내가 판사 멱살을 잡아서라도, 떨어지게 할 테니까.
(편면경 너머 보이는 상균을 노려보는) !!!

36. 원룸 고시촌 골목 (낮)

독서실, PC방, 고시원들이 모여있는 골목 사이로
택배 배달차 급히 지나간다.

37. 배달차 안 / 밖 (낮)

운전석 뒤편에 앉은 진욱과 이듬, 구계장과 남자 수사관 두 명에게
압수수색에 앞서 지시사항 전달 중이다.

이듬 주소들 확인했죠? 다들 긴장하시고
디지털 증거 압수는 시간이 생명인 거 아시죠?
모두들 네.
진욱 집 안에 사람이 있을 수 있으니 들어가자마자
구계장님은 동거인부터 제압하시고요-
나머지 분들은 디지털 기기들 신속하게 챙겨서 나옵니다. 아시겠죠?
모두들 네!

38. 여아부 - 조사실 (낮)

김상균, 오랫동안 앉아있어 지루한 듯 핸드폰을 보는데 -
조사실로 들어오는 손계장.

상균 조사 다 끝난 것 아닙니까? 뭐가 더 남았어요?
손계장 (무시하고) 밥 먹고 다시 할 거랍니다.
메뉴 골라요? 곰탕? 짜장면?
상균 (하!)

39. 동 - 휴게실 (낮)

김이 모락모락 나는 곰탕을 앞에 놓고 앉은 상균.
뭔가 기분이 쎄하다.
급히 어딘가로 문자를 보낸다.
[손님 갈 거 같다. 깨끗이 치워라]

40. 김상균 3층 원룸 안 / 밖 (낮)

먹다 남은 컵라면 용기들과
담배꽁초가 수북하게 꽂힌 페트병들이 뒹구는 집 안-
책상 두 대에 나란히 컴퓨터와 노트북 있고,
컴퓨터 앞, 동거인(남/20대) 정신없이 게임하다가 상균의 문자를 본다.
'어? 뭔 소리야?' 하는데 동시에 초인종 울린다.
동거인, 인터폰으로 보면- 택배 배달원 복장을 한 남자가
박스 들고 서 있다.
그래도 미심쩍은 듯 베란다 쪽으로 나가면-
원룸 앞 봉고차에서 수사관과 이듬이 내리는 모습이 보인다.
다시 초인종 딩동! 딩동! 울린다.
'에이 씨(발)!!' 동거인, 후다닥 상균의 컴퓨터 쪽으로 간다.

41. 김상균 원룸 앞 (낮)

수사관들과 함께 복도 쪽에서 대기하던 진욱,
동행한 열쇠기술자에 급히 말한다.

진욱 눈치 챘어요! 얼른 뜯으세요!

열쇠기술자, 후다닥 문 쪽으로 가 전동 드릴로 열쇠 쪽을 뜯어낸다.

42. 김상균 원룸 안 (낮)

밖에선 윙- 윙- 열쇠 뜯는 소리 나고 있고,
동거인도 증거 인멸하느라 정신없다.
김상균의 컴퓨터 로그인하려 번호를 누르는데 모두 틀린 번호로 나온다.
'에이 씨!!!'
동거인 급한 대로 책상 위에 있던 외장하드와 USB들 집어 들어
욕실로 가 모두 변기 안에 집어넣고-
다시 김상균 컴퓨터로 가 아예 본체를 뜯어내는데
순간! 진욱과 구계장, 수사관들 우다다- 들어온다.
동거인, 들고 있던 본체를 베란다 밖으로 내던진다.
와장창!!! 진욱 놀라서 베란다 쪽으로 가 내려다보면-

43. 김상균 원룸 앞 (낮)

컴퓨터 본체, 자동차 지붕에 그대로 박혀버렸다!
밖에서 대기하다 깜짝 놀란 이듬,
'아씨! 놀랬잖아!!' 해서 3층 원룸 쪽을 쳐다본다.
요란한 경보음 울린다.

44. 검찰청 - 앞 / 안 로비 (낮)

봉고차 서면-
수갑 찬 동거인과 수사관들 내리고
이어, 김상균 원룸에서 수거한 디지털 기기들- 물에 흠뻑 젖은
저장 장치들과 찌그러진 컴퓨터 본체 등이 든 박스를 든
구계장과 진욱, 이듬이 내린다.

45. 동 - 로비 / 복도 (낮)

이듬, 진욱, 구계장 걸어가고 있다.

이듬	(엉망이 된 증거들 보며) 상태 이래서 복구하겠어요?
구계장	그러게요. 오염물질이 많이 유입돼서 하드가 다 손상됐을 거 같긴 한데...
진욱	복구 얼마나 걸릴까요?
구계장	아무래도 이틀 이상은 걸릴 거 같은데요?
이듬	아 그럼 김상균 풀어줘야 되는데?
진욱	어쩔 수 없죠, 지금은 증거가 없으니...

46. 여아부 - 조사실 앞 / 복도 (낮)

조사실에서 나온 상균, 잔뜩 짜증스러운 표정으로 걸어가는데
저쪽에서 동거인이 수갑 찬 채로 수사관과 걸어오는 것을 보자
놀라는데-

상균	(걸렸구나 싶어) 아, 병신 새끼! 내가 얼른 치우라 그랬잖아!
동거인	시끄러. 너 때문이야, 이게 다!

수사관들, 동거인 재촉해 가고
상균, 망했다는 듯 머리를 쥐어뜯는데
어느새 나타난 이듬과 진욱, 상균에게...

이듬	여자 친구 속여서 동영상이나 찍는 양아치 주제에 감히 검사를 희롱해? 너! 증거 나오는 대로 내가 잡으러 갈 테니까 5분 거리 안에 얌전히 기다리고 있어, 알았냐?

상균 (이듬을 노려본다) !

47. 지하철역 근처 (낮)

장검사, 피곤에 쩔은 얼굴로 두 아들(쌍둥이) 손에 이끌려가고 있다.

아들1 엄마 번개맨 빨리~
아들2 빨리~
장검 알았다고! 번개맨 공연 보러 간다고!!
(구시렁) 아휴- 간만에 반차 좀 냈다고 쉴 생각한 내가 미쳤지.

48. 지하철 안 (낮)

승객들 사이를 자꾸 돌아다니며 장난치는 장검사 아들1,2-
장검, 연신 "죄송합니다." 하며 아들1,2를 덥석 잡는다.

장검 조용! 공공장소에서 떠들면 어떻게 한다고 했지?
아들들 (합창) 구속한다고?
장검 구속 같은 말 쓰지 말라 그랬지!
아들1 엄마가 맨날 아빠한테 그러잖아.
너 구속시킨다~ 확 기소해버린다~

승객들 슬쩍 쳐다보고, 시선 느낀 장검, 당황해서-

장검 (당황해서) 엄마가 언제? (하는데)
아들2 (어딘가를 가리키며) 어? 저기도 번개맨이다!

보면 조금 떨어진 곳-
몰카 수사 받았던 창수가 아들 승준 -번개맨 망토 입은- 손 끌어

교복 입은 여학생1,2,3 앞에 세우더니
자기는 구석 의자에 가서 앉는다.
승준, 습관적으로 여학생 치마 밑으로 핸드폰을 찍는다.
허! 장검 어이가 없고.
촬영 마친 승준, 쪼르르- 아빠 창수 앞에 가서 핸드폰 내민다.
창수, 잘했다는 듯 승준의 머리를 쓰다듬어 주다가 흠칫!
단단히 화가 난 장검이 창수 손에 든 핸드폰을 확 뺏는다!

장검　　맨날 애 핑계로 빠져나갔지? 당신 이번엔 현행범이야.

49.　클럽 (밤)

강한 비트의 음악이 쿵쾅거리는 클럽 안
BAR 쪽으로 앉아있는 여자 둘,
누군가를 지그시 쳐다보는 시선을 따라가면
김상균, 관심도 없이 골똘한 표정으로 핸드폰을 들여다본다.
핸드폰 화면 보이면 이듬과 관련된 검색 결과들-
[*** 소속검사] [여교수 강간미수 사건 담당 검사]
[병역비리 사건 브리핑 장면] 등이 스크롤된다.
뉴스 사진 속 이듬의 얼굴을 보는 상균의 눈빛이 반짝- 하는데...

50.　검찰청 앞 (밤)

이듬, 진욱- 피곤에 쩔은 표정으로 나온다.

이듬　　고생했어요. 여검. 내일 봅시다.
진욱　　네, 저 그럼 들어가겠습니다. (반대 방향으로 간다)
이듬　　(보다가) 어? 버스 안 타요?
진욱　　전 차 가져왔는데요? (차키를 누르면)

조금 떨어진 곳에 서 있던 진욱의 자동차, 소리 난다.

이듬 (헐!) 아니 차도 있고, 집도 같은데
빈말이라도 같이 타고 가잔 소리도 안 하네?
진욱 (영혼 없이) 같이 타고 가실래요?
이듬 됐거든요!

51. 달리는 자동차 안 / 밖 (밤)

진욱, 운전하고 이듬 옆에 앉아있다.

이듬 내가 여검 성의를 봐서 타는 거예요.
나 진짜 공사 구분 칼 같아서 괜히 후배 검사랑 카풀하고
이러는 거 별로 안 좋아하거든요.
진욱 네. 그러시겠죠.
이듬 아구구- 피곤하다 증말. (하다가)
근데... 왜 검사들이 성범죄 전담부라면 질색하는지
알 거 같지 않아요?
진욱 아무래도요.
이듬 뭐랄까... 사람의 어떤 바닥을 보는 기분이랄까?
진욱 (웬일이냐 싶어 이듬을 힐끗 보는데)
이듬 아니- 그렇잖아요.
똑같은 월급 받는데
누군 폼 나게 비자금 수사에
기업비리 수사해서 빵빵 터뜨리는데
나는 기껏 여친 동영상 찍어서 인터넷에 올리는
양아치나 쫓아다니고,
검사 옷 벗었을 때 생각해도 커리어 도움도 안 될거고,
바닥도 이런 바닥이 없잖아요, 그죠?

진욱 지금 피해자들 얘기 아니었습니까?
이듬 (뭔 소리를 하냐는 듯) 네?
진욱 동영상 찍히고 가슴 졸이는 피해자들 보니까
인지상정, 측은지심이 든다 이런 얘기 아니었어요?
이듬 측은지심까진 모르겠고 인지상정은 왜죠?
진욱 아니, 당연한 거 아닙니까?
이듬 왜죠? 난 연애해도 그런 동영상 절대 안 찍을 건데?

52. 이듬의 오피스텔 안 (밤)

띡띡띡- 비밀번호 누르는 소리와 함께 문이 열리면,
부동산 중개인이 들어온다.

중개인 (뒤따라오는 손님에게) 들어와유.
여기가 남향에다가 위치도 복도 구석이라 조용하고-
거기다 아가씨 혼자 사는 집이라... 아주 깨끗 (하다가 멈칫)

집 안을 둘러보면 개판이다.

중개인 (얼른 말 돌리는) 괜찮아유. 요새 입주 청소 부탁하면
아주 새집처럼 싹 치워줘유.

이때 뒤따라 들어온 손님 보이는데, 모자를 눌러쓴 상균이다!!

상균 욕실은 어딨어요?
중개인 저쪽이유. (하고 가리키는데 핸드폰 울린다. 보더니) 잠깐만유.

중개인, 전화 받으러 나간다.
남겨진 상균, 천천히 집 안을 보다가 욕실 쪽을 슥- 둘러보는데!

53. 오피스텔 지하주차장 → 승강기 앞 / 안 (밤)

차에서 내린 이듬과 진욱, 걸어간다.

이듬 아무리 사랑하는 사이라도 그렇지
부모 자식도 못 믿는 세상에 어떻게 그런 동영상을 찍어?
난 셀카봉도 못 꺼내게 할 거예요.
진욱 마검사님, 연애 안 해보셨죠?
이듬 네?
진욱 그 사람하고 같이 있어서 행복한 순간...
사진으로 남기고 싶었던 적 없었어요?

승강기 앞에 서는 두 사람.

이듬 얘기가 왜 갑자기 연애로 튀어요?
나 지금 범죄 얘기하는 중인데?
진욱 나두 범죄 얘기하는 거예요.
사람이 사랑하면 무슨 짓을 못해요.
마검사님도 사진도 찍고 영상도 찍을 수 있죠.
그렇게 사랑해서 남긴 영상을 인터넷에 뿌려서
얼굴도 모르는 남자들 자위거리로 만들어버렸다고 생각해보세요.
그럼 송가영 씨나 오민정 씨가 지금 어떤 심정일지
느껴지지 않냐구요?

승강기 문 열리고, 이듬과 진욱 올라탄다.

이듬 느끼지 않도록 늘 조심하죠, 난.
왜? 피해자한테 감정 이입해봤자 머리만 복잡해지고
수사에 도움 되는 거 아무것도 없거든요.
진욱 (졌다는 듯 중얼) 짱 드십쇼.

1층에 승강기 멈춰 문 열리면

진욱 먼저 들어가세요. 전 편의점 들렀다 가겠습니다. (나간다)
이듬 그러세요.

문 닫힌다.

54. 동 – 오피스텔 복도 (밤)

승강기에서 내린 이듬, 복도를 걷고 있다.
이때 누군가 이듬을 훔쳐보는 듯한 음산한 시선!

55. 이듬의 오피스텔 안 (밤)

- 거실
비밀번호 누르는 소리 들리고- 이듬이 들어온다.
이때 누군가의 시선 -상균이 설치해놓고 간 CCTV 카메라- 이
이듬의 일거수일투족을 따라간다.
이듬, 씻으려 셔츠를 벗고 바지도 훌렁 벗고,
발가락으로 벗은 바지를 집어 휙- 빨래통으로 던진다.

- 욕실 안
샤워 마친 이듬, 거울장 앞에 서서 얼굴 물기를 닦는데-
문득 거울장 손잡이가 눈에 들어온다.
'어? 원래 여기 손잡이가 있었나?' 해서 보는데-
잠시 후 빨간 점이 깜빡거리며 들어오는 손잡이.

- **인서트** / *거울장 손잡이 몰카 시점으로 보이는 이듬의 어리둥절한 얼굴!*

이듬, 빨간 점이 반짝이는 손잡이를 떼어내면
손잡이 형태의 몰래카메라다!
누군가 이 집에 들어와 카메라를 설치했다!
하얗게 질리는 이듬!
이듬, 후다닥 내려와 문단속 확인하러 거실 쪽으로 나가는데-
순간! 누군가 이듬 현관을 열려는 소리가 들린다.
이어 틀린 비밀번호를 입력하는 듯 경고음이 들리고!
그 사이 얼른 핸드폰을 찾으려고 두리번거리는 이듬,
그러나 당황해 어뒀는지 기억이 안 나고!
이때 비밀번호 맞게 누르고 띠리리- 문 열리는 음이 들린다.
경악하는 이듬.

(짧은 시간 경과)

문이 열리고 남자의 구둣발이 이듬의 오피스텔 안으로 들어온다.
프라이팬을 든 채로 벽 모퉁이에 기대서 있는 이듬-
여차하면 머리를 내려칠 기세로 두근 반, 세근 반- 기다리는데
집 안으로 들어온 남자, 이듬을 향해 천천히 다가온다.
이듬, 눈을 꼬옥- 감고 프라이팬을 휘두르는데
순간 남자의 손이 이듬의 손목을 콱! 잡는 느낌에 눈을 뜨면!!!
진욱이다!
순간 맥이 탁 풀리면서 기절하듯 스르륵 주저앉는 이듬.
진욱, 그런 이듬을 자기도 모르게 두 팔로 안아주는 데서... 3부 끝!

· 마녀의 법정 ·

4부

1. 이듬의 오피스텔 안 (밤)

퇴근한 이듬, 씻으려 셔츠를 벗고 바지도 훌렁 벗고,
발가락으로 벗은 바지를 집어 휙- 빨래통으로 던진다.
천장에 달린 화재감지기로 위장한 몰래카메라,
녹화되는 빨간 점 보이고-

2. 오피스텔 비상계단 (밤)

태블릿 PC 화면 안-
속옷 차림으로 욕실 안으로 들어가는 이듬이 보인다.
(*노출 수위는 적당히 해주십시오)
화면 커지면 모자를 깊숙이 눌러쓴 상균,
계단에 앉아 몰래카메라에서 전송되는 영상을
태블릿 PC로 보는 중이다.

3. 이듬의 오피스텔 안 - 욕실 (밤)

샤워를 마친 이듬, 욕실 거울을 보며 수건으로 머리를 감싸다
뭔가 이상한 듯 고개를 갸웃한다.
거울장에 달린 손잡이에 빨간 점이 장식처럼 붙어있다.
'뭐지?' 싶어 빨간 점을 향해 손을 뻗는 이듬.

4. 오피스텔 비상계단 (밤)

태블릿 PC 화면 안,
손잡이에 달려있던 초소형 카메라를 떼어낸 이듬이 보인다.
(*카메라 시점에서 보이는 이듬의 얼굴)
놀란 이듬이 카메라를 집어던진 듯
어지러이 굴러가는 모습이 보이다가 화면 블랙
상균, 싸늘한 미소로 보다가 일어선다.

5. 오피스텔 1층 로비 승강기 앞 (밤)

진욱, 편의점 비닐봉지에 우유, 바나나 같은 간식거리 들고 서 있다.
승강기 문 열리면 택배 배달 직원 나오고-
이어 모자 깊숙이 눌러쓴 상균이 따라 나온다.
'어? 김상균인가?' 해서 보는 진욱,
상균의 뒷모습을 자세히 보려는 찰나

중개인 (소리) 804호! 아니유?

진욱, 보면 부동산 중개인

중개인 803호 좀 전에 나갔슈.

젊은 양반이 결단이 아주 빠르더라구유.

진욱　(불현듯, 저만치 빠른 걸음으로 가고 있는 상균을 가리키며) 혹시 저 사람입니까?

중개인　(눈을 가늘게 뜨고 보더니) 맞아유!!!

진욱　(급히) 803호 비밀번호 뭡니까?

6. 오피스텔 승강기 앞 / 복도 (밤)

승강기 문 열리면 후다닥 내리는 진욱,
이듬 집 앞으로 달려가 중개인에게 들은 비밀번호 누르는데-
급해서 몇 번쯤 삑사리 나다가
3-4번 시도 끝에 문 열린다.

7. 이듬의 오피스텔 안 (밤)

급히 들어온 진욱, 몰카를 설치하지 않았는지 이리저리 살피다가
갑자기 뒤에서 기척이 느껴져서 확 돌아보면-
누군가 프라이팬으로 진욱을 내리치려는!
반사적으로 손목을 확 잡고 보면 잔뜩 겁에 질린 이듬이다.
이듬, 진욱을 보자- 순식간에 맥이 탁 풀려 주저앉고
진욱, '어어어' 탁 안는데...

진욱　괜찮으세요, 마검사님?

이듬　아... 진짜... (하다가 진욱이 안고 있는 것을 느끼자 탁 뿌리치고) 뭐예요, 지금? 사람 놀래게 진짜, 집주인이면 막 들어와도 돼요?

진욱　그게 아니라 방금 1층에서 (김상균을 만났다 자초지종 설명하려는데)

이듬　(뭔가 떠오른 듯 헉!) 잠깐!

진욱　?

이듬　(강한 의심) 나 없을 때 또 들어온 적 있죠?

진욱　네?
이듬　욕실에 몰카 설치하고 간 변태! 바로 여검사 아니냐고요!
진욱　(황당한 한숨을 쉰다) ...

(시간 경과)

- 욕실 안
비닐장갑을 낀 누군가의 손이 욕실 천장에 달린
몰카를 조심스레 떼어낸다.
(욕실 거울장, 천장에 각각 1개씩 설치)
화면 커지면- 욕실 안, 경찰 지구대에서 나온 순경1,
수거한 초소형 카메라를 비닐봉투에 집어넣는다.
순경2, 이듬, 진욱, 중개인에게 사정 청취 중이다.

순경2　그러니까- 그 김상균이라는 남자가 콕 찝어서
이 집만 보면 된다고 했다는 거죠?
중개인　맞아유. (하다가 이듬의 따가운 시선을 느끼며/억울한) 아니-
몰카범은 뭐! 얼굴에 막 쓰구 다닌데유? 몰카 찍는다구?
이듬　몰라서 들여놨다 쳐요,
그럼 그놈이 카메라 달 때! 아저씨 뭐 하고 있었는데요?
중개인　아니 그게 갑자기 전화가 오니께... (변명하려다 기어들어가는 목소리로)
면목 없게 됐슈.

이때 순경1, 수거한 카메라들을 비닐백에 담아 가져오면

진욱　(보더니 이듬에게) 일단 청으로 가서 카메라부터 확인해보죠.
이듬　(더러운 기분으로 카메라들을 본다) ...

이때, 순경2의 핸드폰 울린다.

순경2　네, 소장님! ... (놀라) 네? (하고는)

(순경1에게) 여기 몰카범 방금 자수했다는데요?

이듬/진욱 !!!

8. 경찰서 안 (밤)

상균, 순한 양의 얼굴을 하고서는 형사 앞에서 진술하고,
형사, 키보드 두드리며 질문 중이다.

형사 참 간도 큽니다. 어떻게 수사검사 집에 들어갈 생각을 해요?

상균 제가 진짜 미쳤나 봐요. 형사님.
검사님이 조사실에서 저를 범죄자 취급하면서
강압적으로 몰아붙이시니까,
욱하는 마음에 저도 모르게 그만...
차라리 콱 죽을 걸 그랬어요. (머리를 쥐어뜯는다)

이때 "이 개새끼 어딨어?!!!" 하는 이듬의 성난 목소리가 들린다.
상균, 보면- 한껏 분기탱천한 이듬이 씩씩거리며 들어온다.
상균과 눈이 마주치자 눈에 불꽃이 튀는 이듬,
획획 돌아보면 바닥에 놓인 소화기가 눈에 들어온다.
이듬, 따라 들어온 진욱이 말릴 틈도 없이 소화기를 집어 들어
상균을 향해 다가가고-
상균 놀라서 '어어어-' 하는데- 진욱, 이듬 손에 든 소화기를 뺏는다.

진욱 (냉정) 여기서 마검사님이 깽판 치면
김상균 정상참작 여지 더 벌어주는 거예요.
수사검사가 폭력까지 휘둘렀다고 재판에서 개소리할 텐데-
그 꼴 보고 싶으면 가져가던가요. (소화기 내민다)

이듬 (그 말에 주먹이 부르르- 일단 참고 상균에게 가는데)

상균, 갑자기 이듬을 향해 무릎을 꿇고 싹싹- 빈다.

상균 (연신 고개를 조아리며) 잘못했습니다, 검사님. 제가 정말 잘못했습니다.

이듬 (가증스러운 듯 보다) 잘 봤니? 그래 수사검사 몸 본 소감이 어때?

상균 정말 죄송해요. 흑흑.

이듬 (가까이 다가가) 너 내가 박살 내버릴 거야.

상균 (들릴 듯 말 듯/비열) ... 뒤태 죽이던데?
나만 보기 아깝더라.

이듬 (기막혀) 뭐?

상균 나 몇 년 때릴 거야?
당신 하는 거 봐서 나도 어디까지 깔지 고민해볼게. (씩 웃는)

이듬 (멘붕되어 말 못 잇는)

상균 (비열하게 씩 웃는)

진욱, 상균의 멱살을 확 잡아 끌어올리고... 형사에게

진욱 (신분증 내밀고) 이 사람 성폭법 14조로
저희 방에서 조사 중인 용의잡니다.
오늘 범행까지 연장선에서 병합수사하겠습니다.

이듬, 진욱에게 끌려가는 상균을 보며- 주먹이 부들부들 떨리는...

9. 검찰청 - 외경 (아침)

구계장 (소리) 실시간 IP 카메라네요.

10. 여아부 - 영상자료실 (아침)

구계장, 비닐장갑 낀 손으로 초소형 카메라를 이리저리 살피며
진욱과 이듬에게 설명 중이다.

구계장 무선 CCTV랑 같은 개념인데- 카메라가 찍으면 실시간으로
보는 거죠.

진욱 그럼 이 카메라는 찍기만 한 거고 (하면)

구계장 (책상 위에 있는 증거품2 -비닐백 안에 있는 태블릿 PC- 를 가리키며)
영상은 모두 여기 들어있죠.

진욱 일단 봅시다.

구계장 네. (하고 비닐백에서 태블릿 PC를 꺼내려는데)

이듬 (퍼뜩) 잠깐만요!

진욱/구계 ?

이듬 이걸 같이 본다고요? 됐어요. 내가 확인해요.

진욱 네? (하다가 곧) ... 무슨 심정인지 알겠는데요, 마검사님.

이듬 무슨 심정인지 어떻게 알아요? 여검사가?
몰카 찍혀 봤어요? 속옷만 입은 채로 찍혀 봤냐구요.

진욱 그래도 확인해야죠. 범죄증겁니다.

이듬 나 아까 샤워하는 것도 찍혔어요!

진욱 (난감해 더 이상 말을 못하는데)

이듬 (구계장에게) 송가영 원본 동영상은 아직이에요?

구계장 아, 하고 있습니다.

이듬 그거나 빨리 찾아주세요.
나오는 대로 확 처넣어버리게! (하더니 태블릿 PC 들고 후다닥 나간다)

진욱 ... (어쩌지 싶은데)

11. 검찰청 - 복도 / 여자 화장실 앞 (아침)

얼굴이 하얗게 질린 이듬, 태블릿 PC를 볼 장소를 찾아 두리번거린다.
저쪽에 여자 화장실이 보인다.

12. 동 - 화장실 안 (아침)

화장실 안으로 들어온 이듬, 급히 문 잠그고 변기 뚜껑 닫고 앉는다.
태블릿 PC를 꺼내서 보려다가 멈칫!
여기도 혹시 몰카가 있는 게 아닐까, 불안한 얼굴로 두리번거리다가
태블릿 PC를 켜고 동영상 폴더를 찾아 동영상 파일을 터치한다.
이어... 이듬의 얼굴에 드리워지는 영상 불빛-
(영상 내용은 보이지 않고) 이듬, 점점 얼굴이 일그러진다.

이듬 (절망으로 손으로 얼굴 감싸며) 어떡해... 엄마...

13. 동 - 차장검사실 앞 / 복도 (낮)

*** 제1차장검사실 팻말 보인다.
차장검사실에서 나온 민부장, 무거운 얼굴로 복도를 걸어간다.

14. 여아부 - 민부장 사무실 안 (낮)

민부장을 비롯해 장검, 서검, 이듬, 진욱, 손계장, 구계장
심각한 얼굴로 성토대회 중이다.

장검 감히 검사한테 범죄를 해요?
그런 미친놈은 탈탈 털어서 확실하게 조져야 된다구요!
서검 그러니까요! 이건 진짜 여검사 전체에 대한 테러예요!
민부장 다들 어떤 기분인지 알겠는데-
이럴 때일수록 냉정하게 범죄 내용만 보고 수사해야지.
우리까지 덩달아 감정적으로 대처하면
김상균하고 똑같아지는 거야.
일단... (이듬, 진욱 쪽을 보며)
동영상은 확인했어? 어디까지 찍혔어?

이듬 (사실대로 대답하기 싫어 머리를 굴리는데-)

진욱 (곧이곧대로) 마검사님이 혼자 확인한다고 가져가셨습니다.

민부장 뭐?

이듬 (아 진짜- 표정 수습하고 약한 척하는)
사실... 저도 지금 충격이 너무 커서요.
막상 보려니까 심장이 너무 떨려서...

장검 그래- 왜 충격이 없겠어? 난 듣기만 해도 떨리는데!
부장님! 이 사건 제가 맡겠습니다.
그런 또라이 다루는 법을 잘 압니다, 제가!

서검 저도 거들게요!

이듬 (감동받은 척/장검과 서검을 보며)
선배님, 후배 검사님. 내 일처럼 걱정해주시는 마음, 감사합니다.
하지만 결자해지란 말이 있죠?
제가 묶었으니 제가 풀어야죠.

민부장 피해자가 가해자를 수사하면 그게 수사야? 보복이지.

이듬 오해십니다, 부장님.
전 다만 송가영 사건 수사검사로서
최선을 다하겠다, 이런 뜻이었습니다. 네.

민부장 그럼 마검 사건은... 여검이 맡아.
김상균 사건 초기부터 같이 했으니까-

이듬 (뭐 그것도 나쁘지 않겠다는 듯 보는데)

진욱 (표정 심상치 않다)

진욱 (소리) 저 마검사님 사건 안 할 겁니다.

15. 동 - 야외 일각 (낮)

이듬, 진욱 실랑이 중이다.

진욱 마검사님 속셈 제가 모를 줄 압니까?

태블릿 PC, 안 내놓을 생각이죠?
만만한 후배 검사 틀어막으면서요, 네?

이듬 아- 진짜 빡빡하게 나오네. 사람이 좀 유도리가 있어봐요.

진욱 뭔 유도리요?

이듬 아니 가택침입 증명됐지, 카메라 확보했지,
결정적으로 범행 인정했지- 이걸로 충분히 기소할 수 있잖아요.

진욱 그럼, 가택침입하고 정통법 위반으로만 기소하라고요?
몰카 설치해서 동영상 찍은 건 넘어가도 돼요?

이듬 (쩝 할 말 없다) 아니... 카메라 있으니까 그것도 뭐... (하면)

진욱 카메라만 있으면 증거가 충분해요?
그 카메라로 촬영된 동영상 파일까지 있어야
몰카 혐의도 정확히 입증되는 거 아닙니까?

이듬 그래도 안 돼요. (태블릿 PC 제출은)

진욱 그럼 저도 안 되겠네요.

이듬 아 진짜 너무하네.
솔직히 여검도 이 사건에 책임 있어요, 네?

진욱 (황당) 어느 부분이요?

이듬 여검이 한 짓을 생각해봐요.
그동안 이사 가라고 날 얼마나 들들 볶았습니까?
퇴근 후까지 보니 피곤하다 어쩌니 해가면서요, 네?
여검이 이 주택난 시대에 집주인으로서
조금만 아량을 베풀었다면-
나 부동산에 집 내놓을 일 없었고요.
그 또라이한테 몰카 찍히는 수모도 안 겪었다고요.
(피해자 코스프레 하듯 눈 깜빡깜빡)

진욱 (잠시 보다가) ... 안 어울립니다.

이듬 (바로 표정 원래대로 돌아온다) 나도 알아요.

진욱 (하... 보다가) ... 좋아요. 내 책임 인정하죠. 대신 딱 하루 드립니다.
그 안에 주세요. 안 그럼 증거은닉으로 기소할 겁니다.

이듬 콜!

16. 몽타주 - 갑수 선거운동 (낮)

- 영파 재래시장 안 (낮)
[새미래당 영파시장 후보 기호 1번] 글자 박힌
선거 점퍼를 입은 갑수, 20여 명 정도 되는
선거운동원들 무리와 함께 시장에 들어선다.
운동원들 "조갑수! / 조갑수!" 연호하고-
그 사이로 핸드폰으로 누군가와 바쁘게 통화하는 김보좌관(30대 후반)-

- 다른 일각 (낮)
야채가게, 분식집, 떡집이 몰려있는 시장 일각.
갑수, 사람 좋은 얼굴로 상인들 일일이 아는 척하는
"큰 아는 취직 했는교? / 아지매, 그새 젊어졌네? 시집가도 되겠다!
/ 어무이요, 무릎은 좀 개안습니까?"
갑수의 소탈하고 정감 가는 제스처에 상인들도 기분 좋게 반응하고
그럴 때마다 터지는 플래시들-

- 시장 안 비빔밥집 (낮)
커다란 양푼에 별별 나물들 다 집어넣고 썩썩- 맛나게 비비는 갑수.

갑수 자~ 이 비빔밥처럼 하나 된 영파시를 만들겠습니다!

크게 한입 떠먹는 갑수. 기자들 카메라 플래시 터지고
시민들 환호와 박수소리 위로, 맛있다는 듯, 우적우적 먹는데...

- 시장 일각 (낮)
불쾌한 기색 숨기지 않으며, 분노의 가글하고 퉤! 뱉는 갑수.
김보좌관 손수건 내밀면 받아다 입술 벅벅 닦으며

갑수 에이- 선거 때마다 이 무슨 지랄이고? 참말로-

이때 백실장 다가와 갑수에게 귓속말,
갑수, 표정 안 좋은데-

17. 형제로펌 - 갑수 사무실 (낮)

갑수, 안회장과 통화 중이고 백실장, 블라인드 닫는다.

갑수 아 행님, 선거 끝날 때까지 좀 조심하자 안 했습니까?
안회장 (소리) 다 니 잘되라 하는 거 아니가?
갑수 형제호텔은 내 시장되면 매각합시다.
안회장 (소리) 선거도 코앞이고, 지지율도 삐까삐까 하든데,
괘안겠나, 니?
갑수 아이고, 지금 내 걱정하는교?
내는 행님이 그노므 빽띵 때문에 고꾸라질까 그기 걱정입니다.
안회장 (소리) 잔말 말고 호텔 처리할 변호사나 하나 보내라.
똘똘한 놈으로다. (끊는데)
갑수 (아-) 처남만 아니면 벌써 한 대 쥐팼다 고마 (하는데)

이때 허변호사 들어와 목례하더니 곧바로-

허변 형제호텔 매각 건, 제가 하겠습니다.
갑수 빠르네, 참말로.
허변 형제그룹 원래 제 담당 아닙니까?
이번에도 잡음 안 나게 진행하면서
매각 차익 최대로 뽑아드릴 자신 있습니다.
갑수 됐다마. 매각 건은 전관 출신 영입해서 진행할끼다.
허변 전관 출신이요?
갑수 저번에 니랑 붙은 그 검사 어떻노? 똑 부러지겠든데?
허변 성폭력 사건이나 맡는 양아치 검사한테

그런 매각 건을 맡기신다고요?

갑수　그 양아치한테 진 게 누꼬?

허변　(말문 막히는) !

갑수　하나를 보면 열을 아는 기다. 가봐라.
(하더니 백실장에게) 상호 니는 그 여검사나 데꼬 온나.

백실장　알겠습니다.

허변　(그 소리에 입술 꾸욱 깨물고 돌아서는)

18.　동 - 허변 사무실 (낮)

허변, 머리 아픈 듯 관자놀이를 꾹꾹 누르는데,
비서가 사건 서류를 들고 들어온다.

허변　뭐예요?

비서　성폭법 14조 케이스요. (놓고 간다)

허변　(사건 서류를 보며 기가 찬 듯, 하!)
이젠 찌리만 주겠다 이거지? (하고)

사건 서류 건성으로 열어보다가 흠칫!
입가에 미소가 번진다.

19.　구치소 - 변호사 접견실 (낮)

미결수 복장을 입은 김상균, 허변과 마주 앉아있다.

상균　(미소 지으며) 여기 사람들한테 변호사님 물어보니까
봉 잡았다 그러던데? 승률 엄청 높다고?

허변　(같잖다는 듯 보다가) 그것도 의뢰인 따라가는 거죠.
성관계 동영상 유포 혐의에

수사검사 가택 침입, 정통법(정보통신법) 위반까지
이 정도면 전관 출신 세 명은 붙어야 됩니다, 김상균 씨.

상균　에이- 내가 동영상 올렸단 증거도 없잖아요?
그리고 그 여검사, 몰카 영상 못 깔걸요?

허변　?

상균　(살피며) 그거 까면- 인터넷에 쫙 퍼뜨린다고 협박했거든.

허변　(뭐 이런 또라이가 다 있나 싶지만) 혹시 원하는 게
판사한테 비호감으로 찍혀서 실형 받는 겁니까?

상균　재판 가선 잘할 수 있죠,
초범이고, 반성한다고 눈물 몇 방울 흘리면 되는 거 아닙니까?

허변　그럼 김상균 씨가 셀프 변호하시면 되겠네?

상균　어? 삐졌구나?

허변　평소 같으면 나 이런 사건 안 맡았어요.

상균　그런데?

허변　김상균 씨가 찍은 그 여자한테나 감사해요.
그리고 미리 말하는데- 벌금이나 집유 정도로 나오고 싶으면
이제부터 가감 없이 다 나한테 털어놓는 게 좋을 겁니다.

상균　가감 없이?

허변　(끄덕)

20.　검찰청 - 외경 (아침)

21.　여아부 - 이듬 / 진욱 사무실 (아침)

진욱, 급하게 들어와 보면-
이듬, 자리에 없다.

진욱　(자리에 앉은 손계장에게) 마검사님 어딨습니까?

손계장　글쎄요. 출근은 하신 거 같은데?

진욱, 핸드폰으로 이듬에게 전화 거는데-

22. 검찰청 - 여자숙직실 (낮)

이듬, 숙직실 침대에 배 깔고 누워 사건기록 읽고 있다.
핸드폰 진동으로 울려 보면 진욱이다.

이듬 (끌끌-) 김상균은요, 송가영으로 잡을 겁니다.
원본 동영상 나올 때까지만 기다리세용~

핸드폰, 진동 멈추다가- 이어 다시 진동 울린다.

이듬 에이- 집요하긴 (하고 핸드폰 보면 진욱 아니고 구계장이다)
(얼른 받는) 네!

23. 동 - 복도 (낮)

이듬, 영상자료실 향해 서둘러 걷는다.

구계장 (소리) 직접 찍은 동영상을 전부 암호화시켰더라고요.
복구하느라 좀 걸렸습니다.

24. 여아부 - 영상자료실 (낮)

이듬이 구계장의 설명을 듣고 있다.
구계장 화면 재생시키는데, 지지직거리는 화면.
한참 아무것도 나오지 않다가 소리만 재생된다.

가영 소리 진짜 지웠지? 오빠?
상균 소리 어.
가영 소리 어디 몰래 저장해놓은 거 아니지?
상균 소리 아니라니까, 너 나 못 믿어?
가영 소리 인터넷에 올리면 죽어 진짜!
상균 소리 걱정 마. 동영상 지웠는데 어떻게 올리냐?

이듬 어- 이거 왜 이래요? 영상은요?
구계장 파일 자체 훼손이 심해서 소리만 겨우 복구됐어요.
이듬 뭐야- 그럼 시간낭비만 했다는 거야? 복구된다면서요? (째려보면)
구계장 (소심하게) 아... 그게요. 송가영 파일은 소리만 복구됐지만...
근데 영상까지 있는 다른 파일들이 엄청 많더라구요.
여선생, 여승무원, 모델... 어찌나 디테일한지 직업별로도 쫙 나눠놨고요.

25. 법원 - 회의실 (낮)

자막 [국민참여재판 비공개 심리기일]
사건기록 보고 있는 꼬장꼬장한 인상의 판사를 사이에 두고,
허변과 이듬, 진욱이 마주 앉아있다.

허변 검찰 측에서 제시한 증거를 인정할 수 없습니다.
첫째, 제출한 영상은 디지털 증거로서 효력이 없습니다.
영상도 없고, 소리만 있지 않습니까.
이듬 (허변에게) 고 밑에 있는 리스트는 못 봤습니까?
그거 다 김상균 PC에서 복구된 몰카 영상들입니다.
허변 피고인은 동거인 최대훈과 한집에서 살고 있습니다.
당연히 PC도 같이 썼겠지요.
복구된 몰카 영상은 동거인의 것일 수도 있습니다.
이듬 (말문 막히는)

허변 둘째, 적법한 증거 수집 절차를 거치지 않았습니다.

재판장 무슨 소립니까?

허변 뚜렷한 이유 없이 피고인을 긴급 체포해놓고,
수색영장 없이 무단으로 침입해 불법 취득한 증겁니다.

이듬 그건 순서가 조금 바뀌었을 뿐이죠.
증거 인멸의 우려가 몹시 컸기 때문에 어쩔 수 없었고요.

재판장 아니 검사, 그렇게 마음대로 판단할 거면 절차는 왜 있는 겁니까?

이듬 (놀라) 네?

재판장 영장 발부 절차 무시하고,
피고인 집에 무단 침입해
증거물을 불법으로 수집한 일,
거기다 그 사실을 지금까지 숨긴 것까지
모두 문제 삼을 수 있습니다.

이듬 재판장님!

재판장 거기다 변호인 말대로 제출한 영상은 효력이 없습니다.
(단호) 증거 배제하는 차원에서 마무리합시다.

이듬 (당황) !!!

진욱 하! (기가 막히고)

허변 (자기도 모르게 픕! 웃음 나고)

재판장 (진욱에게) 마이듬 검사 몰카 사건 증거는 이게 답니까?
동영상 증거는 제출 안 합니까?

허변 (진욱을 보면)

진욱 (난감한 표정) ... 그게 좀 문제가 생겨서요.

허변 ?

재판장 문제요?

이듬 (얼른) 아닙니다. 보완 중입니다. 공판 기일에 제출하겠습니다.

진욱 (뭔 수로? 하는 눈으로 이듬을 본다)

허변 (의혹의 눈으로 이듬과 진욱을 본다)

26. 동 - 야외 일각 (낮)

진욱, 이듬을 노려보며 따진다.

진욱	그동안 전화 왜 안 받으셨습니까?
이듬	(하- 멘붕이라 귀에 들어오지도 않는다)
진욱	어떡할 겁니까? 이제? 송가영 사건 동영상 증거 배제돼서 까딱 하단 김상균 무죄로 풀려날 수 있는데- 마검사님 사건까지 동영상 증거 없이 싸우라 이겁니까?
이듬	(머리를 쥐어뜯는다)
진욱	마검사님!!!
이듬	아 왜요?!
진욱	(참으며) 마지막으로 묻겠습니다. 태블릿 PC 어딨습니까?
이듬	... 버렸어요.
진욱	(디잉~) 뭐라고요?
이듬	버렸다고요. 망치로 부셔서 강물에 던졌어요.
진욱	(뒷목 잡는다) 장난하지 말고요, 검사님!
이듬	내가 너님이랑 장난할 짬밥으로 보여요? 레알! 트루! 진짜로 버렸어요.
진욱	(이를 부드득 간다)

27. 여아부 - 조사실 앞 / 안 (낮)

이듬	(거칠게 반항하는) 놔요! 놔! 이거 안 놔!! 진짜 미친 거 아니에요들? 감히 검사를 강제 구금해? 손계장님!!!

버둥거리는 이듬을 손계장과 구계장이 양쪽에서 잡아끌어
조사실 안으로 낑낑거리고 밀어넣으며...

손계장 진짜 죄송해요, 검사님.
구계장 우리도 어쩔 수 없어요. 부장님 지시세요. (하고)

간신히 조사실 문을 닫는다.

28. 동 - 이듬 / 진욱 사무실 (낮)

구계장, 수사관들과 함께 책상 서랍 등을 헤집어가며
태블릿 PC를 찾고 있다.

29. 이듬의 오피스텔 안 (낮)

손계장, 진욱 침대 밑, 옷장 속을 뒤져가며
태블릿 PC를 찾고 있다가-

손계장 없는 거 같아요.
(집 안을 둘러보며) 집 안도 너무 엉망인 게
안 들어온 지 꽤 된 거 같고요.
진욱 (시니컬/중얼) 여긴 원래부터 이랬습니다.
손계장 (진욱 말 못 듣고 구시렁) 하긴 뭐 몰카 찍힌 집에서
누가 자고 싶겠어? 나라두 딴 데 가서 자겠다.
진욱 (순간 번쩍) ... 손계장님!
손계장 네?
진욱 숙직실에 로커 있습니까?

30. 여아부 - 민부장 사무실 (낮)

진욱, 민부장에게 깨지고 있다.

민부장　마검이야 워낙 막나간다 쳐-
근데 여검 넌 뭐 했어? 마검이 증거 인멸하는 동안 넌 뭐 했냐고, 어?

진욱　죄송합니다.

민부장　긴말 필요 없어!
여검은 사유서 제출하고-
마검은 공용물건은닉죄로 입건시켜!

진욱　... 사유서는 제출하겠습니다. 그치만...

민부장　?

진욱　... 마검사님 한 번만 봐주시면 안 될까요, 부장님?

민부장　뭐?

진욱　저도 솔직히 마검사님만 보면- 사정 안 봐드리고 싶습니다.
그치만 송가영이나 오민정 같은 피해자로 보면
지금 심정이 어떨지 짐작되는 부분이 있어서요.

민부장　...

진욱　그리고 태블릿 PC 안 버렸을 겁니다.
범죄 증거를 버릴 정도로 막나가는 분은 아니라고 생각합니다.

민부장　(생각에 잠긴 표정이 된다)

31.　동 - 조사실 (낮)

삐딱한 표정의 이듬, 조사실 책상 위에 다리 올리고 앉아있다.
진욱, 문을 열어준다.

진욱　나오시죠.

이듬　(노려보며 나간다)

32.　동 - 복도 (낮)

이듬, 걸어간다.
진욱, 쫓아오며

진욱 배고프시죠?
이듬 뭐래? ... (하는데 꾸르르륵 요란한 소리)

33. 검찰청 근처 분식집 (낮)

게걸스럽게 국수를 흡입하는 이듬,
맞은편에 진욱, 이듬을 빤히 보다가- 툭 던지듯 말한다.

진욱 정말 안 내놓을 겁니까?
이듬 (무시하고 먹는다)
진욱 험한 꼴 보기 전에 내놓으시죠?
이듬 (젓가락 탁 놓고) 아 진짜! 어디서 협박입니까, 지금?
전세 살고 몰카 찍히니까 내가 우스워요?
진욱 우습진 않은데 좀 그렇긴 하네요.
이듬 (눈빛 사나워져서) 뭐가 그런데요?
진욱 동영상 찍힐 일 절대 없을 거라고 하셨죠? 그때?
이듬 !
진욱 피해자가 돼 보니 기분이 어때요?
이제 좀 인지상정, 측은지심이 드세요?
이듬 그래, 왜 고 말이 안 나오나 했다.
입찬소리하다 당한 거 보니까
아주 꼬수워요? 참기름이야?
진욱 처음엔 좀 그랬습니다. 솔직히.
이듬 뭐라고(요?)
진욱 전적이 있으니까요.
세상에 피해자가 되고 싶어서 된 사람은 없다는 거,
이젠 아시겠죠?

이듬　!

진욱　마검사님도 원치 않게 피해자가 된 것처럼
송가영, 오민정도 뭘 잘못해서
피해자가 된 게 아니라고요.

이듬　!

진욱　마검사님 동영상 없인,
김상균 결국 이대로 놔줘야 할지 모릅니다.
오민정 씨도, 용기 내 증언해주기로 했습니다.
그러니 선택하세요.

이듬　(삐딱) 뭘요? 검사 옷 벗을지?
아님 옷 벗은 거 공개할지?

진욱　아뇨! 가해자 처벌 제대로 할 수 있게 도울 건지-
아님 끝까지 피해자로 도망칠 건지요.

이듬　(살짝 갈등되는/숨기려 다시 꾸역꾸역 국수 먹는)

34.　검찰청 – 여자 숙직실 (낮)

미등 정도만 들어와 어둑어둑한 여자 숙직실 안.
이듬이 들어와 두리번거리면 숙직실 안 아무도 없다.
이듬, 구석에 놓인 로커 앞으로 가더니, 번호키를 눌러 문을 연다.
로커 안, 수건 몇 장이 잘 접혀 포개져있는 사이로
손을 집어넣어 문제의 태블릿 PC를 꺼내는 이듬!
살짝 갈등되는 표정으로 보다가
전원 버튼 켜고, 동영상 폴더를 여는데 아무것도 없다!!!
놀라는 이듬, '어떻게 된 거야?' 하는 얼굴로
다른 폴더를 뒤져보는데 아무것도 없다!
얼굴이 하얗게 질리는 이듬!

35.　구치소 – 변호사 접견실 (낮)

상균, 허변과 심각한 얼굴로 이야기 중이다.

허변 증거가 없을 거라니? 무슨 뜻이에요?
상균 (은밀히) 태블릿 PC에 일정 시간 지나면
동영상이 삭제되는 프로그램을 깔아놨거든요.
허변 일정 시간?
상균 영상 확인 후 1시간이요.
그런 게 깔려있을 거라곤 생각 못할 겁니다.
허변 확률이 낮은데? 그 검사 그렇게 만만한 여자 아니에요.
상균 그럼 진작에 증거로 제출했겠죠.

*- **플래시백** / 4부 25씬 법원 - 회의실*
재판장 (진욱에게) 마이듬 검사 몰카 사건 증거는 이게 답니까?
동영상 증거는 제출 안 합니까?
진욱 (난감한 표정) ... 그게 좀 문제가 생겨서요.

다시 접견실

상균 백퍼 동영상 날아가서 못 한 겁니다.
이 재판! 우리가 이길 수 있을 겁니다.
허변 (눈이 반짝 거린다) !

36. 법원 외경 (다음 날 낮)

재판장 (소리) 2017 고합 7631 성폭력범죄의 처벌 등에 관한
법률 위반 등 사건과 2017 고합 7642 사건을 병합 심리합니다.

37. 형사대법정 안 (낮)

자막 [송가영 동영상 유출 사건 1차 공판]
국민 참여재판이다.
주/부심 재판관 3명 앉아있는 아래로
피고인석에 미결수 복장의 김상균과 그 옆으로 허변-
검사석 쪽에 딸려있는 피해자석엔 송가영이-
그리고 방청석에 이듬이 앉아있다.

증인 신문 중-
가림막 너머 증인석에 앉은 사람은 오은하다.
울먹이는 목소리로 증언 중인 은하 앞에 진욱 서 있다.

은하　그 영상으로 전 모든 걸 다 잃었어요.
가해자인 (상균을 원망으로 보고) 저 사람은
아무 일 없이 잘 살고 있는 게
너무 불공평하다고 생각했어요.
상균　(고개를 떨군다)
은하　그땐 영상이 더 퍼질까 봐 무서워서 피했는데,
그럼 안 되는 거였어요.
그때 막았다면 (피해자석의 가영을 보며) 저와 같은 피해자가
생기지 않았을 겁니다.
늦었지만 지금이라도 벌받게 해서
저나 다른 피해자들이 받은 고통의 만 분의 일이라도
느끼게 해주고 싶습니다.

진욱, 은하를 안타깝게 쳐다보다 재판장을 향해-

진욱　이상입니다.

(짧은 시간 경과)

허변, 은하 앞으로 가 신문한다.

허변　피고인과 2년 전 동영상을 찍을 당시
증인도 원해서 찍은 게 맞죠?
진욱　재판장님!
허변　정정하겠습니다.
합의하에 찍은 사실이 있죠?
은하　네. 하지만 분명히 지운다 약속했고,
몰래 찍은 영상도 (있었어요)
허변　(끊고) 네 아니오로 대답해주십시오.
합의하에 찍은 것이 맞죠?
은하　(억울) 네.
허변　동영상이 유출된 것은 어떻게 확인하셨습니까?
은하　친구가 영상을 보내줘서 알았어요.
허변　피고인이 동영상을 유출한 걸 직접 본 건 아니다, 이 말씀이군요?
은하　그걸 꼭 봐야 아나요?
저 사람 아니면 누가 했겠어요?
허변　그렇다면 피고인이 증인에게 동영상으로 퍼뜨린다고 협박하거나
돈을 요구한 적이 있습니까?
은하　아뇨.
허변　피고인이 얻은 금전적 이득도 없는 거군요?
은하　재미로 찍어서 즐겼잖아요.
그건 이득이 아닙니까?
허변　증인은 지금 정황만으로 추측하는 거죠.
피고인이 동영상을 유출했단 그 어떤 증거도 없잖습니까?
은하　(억울하지만 반박할 수 없는)

이에 배심원들도 허변의 논리에 수긍이 간다는 표정들
간간이 보이고-

허변　(유리한 분위기에 쐐기를 박으려는)

방금 전 증인의 증언에서도 확인하셨 듯이
동영상의 유출 경로는 확인된 바가 없습니다.
뿐만 아니라 이 동영상 등의 유출 및 배포로 인해
피고인이 금전적인 이익을 얻은 것도 없습니다.
또한 검사 측은 피해자 송가영의 원본 동영상조차
증거로 내놓지 못하고 있습니다.
이게 무엇을 뜻할까요?
검사 측이 피고인의 범죄로 주장하는
성폭력범죄의 처벌 등에 관한 법률 제14조 1항과 2항
모두 피고인에게 적용되지 않는다는 사실입니다.

배심원들 끄덕끄덕하며 뭔가 종이에 적는 모습들.
이를 지켜보던 피해자석의 가영, 입술을 깨문다.
피고인석의 상균, 고개 떨구고 있지만- 슬쩍 안도하는 표정이다.
방청석에 이듬, 그런 상균을 노려본다.

38. 동 - 형사대법정 앞 (낮)

[개정 중] 이라고 불 들어와 있다.

39. 동 - 형사대법정 안 (낮)

자막 [송가영 동영상 유출 사건 2차 공판,
마이듬 검사 자택 주거침입 사건 병합 심리] 보이고-
이듬, 피해자석에 나와 앉았고, 가영은 방청석에 있다.
상균, 증인석에 앉아있고
진욱, 증인석에 앉은 상균을 신문 중이다.

진욱 (이듬의 집에 설치됐었던 카메라, 배심원단을 향해 들어 보이며)

제가 지금 들고 있는 것은 피고인 김상균이
피해자의 집에 설치했던 카메라입니다.
(상균에게 다가가) 이 카메라를 설치할 목적으로 오피스텔에
침입한 것이 맞죠?

상균　네, 죄송합니다.

진욱　왜 그랬습니까?

상균　네?

진욱　카메라를 설치한 목적을 묻고 있습니다.

상균　그건... (우물쭈물하며 허변을 보면)

허변　(입모양으로 죄송합니다 하라고 코치한다)

상균　죄송합니다.

진욱　경찰 1차 조사 때 이렇게 말했죠.
담당 검사에 대해 화가 나고 원망스러웠다.
이건 기억나십니까?

상균　네.

진욱　무리한 수사에 보복하고 싶었다면
다른 방법도 있었을 텐데,
왜 불법 촬영을 선택한 겁니까?

상균　네?

진욱　기존에 발생했던 수사 보복 사건을 예로 들어보겠습니다.
(종이에 적은 것을- 보며) 염산을 뿌리기도 하고,
분에 못 이겨 폭력을 행사한 사례도 있었습니다.
그런데 피고인은 왜 하필, 카메라를 설치한 건지!
그걸 묻는 겁니다.

상균　(우물쭈물하는데) ...

진욱　송가영, 오민정에게 했던 것처럼
여성인 검사에게 성적 수치심을 느끼게 하고
그 모습을 즐길 작정이었습니까?

상균　(대답 못하는) ...

진욱　이상입니다. (자리로 돌아가 앉으면)

허변, 반대 신문을 위해 증인석 앞으로 나간다.

허변　피고인은 피해자의 집에 몰카를 설치한 부분에 관하여 인정했습니다.
맞죠?
상균　네.
허변　그렇다면, 방금 검사 측 주장대로 동영상을 찍을 목적이었습니까?
상균　절대 아닙니다.
욱하는 마음에 카메라를 설치한 건 사실이지만,
감히 어떻게 검사님 몰카를 찍을 생각을 하겠습니까?
절대 그런 마음먹은 적 없습니다.
허변　그렇군요, 그럼 그 행동을 후회하십니까?
상균　네. (간절한 표정) 정말 시간을 되돌릴 수만 있다면
그렇게 하고 싶은 마음입니다.
허변　그렇게 후회할 일을 대체 왜 한 겁니까?
상균　여자 친구들과 동영상을 찍은 건 맞습니다.
하지만, 영상이 유출되면서 저 또한 피해를 당했습니다.
그런데 검사님께선 무조건 저를 파렴치한 몰카범으로 단정하시고
범죄자 취급을 했습니다.
그 사실이 너무 화가 나서 저도 모르게 해선 안 될 행동을 한 겁니다.
제가 정말 미쳤었나 봅니다.

상균, 갑자기 고개를 떨군 채 흐느끼기 시작한다.
허변, 배심원들을 향해 호소하듯 말한다.

허변　배심원 여러분, 지금 피고인은 자신이 저지른 범죄에 관하여는
이렇게 스스로 고백하고 깊이 뉘우치고 있습니다.
이듬　아- 진짜 더 이상 못 봐주겠네.
허변　네? 뭐라고 하셨습니까?
이듬　쇼를 해도 정도껏 해야죠.
대체 누가 피해자고, 누가 가해잔지- 헷갈리잖아요.
재판장　증인! 발언 자제하세요.

허변 (옳거니 싶어 재판장에게) 재판장님! 마이듬 검사가
할 말이 많은 것 같습니다. 증인 신문 요청합니다.

증인석에 앉은 이듬,
맞은편에 허변, 팽팽히 눈싸움하며 신문 이어간다.

허변 증인은 송가영 동영상 유출 사건의 수사검사로서
원본 동영상을 증거로 제출한 적이 있었지요?

이듬 네.

허변 그런데 공판 준비기일 당시 증거가 배제됐었죠?
왜 그랬을까요?

이듬 그거야 (허변을 가리키며) 여기 변호인이
사소한 일로 딴지를 걸어서 아닙니까?

허변 사소한 일이요?
원칙을 무시하고 불법으로 증거를 수집한 게 사소한 일입니까?

이듬 (표정 굳어지는)

진욱 재판장님! 본 건과는 관련이 없습니다.

재판장 본론으로 들어가세요, 변호인.

허변 알겠습니다. (배심원단을 향해) 여기 증인은 평소 사건을
해결하기 위해선 모든 수단과 방법을 동원하는 검사였습니다.
그런 증인이 어째서 현재 본인의 사건에서
가장 결정적인 증거인 동영상을 제출하지 않는 걸까요?

이듬 !

허변 혹시 제출할 수 없는 특별한 사정이 있어서 그런 거 아닙니까?

이듬 (당황) 특별한 사정이라니요?

허변 영상에 아무것도 찍히지 않았다거나,
아니면 찍힌 영상이 증거로써 효력이 없거나!

이듬 (침을 꿀꺽 삼킨다)

허변 (내가 이겼어!!! 하는 표정이 되면)

*- **플래시백** / 4부 35씬. 구치소 접견실*

상균 *(은밀히) 태블릿 PC에 일정 시간 지나면 동영상이 삭제되는 프로그램을 깔아놨거든요.*

다시 법정 안

재판장 (진욱 향해) 검사 측, 지난 준비기일에 증거 영상 추가 제출한다고 하지 않았습니까?
진욱 아, 저 그게… (어물쩍 하며 이듬을 보면)
이듬 (초조한 듯 입술을 깨문다)

법정 내 사람들 "진짜 영상이 없는 것 아니야? / 설마 없는 증거를 있다고 했다는 건가?"와 같은 말들 하며 숙덕거린다.

허변 (더욱 몰아치는) 지금 증인은 있지도 않은 동영상 증거를 마치 있는 것처럼 위장해서! 피고인을 더욱 벼랑으로 모는 것 아닙니까? 증인, 대답해보세요!
이듬 (울먹울먹 허변을 보다가 순간 씨익-)
허변 ???
진욱 (짠 듯이 일어나) 재판장님! 증인의 신체가 녹화된 동영상을 증거로 제출합니다!

진욱, 동영상이 든 태블릿 PC를 실무관에게 준다. 실무관, 판사에게 넘겨주고… 허변과 상균, 눈이 휘둥그레져서 그 모습을 보는데 이듬, 씨익- 입꼬리가 올라간다.

*- **플래시백** / 4부 34씬 연결, 검찰청 - 여자 숙직실*
전원 버튼 켜고, 동영상 폴더를 여는데 아무것도 없다!!!
놀라는 이듬, '어떻게 된 거야?' 하는 얼굴로

다른 폴더를 뒤져보는데 아무것도 없다!
얼굴이 하얗게 질리는 이듬!
이때 태블릿 PC를 뺏는 누군가의 손 보면 진욱이다.

진욱 (소리) 드디어 찾았네요.
이듬 하, 좋은 말할 때 내놔요.
진욱 험한 말 한다고 내놓겠습니까?
이듬 아 진짜!

태블릿 PC 뺏으려 진욱과 실랑이 벌이다가-
정강이를 확 차려는데, 그마저도 싹 피하는 진욱.

이듬 (하! 노려보다가 팔짱 끼고) 아니-
내가 다 생각이 있어서 숨긴 건데-
진욱 들키니까 발뺌하시는 겁니까?
이듬 아, 진짜-
진욱 해명을 해보세요, 그럼.
이듬 (보다가) 김상균이 그 태블릿에 뭐 깔아놨는지 알아요?
진욱 ?
이듬 동영상 폭탄 프로그램이요!
시간 지나면 자동으로 지워지는 블랙박스 카메라처럼요!
진욱 (놀라) 그럼 동영상 날아가서...
그래서 못 내놨던 겁니까?
이듬 (핸드폰을 들어 흔들면 USB 고리가 달랑거린다)
진욱 (안도의 한숨)
이듬 아니 생각해보니까 송가영 때도 그랬고-
증거 인멸 하난 기차게 잘하는 놈이
내 동영상을 곱게 저장해놓을 리가 없잖아요.
그래서 동영상 확인하자마자 따로 저장했는데
다음 날 확인해보니 싹 없어졌더라고요.
진욱 (황당) 아니 그걸 왜 이제서.

이듬 *그걸 역이용해야죠!*
저쪽에서 우리 쪽에 증거 없다고 믿게 한 다음,
재판에서 펑!
도시락을 던진 안중근 지사처럼 터뜨리겠다 이 말입니다.

진욱 *도시락은 윤봉길,*
안중근은 이등박문.

이듬 *(음!) 무튼 그런 빅픽처였다고요.*

다시 법정 안-
가림막이 쳐진 채로 이듬의 증거 영상이 재생된다.
심각한 표정으로 보는 판사들과 배심원들.
허변과 상균은 멘붕에 빠진 표정이다.
진욱, 이듬을 슬쩍 보면- 담담한 표정이나 주먹이 떨리고 있다.

재판장 (이듬에게) 증인! 마지막으로 하고 싶은 말 있습니까?

이듬 (담담/당당히) 저는, 검사입니다.
지금껏 수많은 사건들을 접해오며
피의자들의 죄를 어떻게 하면 제대로 밝힐까,
어떻게 하면 더 많은 형량을 줄까만 생각하며 살았습니다.
때론 피해자들이 상처받는 것도 아랑곳하지 않았습니다.
그런 제가 피해자가 돼서 이 자리에 서고 보니,
처음으로 그 아픈 마음을 조금은 알 것도 같습니다.
지난날의 제 자신과, 저로 인해 상처받았을 피해자들에게
어쩌면 제 치부가 돼서 평생을 따라다닐지 모르는 그 영상을-
반성하는 마음으로 공개하게 됐습니다.
그러니 존경하는 재판장님!
(김상균을 가리키며)
아직도 반성할 줄 모르는 피고인에게 무거운 벌을 주시기 바랍니다.

배심원들, 고개를 끄덕인다.

40. 동 - 법원 일각 (낮)

기진맥진한 표정으로 앉아있는 이듬,
진욱 맞은편에 서 있다.

진욱 아까 그 말 진심입니까?
이듬 뭐요?
진욱 상처받았을 피해자들에게 사과하는 차원에서 공개한다는 말이요.
이듬 정신과 의사였다면서요?
진욱 네.
이듬 사람이 변하던가요?
진욱 아뇨.
이듬 그러니까요.
진욱 (보다가 하! 웃는다)
이듬 (구시렁) 뭐야, 그 느끼한 웃음은-

41. 동 - 이듬과 진욱이 있는 곳에서 가까운 일각 (낮)

백실장, 서둘러 걸어가고 있다.
그 위로 조갑수 목소리가 들린다.

갑수 (소리) 안회장이 변호사 내노라고 아침부터 성화다,
그 여검사- 재판 끝나는 대로 함 데려온나.

42. 동 - 다시 법원 일각 (낮)

진욱 (핸드폰 울려 받으면) ... 알겠습니다.
이듬 (일어나며) 드디어 나왔나보네.

진욱 들어가요. (가는데)

이때 모퉁이에서 나온 백실장,
맞은편에서 오던 진욱과 이듬을 보더니- '어디서 봤더라?' 하는
표정이 돼서 본다.
점점 다가오는 진욱과 이듬, 그러다 슬쩍 진욱과 눈이 마주치자!
누군지 떠오른 듯 얼굴이 굳는다!

- 플래시백 / 자막 [2003년]
교복 차림의 고3 진욱, 가슴에 [여진욱] 명찰 달린 모습.
야상점퍼에 폴더형 핸드폰을 목에 건 백형사(=백실장),
자리에 마주 앉아있다.

고3 진욱 (핸드폰에 찍힌 김미정의 진료기록을 내밀며)
이 아줌마, 집 좀 찾아주세요.

다시 현재-
진욱, 백실장을 보던 시선, 무심히 떼고 가던 길 간다.
백실장, 믿을 수 없다는 듯 몇 발자국 걸어가다 돌아서
이듬과 진욱을 보는데!

43. 동 - 형사대법정 안 (낮)

자막 [피고인 김상균 판결 선고]
검사석 진욱, 피고인석 상균과 허변은 모두 체념한 표정이다.
방청석 이듬과 가영, 은하가 판사를 보고 있다.

재판장 (판결문 읽는) 피고인이 상습적으로 같은 범행을 저질러
죄질이 나쁘고 증거를 인멸하여
수사에 혼란을 가중시킨 점 등이 불리한 양형으로,

동종의 전과가 없다는 점을 유리한 양형으로 보아
다음과 같이 선고한다. 주문, 피고인을 징역 3년에 처한다!

좌절한 표정으로 수갑이 채워져 들어가는 김상균,
허탈한 표정의 허변-
담담한 얼굴로 일어서 나가는 이듬과
검사석에서 그런 이듬을 보는 진욱이 보인다.
... 그리고 방청석 구석에서 굳은 얼굴로
이듬과 진욱을 보는 백실장!

44. 여아부 – 민부장 사무실 앞 (밤)

민부장 이하- 이듬과 진욱, 장검과 서검, 손계장, 구계장 모여있다.

민부장 다들 수고했어. 특히 마검사, 고생 많았고.
장검 오늘 같은 날 회식 한 번 해야 되는 거 아닙니까?
구계장 (반색) 회식이요?
서검 아- 회식이요? (슬쩍 이듬 눈치 보는데)
이듬 오늘은 혼술이 땡겨서요.
저는 다음에 하겠습니다. (도도히 간다)
서검 (얼굴 환해지며) 역시 일관성 있으세요, 마검사님은.
구계장 (쩝)
장검 그래 뭐 빤스 벗고 싸워서 이겼으니까. 내가 봐준다.
민부장 나도 오늘은 피곤하네. 다들 들어갑시다.
진욱 네. 들어가십시오. (하면서도)

이듬이 맘에 걸리는지 저만치 가는 이듬의 뒷모습을 쳐다보는데-

45. 이듬의 오피스텔 앞 (밤)

이듬, 내키지 않는 표정으로 문 앞에 서 있다.
몰카 사건 이후 처음으로 들어온 상황.
크게 심호흡 한 번 하고, 손가락 지문을 갖다대 문을 연다.

46. 이듬의 오피스텔 안 (밤)

이듬, 옷을 갈아입으려고 하다가 멈칫해 둘러보고 -

(컷 튀면)

이듬, 욕실 들어가 변기에 앉으려다가 멈칫해서 천장 보고-

(컷 튀면)

침대에 누운- 천장에 빨간 점을 보고 놀라 벌떡 일어나서
다시 보면- 빨간 점 없다. 헛것을 본 것이다.
짜증에 벌떡 일어난다.

47. 오피스텔 복도 / 진욱 오피스텔 앞 (밤)

진욱, 문 열고 들어가려다가 생각난 듯-
약간의 염려로 이듬의 집 앞을 보다가
다가가 벨을 누른다.

48. 오피스텔 근처 편의점 앞 (밤)

이듬, 파라솔 앞에서 오다리 안주 삼아 맥주 들이키며

누군가와 통화 중이다.
테이블 위- 이미 마신 맥주캔들이 대여섯 개 찌그러져있다.

상담원 (소리/빠르게) 원래 은행금리가 12프론데
이번에 저희 대출은행은 4.7프로까지 내렸거든요.
혹시 현금서비스 받은 거 있으시면
이번 기회에 싸고 든든한 저희 대출은행으로 갈아타시는 게
어떠실까요? 고객님?

이듬 고마워요, 언니.
내가 오늘 진짜 너어어무 외롭고 힘들었거든.
얼마나 힘드냐면! 맥주 여섯 캔을 마셨는데도
(가슴을 탁탁 치면서) 여기가 꽉 막혀서 내려가질 않아요!
(하고는 바로) 끄어어어어억! 어? 내려갔네?

상담원 (전화 끊었다) 뚜뚜뚜뚜-

이듬 언니? 언니?!!

하는데 트레이닝복 차림의 진욱이 앞에 앉는다.

이듬 어? 앉으라는 소리 안 했는데?

진욱 외롭고 힘들었다면서요?

이듬 건 또 언제? (하다가) 여기 도청장치 달았냐?

진욱 (한숨) 주정도 어지간해야 받아주지. (일어나며)

이듬 어? 어디가? 앉아 인마.

진욱 제가 딴 건 받아도 술주정 받는 건
1도 못하는 인간이라서요.

이듬 에히이! 앉아보라니까-
내가 오늘 너 정신교육 한번 똑바로 시켜주겠-

진욱 (대뜸) 우리 집에서 잘래요? 오늘?

이듬 뭐? (놀라 크게 소리치며) 자자고?

이때- 지나가던 사람들 이듬의 오버에 이듬과 진욱을 슥- 쳐다본다.

진욱　(또박또박) 마검사님! 한 번만 말할 테니 똑바로 들으세요.
몰카 찍힌 집에서 자기 싫으면
내 집에서 하루 주무시라고요.
오해할 거 1도 없고요.
담당 수사검사로서 제공하는 범죄피해 지원 서비스라 생각하세요.

이듬　(음흉하게 눈 가늘게 뜨면) 여검사 이 쉐끼! 나 은근 좋아했구나?

진욱　(깍듯) 알겠습니다. 이만 들어가겠습니다. (가려는데)

이듬　(덥석 진욱의 팔을 잡고) 잠깐만!

진욱　(하!)

49.　진욱의 오피스텔 안 (밤)

이듬, 눈앞에 펼쳐진 깨끗하고 쾌적하고 세련된 공간에
눈이 휘둥그레진다.
그 뒤로 진욱, 새 베개와 이불로 베딩 중이다.

이듬　오- (여기저기 보며 감탄하는) 완전 깔끔해.
(냉장고 만지며) 오 메탈! (소파 앉아보고) 오 리클라이닝!
(그 앞에 대형 TV 보고) 오 티비도 대따 커!

진욱　(꾸욱 참고 침대 쪽을 가리키며) 그만 하시고요.
이불하고 베개 새로 바꿨으니까 여기서 주무세요.
전 마검사님 집에서 한숨 잤다가 바로 출근하겠습니다.
6시 전에 나가드릴 테니 (하는데 바로 드르렁 소리)

보면, 리클라이닝 소파에 누운 이듬,
입 벌리고 코 골고 자고 있다.
진욱, 하! 어이없어 보는데...

50. 방송국 대기실 앞 (밤)

[영파시 시장 후보자 초청 TV토론회 / 조갑수 후보 대기실]
종이 붙은 문 보인다.

갑수 (소리) 진짜가?

51. 방송국 대기실 안 (밤)

백실장, 갑수 앞에 서 있다.
TV 토론 끝나고 메이크업 지우고 있던 갑수,
분장사도 갑수의 심각함에 흠칫-

갑수 (다시 표정 풀고 분장사에게) 수고했습니다.
분장사 (알아듣고 나간다) 네.

52. 달리는 백실장의 자동차 안 / 밖 (밤)

백실장, 운전하고- 뒷좌석에 갑수 앉아있다.

백실장 신상정보 확인했습니다. 마이듬 검사, 곽영실 딸 맞습니다.
갑수 ... 하필 검사가 됐다 이말이제? 얄궂게 됐다 마.
백실장 뿐만 아닙니다.
갑수 ?
백실장 그 여검사하고 같은 부서에 있는 남자 검사가
갑수 ?
백실장 고재숙 원장 아들입니다.
갑수 고재숙이?

53. 이듬의 오피스텔 안 / 고재숙 정신과의원 원장실 (밤)

진욱, 엉망진창인 이듬 집을 보며
할 말을 잃은 채 서 있다.

진욱 (짜증) 내가 미쳤지 진짜- 이런 데서 어떻게 하룻밤을 진짜-

이때 영상통화가 온다.
보면 중년 아나운서 같은 세련된 인상의 고재숙 얼굴이 뜨고
발신자 이름 [엄마] 다.
진욱, '아, 왜 하필 지금...' 약간 난감해서 "어." 전화 받는데-

- 고재숙 정신과의원 / 원장실
방금 인터뷰 마쳤는지 카메라와 촬영 장비들 정리하는 스탭들 보인다.
흰 가운 입은 재숙, 와이어리스 떼는 스탭에게
"수고하셨습니다." 인사하고 통화 중-

재숙 (바로 알아보는) 집 아니네? 어디니?
진욱 어? (어물쩍) 어. 잠깐 나왔어.
재숙 수상하다? 설마 여자 친구 집?
진욱 그랬음 좋겠어 나두. 용건 뭐야? 나 피곤해요.
재숙 으이그~ 깍쟁이! 아까 도우미 여사님 니네 집에 출장 시켰는데
냉장고 청소하고 코드 꼽는 걸 깜빡하셨대.
진욱 아! (난감)

54. 이듬의 꿈 - 진욱의 오피스텔 안 (밤)

진욱의 오피스텔 소파에서 자던 이듬,
부스럭거리는 소리에 눈을 뜨면-

영실, 싱크대에 서서 음식을 만드느라 한창.
인덕션에 놓인 큰 솥에선 미역국이 보글보글 끓고 있고
싱크대에 잡채며, 겉절이 등등- 생일상에 올라갈 음식들이 가득이다.

이듬 ... 엄마!
영실 뭔 잠을 그렇게 자냐? 어차피 죽으면 실컷 잘걸!
이듬 (꿈속에서도 꿈인 것을 아는) ... 오랜만에 왔네.
영실 (계속 이듬에게 등을 돌린 채로 음식 만들며) 이거 간 좀 봐.
(하고 등 돌려 이듬을 보려는데)
이듬 (다급) 아냐! 그대로 있어.
이렇게 있어야 오래 볼 수 있어.
영실 뭔 소리야? (하며 다시 등 돌려 나물 무치는)
이듬 엄마, 오늘 내 생일이라 왔구나.
영실 당연하지! 너같이 까칠한 기집애 생일,
엄마 아니면 누가 챙기냐?
이듬 (목이 메어) 어쩐지... 오늘따라 엄마 생각 무지 나더라.

55. 현실 - 진욱의 오피스텔 안 (밤)

진욱, 살그머니 들어와 이듬 쪽을 살핀다.
기척 없이 잘 자고 있는 것을 확인한 진욱,
살금살금 냉장고로 가서 코드를 꼽고 돌아서는데...

이듬 (흐느끼는) 엄마... 엄마...
진욱 (놀라 본다) ?

56. 이듬의 꿈 - 진욱의 오피스텔 안 (밤)

영실, 주방 테이블에 음식들을 차리고

이듬, 조금 떨어져 그 모습을 본다.

영실 얼렁 먹어. 엄마 시장 가야 돼.
이듬 엄마. 좀만 더 있다 가.
영실 아이고- 육수 멸치도 사야 되고- 무도 떨어졌어.
이듬 (꿈속에서 엄마 사라질까 봐) 그래도 어? 조금만...

57. 현실 - 진욱의 오피스텔 안 (밤)

진욱, 이듬에게 가까이 다가가 보면
이듬, 눈물을 흘리며 "엄마- 엄마-"를 애달프게 부르고 있다.
진욱, 어디 아픈가 해서 슬며시 이듬의 이마에 손을 대는데-

58. 이듬의 꿈 - 진욱의 오피스텔 안 (밤)

영실, 이듬에게 다가오더니 이마를 짚어주며-

영실 아픈 덴 없어? 못난이?
이듬 (목이 메어) 엄마. (하고 영실의 손을 잡는데)

59. 현실 - 진욱의 오피스텔 안 (밤)

이듬, "엄마..." 하며 이마를 짚고 있던 진욱의 손을 잡더니
자신의 볼에 가져다 댄다.
이듬의 뜨거운 눈물을 느끼는 진욱,
아프게 우는 이듬에서... 4부 끝!

· 마녀의 법정 ·

5부

1. 방송국 건물 외경 (밤)

2. 방송국 스튜디오 (밤)

[생방송 선택 2018! 영파시장 후보 토론회] CG 배경
스탠딩 3자 토론.
아나운서 사회자, 오프닝 멘트하는 사이... 갑수와 두 후보 보인다.

사회자 향후 4년간 영파시를 이끌어 갈 수장은 누가 될 것인가?
오늘 세 분의 후보자를 모시고,
정책과 공약, 능력을 검증해보도록 하겠습니다.

다혈질 인상의 김문성(50대 후반/국민연합당/현 영파시장)과
젠틀한 인상의 허정엽(40대 후반/무소속) 서 있다.
테이블 앞에 각각 기호와 이름 붙어있다.

(시간 경과)

사회자 자유질문 시간입니다. (하면)

세 사람간의 팽팽한 시선이 잠시 얽히다가...
갑수를 향한 난타전이 시작된다.

허정엽 먼저 조후보에게 묻겠습니다.
... 부인 지금 어디 계십니까?
갑수 당황스럽네요. 첫 질문이 제 집사람 얘깁니까?
허정엽 대답하세요!
갑수 조용히 내조하고 있습니다.
허정엽 선거 유세 기간 동안 한 번도 모습을 보이지 않으셨습니다.
원정도박설, 해외도피설까지 있습니다.
갑수 허후보님, 가족은 건드리지 맙시다.
허정엽 조후보의 여성관에 대해 우려의 목소리가 높습니다.
갑수 내 여성관엔 문제가 없습니다.
김문성 말 나온 김에 저도 질문 드리겠습니다.
갑수 (미소로) 살살들 합시다.
김문성 (준비해온 메모 읽는) 외부적 물리적 자극에 의한 타격, 자궁 출혈,
직장 파열! 이게 뭔지 아십니까?
갑수 말씀해보시죠.
김문성 30년 전, 조후보가 형사로 재직 당시- 조후보에게 성고문을 당해
그 후유증으로 10년간 고통받다 자살한
고 서정순 씨의 진료기록입니다!
갑수 (미소 잃지 않으려 애쓰는) 저도 김후보에게 묻죠.
저에 대해 조사 많이 하신 모양인데- 흠 잡을 게 없었나 보죠?
30년 전, 그것도 무죄 판결 받은 사건까지
끄집어내는 걸 보면 말입니다.
김문성 거기에 대해 당당하시다?
갑수 당당하지 못할 이유가 없지요.
김문성 좋습니다, 그럼!
갑수 ?

김문성 조후보에게 성고문을 당했던 피해자들과 그 가족을!

갑수 ?

김문성 (방청석 쪽을 가리키며) 오늘 바로 이 자리에!

갑수 (얼굴 굳어 자기도 모르게 시선 그쪽으로 향하는데) ?

김문성 ... 모셔놨다고 한번 생각해보십시오!
그분들 앞에서도 당당할 수 있는지!

갑수 (낚였구나 싶어 아차 싶지만) !!!

3. 진욱의 오피스텔 (밤)

이듬 푭!!! ... 어머 웬열?

갑수의 TV 토론 보던 이듬, 맥주 마시다 푭!!
거실 테이블 위- 진욱의 냉장고를 탈탈 털은 듯
맥주에 치즈에 과일이 잔뜩 널려져있고-
TV 화면, 갑수의 썩은 표정이 보인다.

4. 검찰청 로비 (밤)

늦은 퇴근을 하던 지숙,
로비 안 대형 TV에서 나오는 TV 토론회의 갑수를 지켜보고 있었다.
TV 화면 안- 갑수, 분위기 수습하느라 물 마신다.
기가 차다는 듯 '하!' 짧은 탄식 뱉는 민부장.

5. 달리는 백실장의 자동차 안 / 밖 (밤)

토론회 마친 갑수, 잔뜩 불쾌한 표정으로 넥타이를 푼다.

갑수　　백일 때 똥오줌 몬 가렸다고 난리칠 자슥들이다! 쯧!
... (하다가 뭔가 생각난 듯) 이 민지숙이 작품 아이가?
백실장　... 알아볼까요?
갑수　　(심기 불편) 쯧! 됐다마... 그 검산 우찌 됐노?
백실장　...

(짧은 시간 경과)

갑수　　... 곽영실이 딸이 검사가 됐다 이말이제? ... 얄궂게 됐다마.
백실장　뿐만 아닙니다.
갑수　　?
백실장　같은 부서에 있는 남자 검산,
고재숙 원장 아들입니다.
그 둘이 민부장하고 같이 있다는 게 마음에 걸립니다.
갑수　　(잠시 생각하다) 그래 생각할 것 없다-
써먹기 나름 아니겠나.
호랭이 새끼도 발톱 빼뿌리면 고양이 되는 기지.
백실장　저, 그리고 안회장님께서 형제호텔 매각 건으로 계속 독촉하십니다.
갑수　　(신경질적으로) 사방에 도움 되는 놈 하나 없고
물어뜯는 놈, 물어뜯으려고 눈깔 뻘게진 놈들 천지네.
내 끈이라곤 호텔 하난 거 뻔히 아는 양반이... (쯧)
안그릏나?
백실장　... 알겠습니다. 매각 철회시킬 방안 마련해보겠습니다.
갑수　　(여러모로 심기 불편한)

6.　5년 전 과거 - 형사대법정 (낮)

증인석 앞 법복을 입은 공판검사의 뒷모습 보인다.

검사　　(소리) 그래서 새아빠가 아름 양한테 어떻게 했죠?

화면 커지면- 검사 앞에 앉아있는 증인석의 작은 소녀, 아름(10살)
잔뜩 주눅 든 표정이다.
판사들 셋- 무표정한 얼굴로 아름을 내려다보고 있다.
방청석, 그런 아름을 조마조마한 표정으로 지켜보는 진욱 보이는데

아름 ... 뽀뽀도 하고 얼굴도 부볐는데...
검사 ... 뽀뽀만 한 게 아니잖아요. 더 자세히요!
아름 ... 어... 아빠가 옷도 막 들추고... (하다 말을 못하고)
검사 (답답) 들춘 다음에요? ... 아름 양?
아름 ... (주눅 들어 말끝 흐리는) 아빠가 일어나지 못하게 팔로 세게 누르고...
검사 누르고... (아름이 대답을 못하자) 그러니까 누르고 그 담은요? 네?
아름 (금방이라도 울 것 같은 표정으로 어딘가를 보면)

피해 증인 대기실 문 안쪽으로 초췌한 인상의 정애(아름 모/30대 중반)가
안타까운 표정으로 아름을 보는데...

검사 (답답하다는 듯) 아름 양!!! 어딜 봅니까? 여길 봐야죠!
아름 (깜짝 놀라 울음 터뜨린다)
재판장 검사 측! 그래 갖고 증언이 되겠습니까? 들어가라고 하세요.

아름, 다시 증인 대기실로 들어가고-
하!!! 답답해 미칠 것 같은 진욱의 시선 끝-
피고인석으로 다시 나오는
현태(30대 후반/은테 안경에 차가운 인상)가 보인다.

(짧은 시간 경과)

진욱, 증인석에 앉아있고- 어딘지 비열한 인상의 변호사가 신문한다.

변호인 증인은 피해 어린이와 어떤 관계니까?

진욱 아름이의 정신과 주치입니다.

변호인 보통 아이들이 성적 호기심을 갖게 되는 나이가 언제부터죠?

진욱 (질문의 의도가 짐작돼 불쾌한) 무슨 질문이 하고 싶은 겁니까?

변호인 열 살이면 성적 호기심을 갖기 충분한 나이 아닙니까?
그래서 성관계를 가졌을 수도 있고요?

방청객들 어이없다는 듯 야유가 쏟아지고-
피해증인 대기실 문 안쪽,
고개를 푹 수그리고 듣고 있는 아름이,
정애, 손으로 아름의 귀를 막는다.

재판장 (방청석을 향해) 조용히들 하세요! 조용히!
(분위기 진정되면- 진욱에게) 증인 대답하세요.

진욱 법정에서 쓰기 부적절한 용어라 죄송하지만-
한마디로 개소리라고 생각합니다.

변호인 (판사에게 제지해달라는) 재판장님!

재판장 증인!

진욱 (한숨 고르고) ... 아이들은 애착 욕구와 성적 욕구를
혼동하는 경우가 많습니다.

변호인 무슨 뜻입니까?

진욱 (현태를 쏘아보며) 애착 욕구가 강한 아이에게 성적인 행위를 시켜놓고
착하다, 잘했다, 예쁘다 해주면 아이들은
그걸 성적인 의미가 아니라 애정 표현으로 착각할 수 있다는 겁니다.

변호인 애착 욕구 때문에 그랬다는 걸 어떻게 증명합니까?
증인의 개인적인 견해 아닙니까?

진욱 그럼 증명된 사실도 말씀드릴까요?
아름이 이제 10살입니다. 아까 보셨죠? 키가 130도 안 됩니다.
신체적, 정신적으로 미숙한 아이가
성병 감염으로 인한 골반염에
자궁 손상에 불임까지 우려되는 상황입니다.
성적 트라우마도 평생 따라다닐 거고요.

성인 여성들도 감당하기 힘든 정신적 육체적 고통을
아직 2차 성징도 오지 않은 10살짜리 애가 겪고 있는데-
단순히 성적 호기심으로 인한
자발적 성관계 때문이니 괜찮다는 겁니까?

변호인 (잠시 보다가) ... (비아냥) 증인은 지금 감정에 치우쳐
일방적 주장을 하는군요. 저기 앉은 피고인이 신체적 정신적 피해를
의도하고 했다는 증거도 없지 않습니까?

진욱, 변호인의 궤변에 할 말을 잃는데...
그 위로 판사의 목소리가 들린다.

재판장 (소리) 피고인 최현태의 판결을 선고합니다.

(짧은 시간 경과)

주심 판사, 판결을 선고 중이다.
방청석에 앉은 진욱도, 대기실에 있는 아름과 정애도-
피고인석의 현태도 모두 긴장된 표정으로 듣고 있다.

재판장 ... 피고인의 동종 전과가 없고,
사회적으로 존경받는 직업을 가지고 있는 점,

진욱, 대기실의 아름과 정애의 표정이 굳어가고-
현태, 희망으로 판사를 보는데-

재판장 각 증거가 피해자의 증언만으로 이루어진 점 등을 고려하여
다음과 같이 선고한다. 피고인을 징역 5년에 처한다.

"말도 안 돼!" "5년이 뭐야? 5년이." 야유와 함께
판사들 퇴장하고. 현태, 미소 지으며 경위들과 나간다.
공판검사 보면, 기다렸다는 듯 냉큼 일어나 바삐 서류 챙기는 모습.

주먹 불끈 쥐는 진욱, 눈에 불꽃이 튄다.

7. 법정 일각 - 긴 복도 (낮)

진욱, 법복 입은 공판검사를 벽에 밀어붙이고 항의 중이다.

진욱 당신! 내가 준 DNA 증거 왜 제출 안 했어?
검사 (당당) 애초에 그쪽이 증거품이라고 줬던 옷 자체가 오염돼서
DNA 판별이 안 됐습니다. 증거로써 효력 없었단 뜻입니다.
진욱 그럼 아름이는? 증인석에만 데려다놓으면 된다며?
어떻게 설득해서 데려왔는데, 애를 그딴 식으로 몰아붙여?
검사 (큰소리치는) 그러니까! 애가 똑바로 말을 했어야죠?
덜덜 떨면서 입 딱 붙이고 있는데 나보고 어쩌란 거예요!
진욱 (하! 어이없음에 맥이 탁 풀려 멱살을 놓는데)
검사 (멱살 잡혀 구겨진 법복 탁탁 털며) 난 최선을 다했어요.
막말로 잘나가는 의사에, 매형은 어디 시장이라 그러는데-
5년 받았으면 선방한 거지. (하고 돌아서다 짜증 섞인 구시렁)
법에 대해 알지도 못하는 게
성질대로 덤비기만 하면 단 줄 아나?

냉정히 돌아서 가는 법복 차림의 검사,
진욱, 황당한 표정으로 그 모습을 보는데...

정애 (소리) 선생님...

보면, 정애가 아름의 손을 잡고 어느새 와 있다.

정애 (울먹) 어뜩해요... 5년 후면... 우리 아름이 겨우 중2인데...

진욱, 미안함으로 아름을 쳐다보고-

아름, 슬픈 표정으로 진욱을 보는 데서...

8. 진욱의 꿈 - 아름의 학교 교문 앞 (낮)

쿵!!! 심장이 떨어진 듯한 표정으로
어딘가를 보는 교복 차림의 중2 아름으로 연결.
화면 커지면- 출소한 현태가 저만치에 서서 아름을 보다가 다가간다.
건너편 횡단보도 앞에 서 있던 진욱, "아름아!" 놀라서 건너려는데-
차들이 쌩쌩 지나다녀 건널 수 없다.
그 사이 현태, 아름에게 점점 가까워지는데!
답답해 미칠 것 같은 진욱! 어디선가 기괴한 음악소리까지 들리는데!

9. 이듬의 오피스텔 (아침)

헉! 식은땀을 흘리며 소파에서 일어나는 진욱.
꿈에서 들려온 기괴한 음악소리 여전히 들리고 있다.
소리를 찾아 두리번거리면 소파 밑,
괴상하고 싼티나고 촌스러운 모양의 알람시계가 울리고 있다.
'하...' 진욱, 알람시계를 끄고 보면-
지저분하고 어수선하기 짝이 없는 이듬의 오피스텔,
간밤에도 봤지만, 아침에 보니 더욱 새롭게 느껴진다.

진욱 (어이없다는 듯 중얼) ... 하... 흉가 체험이 따로 없구만.

10. 진욱의 오피스텔 (아침)

(반면) 환하고 쾌적한 느낌의 진욱 오피스텔 안.
막 샤워 마쳤는지- 흰 수건 머리에 두르고

소파에 양반다리하고 앉은 이듬,
오늘따라 단장에 열심인 분위기.
(러블리 아니고, 전투 준비 분위깁니다~)
팩트 열어 거울 보면서
레드 컬러 립스틱을 꺼내 바르고 입술 빡빡-
만족한 듯 미소 지으며

이듬　　오케이. 전투 준비 완료.

11.　　검찰청 외경 (아침)

12.　　동 - 로비 승강기 앞 (아침)

진욱, 핸드폰을 들고 서 있다.
핸드폰 화면, [윤아름] 떠 있고, 전화걸기 버튼 누르는데

소리　　지금 거신 번호는 없는 번호로 나오니 다시...

찜찜한 표정으로 핸드폰을 끄는 진욱, 어디선가 이듬의 목소리 들린다.

이듬　　(소리) 굿모닝이요!

진욱, 보면- 빨간 립스틱을 바른 이듬, 눈에 힘 빡! 주고-
보란 듯 모델 워킹하며 (지나치게) 당당히 걸어온다.

진욱　　컨디션 좋아 보이네요. 특히 입술 쪽이.
이듬　　당연히 좋아 보여야죠.
몰카 찍히고 찌그러졌단 소리 안 들으려면!

승강기 문 열린다.

13. 동 - 승강기 안 (아침)

사람 많이 들어찬 승강기 안-
이듬과 진욱, 맨 앞쪽에 나란히 서서 복화술 하듯
목소리 낮추고 티격태격-

진욱 (이듬을 향해 코 킁킁 거리며) 내 향수 뿌렸어요?
이듬 괜찮죠? (하더니) 참! 냉장고에 캐비어 있길래 야식으로 먹었어요.
진욱 (놀라) 그걸 야식으로?
이듬 먹을 만하던데요, 간도 심심하니-
아, 그래서 말인데요. 나 범죄피해 지원 서비스 그거, 계속 받을까 해요.
진욱 끝났습니다, 서비스.
이듬 피해자 요청 시 석 달까지 연장 가능하잖아요.

14. 동 - 여아부 복도 (아침)

진욱, 이듬이 티격태격 이어가고 있다.

진욱 서비스 연장은 그 필요성이 소명될 경우에만 가능한 겁니다.
이듬 나 힘들어요, 여검.
몰카 사건 때문에 심리적으로 몹시 위축된 상태라고요.
진욱 ... 그래서요?
이듬 안정된 주거 공간에서 심리적 안정을 취하다가
큰 사건 하나 빵 터뜨리고 자존심 좀 세우면
다시 내 집으로 돌아갈 수 있을 거예요.
그때까지만 이해해줘요.
진욱 ... 됐고요, 비밀번호 바꿀 겁니다.

나도 안정된 주거 공간에서 좀 쉬고 싶거든요. (하고 가다 멈칫)

이듬 에헤이! 이 사람 진짜! (하며 쫓아다가 멈칫)

보면 저편에서 낯익은 얼굴의 소녀가 수사관 두 명과 함께 걸어오고 있다. 아름이다!

진욱 ... (믿기지 않는 듯) 너... 아름이니?

아름 (진욱 알아보는 눈빛) !

진욱 어떻게 된 거야, 니가 여기 왜 있어?

아름 (진욱 보더니 겁에 질린 표정으로) ... 선생님!

이듬 (선생님? 해서 진욱과 아름을 보는)

15. 뉴스 몽타주 (아침)

- 검찰청 일각 (아침)

검찰청 건물 배경으로 선 기자, 카메라 앞에 서서 뉴스 멘트 따는 중이다. 그 뒤로 다른 방송사 기자들 몇몇도 뉴스 전하는 모습-

기자 자신의 양아버지였던 남자를 칼로 찌른 10대 여학생이 경찰에 자수했습니다.

- 검찰청 앞 (아침)

수사 차량에서 내리는 모자 푹 눌러쓴 아름, 수사관들과 들어가는 모습 위로-

기자 (소리) 중학생 윤 모 양은 과거 자신을 성폭행해 5년 형을 받았던 최 씨가 복역 후 자신과 어머니를 찾아와 괴롭혀 이를 참다못해 칼로 찔렀다고 밝혔습니다.

- 갑수 선거 사무실 (아침)

기자 (소리) 한편 최 모 씨는 현재 영파시장 선거에 출마한
국민연합당 김문성 후보의 처남으로 밝혀져 파문이 일고 있는데요,
이에 대해 미래당 조갑수 후보 측은
오늘 브리핑을 통해 입장을 밝혔습니다.

'미래당 영파시 시장선거 후보 기호 1번 조갑수' 문구와
갑수 사진 커다랗게 박혀있는 배경을 등지고
갑수, 단상에 나와서 얘기 중이다.

갑수 과연 누가, 누구를 비난할 자격이 있는 건지, 묻고 싶습니다.
누구보다도 안전을 책임져야 할 시장인 김후보님에게
아동 성범죄자인 가족이 있다니! 경악을 금할 수가 없습니다.
이제라도 집안 단속 못한 책임을 지고 사퇴하시길 바랍니다!

16. 여아부 – 회의실 (낮)

민부장 이하 이듬, 진욱, 장검, 서검, 손계장, 구계장 모두
TV 뉴스 보다가 민부장, 끄고 돌아보면- 다들 표정 무겁다.
특히 진욱, 표정 말이 아닌데-

장검 (끌끌) 아동 성폭행범한테 꼴랑 5년만 주니 저 사단이 났지.
손계장 그러게요. 잘못은 어른들이 해놓고- 애만 잡게 생겼네요.
구계장 인터넷도 난리예요.
실검 1위가 칼부림 여중생이고 2위가 성폭행 여중생이에요.
진욱 (하... 그 말에 한숨 쉬는데)
서검 (구계장에게) 대체 뭔 일이 있었던 건데요? (하는데)
민부장 5년 전 성폭행 사건, 이미 끝난 일이야-
우리가 할 일은 그 애가 살인미순지 정당방윈지 가려내는 거고.
(이듬에게) 사건기록 받았지?
이듬 네. (하는데)

민부장　어떻게 진행할 거야? 장검 쪽하고 붙여줘? (하는데)

진욱　저 부장님.

민부장　?

진욱　이 사건 제가 하겠습니다.

민부장　여검사가?

진욱　(굳은 표정으로 보는) ...

17.　동 - 조사실 (낮)

관찰실. 편면경을 통해 혼자 앉아있는 아름을 보는 진욱의 표정 위로

10살 아름 (소리) 싫어요!

18.　5년 전 과거 - 진욱의 진료실 (낮)

햇볕 환하게 들어오는 소아과 상담실 안
어린이용 소파와 테이블- 서랍장 칸칸이 장난감들 보인다.
지금보다 좀 편안한 복장에 흰 가운을 입은 진욱이
아름 앞에 앉아있다. 옆에 정애도 있다.

정애　아름이가 그 인간 말만 들어도 경기 일으켜요.
나도 법정 진술은 진짜 안 내키고요.

진욱　(난감한 표정으로 있다가 아름이에게) 아름아, 아빠 안 보고 싶지?

10살 아름 (그림 그리다 말고 힘차게 끄덕)

진욱　얼마큼 안 보고 싶어?

10살 아름 ... 아주 오래요. 내가 나중에 나중에 죽을 때까지.

진욱　(자기도 괴롭지만) 선생님 생각엔 아름이가 나가서
아빠가 어떻게 나쁜 짓 했는지 말하면 오래오래 안 볼 수 있을 거 같은데...

10살 아름 (그 말에 흔들려 보는) ...

진욱　아름이 너 혼자 나가는 거 아니고-
선생님도 있고, 엄마도 있을 거야.
너 괜찮을 거야, 선생님 믿어.

19. 다시 여아부 조사실 (낮)

아름, 진욱과 마주 앉아있다.
진욱 옆으로 손계장 있다.

아름　... 선생님이 검사예요?
진욱　어.
아름　그럼 선생님이 나 맡았어요?
진욱　... 어.
아름　(잠시 생각하다가) ... 그 새끼가 엄말 찔렀어요!
진욱　?
아름　그래서 내가 그 새낄 찌른 거예요.
진욱　... 니가 찔렀다구?
아름　네.
진욱　(아름의 손을 보면 깨끗하다) 안 했잖아, 너.
아름　아니에요! 내가 찔렀어요!
그러니까 선생님이 그 새끼 빨리 잡아넣어요. 네?
진욱　아름아!
아름　?
진욱　선생님이 너 상황 다 알고, 최현태가 어떤 인간인지도 봤잖아?
니가 지금 무슨 마음으로 이러는지 알아.
아름　...
진욱　그러니까 선생님 믿고 사실대로 말해줘.
아름　(잠시 보다가 정색하며 툭) ... 그때도 믿으라 그랬잖아요.

진욱, 말문 막혀서 아름을 보는 막막한 눈빛.

진욱 ... 그래도 한 번만 더 믿어주면 안 될까?
그때, 너한테 미안했던 마음... 그거 꼭 갚아주고 싶은데...

아름 (보다가) ... (고개 툭 떨구면)

*- **플래시백** / 아름이 목격한 장면*
무릎 꿇은 채 배를 움켜쥔 정애, 있는 힘을 다해 현태를 찌르고-
정애와 마주 서 있는 현태, 그 손을 막는 듯한 포즈.
*거실 바닥에 앉은 아름(*거실 바닥에 잠든 채 있다 소리에 깨서 일어난),*
놀라서 "엄마!!!!" 외친다.

아름 (겁에 질려 눈물 그렁) 자다 일어나 보니까
엄마가 그 새끼를 찌르고 있었어요.

진욱 (보는)

아름 (다급하게) 근데요, 우리 엄마, 그 새끼 때문에 우울증 걸리고,
신경안정제까지 복용했어요.
이거 정당방위예요.

진욱 하- (안타까운)

아름 (슬픈 표정으로 진욱 보며) 그 새끼 출소하고 나서 저랑 엄마,
하루도 마음 편히 밖에 나가본 적 없어요.
나가기만 하면, 어떻게 알았는지 계속 저를 따라다녔다구요.
맨날 전화하고 문자하고-
엄마 아니었으면, 내가 먼저 그 새낄 죽였을 거예요.

진욱 (표정 어두워지며, 아랫입술을 깨문다)

아름 사실대로 다 말했으니까 그 새끼 빨리 잡아넣어 주세요, 선생님.
도와준다고 약속했잖아요!

진욱 (난감해 말 못하는데)

민부장 (소리/냉정한) 안 되겠네, 여검은.

- 관찰실

민부장, 이듬, 구계장 서 있다.
지금까지 진욱과 아름의 진술과정을 쭉 지켜보고 있었던 것.
조사실에서는 진욱이 아름에게 뭔가 설득하는 모습 보이고...

민부장　저래 갖고 제대로 수사 되겠어?
안된 건 안된 거고, 일은 일이지.
(이듬에게) 여검은 뒤에서 백업만 하라 그러고,
마검이 앞장서서 해. 잡음 안 나게 최대한 신중하게.
이듬　알겠습니다. 저 그럼 최현태부터 만나고 오겠습니다.

20.　강해종합병원 외경 (낮)

21.　동 - 현태의 1인실 (낮)

현태, 배에 붕대 칭칭 감고, 다리에는 깁스한 채 전동 휠체어에 앉아
차분한 표정으로 구계장이 6㎜ 카메라 셋팅하는 모습을 보고 있다.
이듬, 앞에 다가가는데...

현태　... 아름이는요?
이듬　네?
현태　아름인 조사 잘 받았습니까?
이듬　(심드렁) 알아서 뭐하게요?
현태　오해하지 마십시오. 전... 그냥 애가 걱정돼서...
이듬　그래서? 애를 걱정한다는 양반이 출소하자마자 찾아가서
애 엄마부터 찌른 겁니까?
현태　네.
이듬　?
현태　출소하자마자 찾아간 건, 부인하지 않겠습니다!

22. 몽타주 - 최현태의 진술 (낮)

- 마트 앞 (낮)
아름, 정애- 시장바구니 들고 나오다가 깜짝 놀란 얼굴이 된다.
앞에 현태 서 있다.

현태 (소리) 전 다만 좋은 마음으로 사과하려고 찾아간 겁니다.

- 아름의 빌라 앞 (낮)
현태, 문 두드리며- "잠깐 문 좀 열어봐!" 하는데
순경 두 명이 다가온다.

현태 (소리) 아름이 해꼬지하려고 간 거 아니었다고요.
근데 아무리 사과를 해도 소용없대요.

- 빌라 건물 근처 주차장 (낮)
현태, 주차된 차에 올라타는데-

현태 (소리) 이러다 괜한 오해만 사는 거 같아서 포기하려고 했습니다. 근데...

현태 핸드폰에 문자 메시지 뜬다.
보면, [할 얘기가 있어요. 내일 4시까지 집으로 와요.]

- 아름의 빌라 앞 (낮)
과일바구니를 든 현태, 잔뜩 설레는 표정으로 초인종 누른다.
정애, 긴장한 얼굴로 문을 열어준다.

- 아름의 빌라 안 (낮)
소파에 앉은 현태, 정애가 물을 갖다준다.
현태, 한 모금 마시는데 물맛 이상한지 얼굴 찡그린다.

유리컵 보면- 흰 가루가 둥둥 떠 있다. 표정 험악해서 노려보는 현태.

23. 다시 병원 - 현태의 1인실 (낮)

현태 (흥분) 나한테 수면제 먹여서 기절시켜 놓고
죽이려고 일부러 부른 거였단 말입니다.
그 여자 집에 가보세요.
절구통에 수면제 빻았던 흔적 남아있을 테니까.

이듬 그럼 최현태 씨가 찌른 건 뭡니까?

*- **플래시백** 1 / 현태의 주장*
아름의 빌라 거실 안-
피를 흘리며 서 있는 현태, 마주 서 있는 정애의 칼을 쥔 손을 잡고
이리저리 실랑이하다
칼끝이 정애의 복부 쪽을 향하는 순간!
정애, 윽! 칼을 맞는다.

*- **플래시백** 2 / 아름의 빌라 계단*
현태, 피를 흘리는 복부를 손으로 감싸고 나오다가
계단에서 발을 헛디뎌 넘어진다.

다시 병원.
자신은 정당방위라는 듯 당당히 이듬을 보는 현태,
이듬, 의혹의 눈길로 현태를 보는 얼굴에서...

진욱 (소리/황당한) 최현태가 정당방위라고요?

24. 여아부 - 이듬 / 진욱의 사무실 (낮)

이듬과 비닐백에 담긴 증거물들 -테이블 위에 올려진- 들여다보는데...
앞에 선 진욱, 황당해 따지고 있다.

이듬 (건조) 네.

진욱 그 인간 개소리를 믿는 겁니까?

이듬 (테이블 위에 올려져있던 비닐백에 든 증거들 가리키는)
(피 묻은 칼 가리키며) 여기, 윤정애 지문이 선명히 찍힌 칼.
(약물검사서 보이며) 여기, 미량이지만
최현태 몸에서 검출된 수면제 성분.
(작은 절구공이와 그릇 가리키며)
결정적으로 수면제 빻은 흔적이
그대로 남은 그릇.
이쯤 되면 빼박캔트로 윤정애가 살인미수, 최현태가 정당방위죠.

진욱 아니라니까요. 지금 그 인간, 윤정애가 혼수상탠 거 알고
지 유리한 쪽으로 거짓말하는 겁니다!

이듬 나도 최현태가 하는 개소리를 다 믿는 건 아니에요.
그래도 어쩌겠어요?
모든 증거와 정황이 윤정애가 살인미수라고 가리키는데?

진욱, 돌연 책상 위에 놓인 연필꽂이 통에서 커터 칼 꺼내 이듬에게 겨눈다.

이듬 (화들짝 놀라) 억!! 미쳤어요?

진욱 아니요. 칼 쥐어 보시라고요. (이듬 손에 칼 쥐어준다)

이듬 ?

(짧은 시간 경과)

진욱, 아름의 진술대로-
정애와 현태의 칼부림 당시 상황을 이듬과 재연 중이다.

진욱 자, 내가 윤정애고 마검사님이 최현태라 가정해볼게요.

아름이 진술대로 윤정애가 이미 공격을 받은 상태면-
최현태가 선 채로 칼에 찔리는 게 말이 안 돼요. 왜냐하면-

- **인서트** / *아름의 진술에 따른 재연*
칼에 찔린 정애, 오른쪽 손으로 배를 움켜쥐며 무릎을 꿇고 주저앉고
왼손으로 칼을 겨우 잡아 손을 올려 찌르는데
통증으로 웅크린 자세라 칼을 쥔 손이 배까지 가지 않고
배와 허벅지 어디쯤이다.

진욱 (이듬 손에 쥔 칼을 잡아 윤정애처럼 찌르는 시늉해보는)
이렇게 찌르게 되겠죠.
이듬 최현태 왼쪽 배에 반듯하게 칼이 들어간 자국이 있다던데요?
진욱 그러니까 이렇게 됐을 겁니다.

진욱, 이듬 손에 칼 쥐어주고 똑같이 재연해보는 시늉하면-

- **인서트**로 연결 / *진욱의 상상 - 사건의 팩트*
칼에 찔린 정애, 배를 움켜쥐고 무릎을 꿇은 채 주저앉는데
현태가 다가가 축 늘어진 정애의 손에 칼을 쥐어주고
자신의 배를 깊숙이 찌른다.

이듬 (진욱에게 칼 꽂은 포즈 그대로)
그러니까 최현태가 윤정애를 살인미수로 몰려고-
의도적으로 칼에 찔린 상황을 만들었다?
진욱 그게 더 자연스럽죠.
이듬 일단 이 손부터 좀 놓죠? 나 아까부터 섬찟섬찟하거든요?
진욱 아, 네. (하고) 어쨌든 최현태도 살인미수 정황이 충분하다는 겁니다.
이듬 (잠시 생각하다가) ... 그래도 아닌 거 같아요.
진욱 (황당) 네?
이듬 그건 어디까지나 윤아름 주장이잖아요.
그 애가 지 엄마 카바치려고 거짓말한 걸 수도 있어요.

진욱 (답답) 아니 충분히 설명 드렸잖아요? (하는데)

이듬 아까 조사실에서 다 들었거든요.
선생님이 무조건 그 새끼 집어넣어 달라고 한 거요.

진욱 (하! 황당해하다가) 그러니 내 주장도 신빙성이 떨어진다?

이듬 (끄덕)

진욱 좋습니다.
그럼 윤정애 씨 진술 받아오면- 그땐 인정하실 겁니까?

이듬 뭔 수로? 윤정애 아직 혼수상탠데?

진욱 다녀오겠습니다. (하고 나간다)

이듬 (끌끌- 헛수고한다는 듯 본다)

25. 강해종합병원 외경 (낮)

26. 동 - VIP 병실 안 (낮)

갑수, 팔을 걷어붙이고...
따듯한 물 담은 대야 들고 와 내려놓고, 수건 적셔서 힘차게 짠다.
코마 상태로 눈 감고 있는 안서림(여/50대/형제그룹 안회장의 여동생)의 얼굴이며 목을 물수건으로 세심히 닦아주며...

갑수 (다정하게) 우리 서림이 오늘도 예쁘네.

보면 그 모습, 기자들이 가까이서 찍고 있고... 지켜보는 김보좌관.

(짧은 시간 경과)

침대 옆에 앉아 아내의 손을 잡은 채로 담담히 인터뷰하는 갑수.

갑수 집사람이 희귀병으로 쓰러진 지 벌써 십오 년째군요.

그동안 잠적을 했다느니, 원정도박을 했다느니...
온갖 루머가 있었습니다만,
저는 그저... 이 사람이 깨어나기만을 기다리고 있었습니다.
(아내 바라보며) 내 아내, 우리 서림이가 다시 눈을 뜨고
예전처럼 웃어줄 날이 다시 올 거라고 믿기 때문에... (울컥)

김보좌 (갑수 살피고) 오늘 인터뷰는 여기까지 하겠습니다.
환자분 휴식을 위해... 이만 퇴장 부탁드리겠습니다.

기자들, 돌아서 나가면... 갑수, 표정 싹 바뀌어서...

갑수 이 사람, 백실장한테 연락해가 딴 데로 치우라 케라.

김보좌 사모님께서 언론에 더 노출되는 게 좋지 않겠습니까?

갑수 쑈는 한 번 하면 됐다. 두 번 하면 시시하지.
(하고 미소로 아내를 보며)
당분간 못 올 끼다. 인나지 말고... 계속 푹 자두라.
그게 내를 도와주는 기라. (일어선다)

27. 동 – 중환자실 앞 (낮)

정애의 중환자실 앞, 경찰 두 명 문 앞을 지키고 서 있고,
그 모습 보는 진욱의 표정이 어둡다.

28. 동 – 중환자실 근처 일각 (낮)

진욱, 차트 들고 있는 담당의와 마주 서 얘기 중이다.
이때 누군가의 시선이 진욱을 향한다.
복도 저쪽에 휠체어를 탄 현태가 진욱을 쏘아본다.

진욱 윤정애 환자, 언제쯤 회복됩니까?

담당의 지금으로선 언제라고 말씀드리기 어렵네요.

진욱 자상으로 인한 출혈과 간 손상이 있었다 해도, 보통 이 정도면 하루, 이틀 안에 의식이 돌아오지 않습니까?

담당의 윤정애 씨 경우 수면제를 다량으로 복용해서 의식이 더디 돌아오는 것 같습니다.

진욱 수면제요? 신경안정제가 아니라요? (하는데)

저쪽에서 "악!!!" 자지러질 듯한 아름의 비명소리가 들린다.

29. 동 - 중환자실 안 (낮)

휠체어를 탄 현태, 계속 아름에게 다가가고, 아름은 얼굴이 하얗게 질려 이리저리 피하다가 벽에 몰리는 상황

현태 아름아. 아빠야. 너 왜 자꾸 날 피하려고만 하니?

아름 (말도 못하고 고개만 절레절레)

현태 가만있어봐 좀! 할 얘기가 있다니까?

아름 (치를 떨며) 싫다고... 저리 가라고...

현태 (표정 차가워지며) 아름이 너! 자꾸 그럼 아빠가 혼내 준다? 그때처럼?

아름 (그 말에 얼굴이 하얗게 질려 벽에 탁 붙는데)

현태 (다가가 덜덜 떠는 아름의 손을 잡으려는데) 억!!!

어느새 들어온 진욱, 현태의 휠체어를 거칠게 뒤로 빼는 바람에 현태, 나동그라진다.

30. 동 - 복도 (낮)

진욱, 현태의 멱살을 잡고 질질 끌고 나온다. 현태, 윽... 고통에 얼굴이 일그러지는데-

현태 다리... 다리... 윽!!

진욱 너, 니가 왜 여깄어?
또 무슨 짓을 하려고?

이때, 진욱의 손을 붙잡는 현태의 변호사. (재킷에 변호사 배지 보인다)

변호사 지금 뭐하는 짓입니까?

진욱 (현태 멱살 잡은 손 놓지 않은 채) 너같이 위험한 새끼가 윤정애 씨랑 같은 병원에 있다는 게 말이 돼? 당장 다른 병원으로 옮겨!

변호사 이것 보세요. 검사님! 지금 피해자는 최현태 씹니다.
최현태 씨께서 이 병원이 편해서 여기 있겠다는데
무슨 문제 있습니까?

진욱 뭐?

현태 (조용히) 어우- 그만 좀 하시죠. 선생님!
5년 전에도 그렇고... 왜 이렇게 나랑 아름이
사일 못 갈라놔서 안달입니까, 네?

진욱 (황당) 뭐라고?

현태 아름이 엄마, 곧 감옥 들어갈지도 모르는데
그럼 아름이가 누굴 의지하고 살겠습니까. (씨익 웃는다)

진욱 (이 말에 이성 잃고 마구 때리며) 이 미친 새끼!

시끄러운 소리에 병원 안에 있던 사람들 몰려들어서 보고,
현태의 변호사, 진욱을 말려보지만 전혀 소용이 없다.
그 사이- 현태, '아구구구!!' 맞는 중에도 CCTV 카메라 슬쩍슬쩍 보면서
리액션 열심히 한다.
병원 도우미들, 진욱과 현태를 겨우 떼어놓는데...

현태 (얼굴 엉망인 채로) 5년 전엔 실패했지만-
이번엔 놓치지 않을 겁니다.

진욱 (오싹함마저 느끼는) ... 뭐?!!

병원 도우미들과 변호사가 현태를 휠체어 태워 얼른 데려간다.
진욱, 그런 현태를 괴물 보듯 보는데...

TV (소리) 현직 검사가 참고인을 폭행하는 영상이 공개돼-
충격을 주고 있습니다.

31. 뉴스 화면 (낮)

진욱이 일방적으로 현태에게 주먹질하는 CCTV 영상과
자막 [현직 검사, 참고인 폭행으로 물의] 보이고

TV (앵커 소리) 오늘 오후 4시경, 여중생 윤 모 양의 칼부림 사건을
수사 중인 담당 검사가 병원에 입원 중인 참고인 최 모 씨를 찾아가
일방적으로 주먹을 휘두른 모습이 CCTV에 잡혔습니다.

32. 조갑수 선거 사무실 (낮)

갑수, 김보좌관과 백실장과 함께 TV 보고 있다.
TV 화면 안 - 김문성이 나와 격앙된 어조로
입장 발표 중이다.

TV (김문성 소리) 이래서야 대한민국 검찰 믿을 수 있겠습니까?
해당 검사에 대한 강력한 징계와 함께
편파수사, 강압수사 멈추고 철저히 공정한 수사로
진범을 가려낼 것을 촉구하는 바입니다!

갑수, 리모컨으로 TV 끄더니-

갑수　(보좌관에게) 지지율은 우째 됐노?

김보좌　변동 없습니다. 김시장 쪽이 떨어지질 않습니다.

갑수　저 난리를 치는데도 꼼짝도 안 한다, 이말이가?

갑수 표정 어두워지는데- 핸드폰 울린다.
안회장이다.

갑수　(기분 안 좋아서 받는데) 네.

안회장　(소리/버럭) 니 지금 뭐하는 짓거리고?

갑수　?

안회장　(소리) 우리 서림이 데불고 쇼한 거 내 모를 줄 아나?

갑수　(차분) 행님. 다른 마누라들은 선거 때면 목욕탕 가서
남의 등도 밀어준다 안 합니까?
그깟 사진 몇 장 찍은 거 같고 (난리를 칩니까?)

안회장　(끊고/버럭) 호텔 매각 건도 그 때문이가?
니 표 장사할라꼬?

갑수　이문 남겨서 행님도 떼줄깁니다. 고만 하소.

안회장　(소리) 갑수 니 누구 덕에 여까지 왔는줄 그새 까묵었나?

갑수　... 행님 지금 피땀 흘려 짓는 그 와이타운!
영파시 말고 어디 서울에 만들 낍니까?

안회장　(움찔) !

갑수　앞으로 누구 덕 볼 일이 더 많을지 차분히 생각해보소.

신경질적으로 전화 끊어버리는 갑수.

갑수　(백실장에게) 김시장 처남 껀 준비하고 있나?

백실장　네, 접촉하고 있습니다.

갑수　자리 함 만들어봐라. 그 아도 같이 보자.

백실장　... 네.

33. 여아부 - 민부장 사무실 앞 / 복도 (낮)

진욱, 민부장에게 한소리 듣고- 표정 어두워서 나온다.
앞에서 기다리던 이듬, 팔짱 낀 채로 끌끌 한다.

이듬 뭐래요? 사표 쓰래요? 아니면 징계?
진욱 (대답 없이 걷는다)
이듬 (쫓아가며 약 올리는) 이 정도면 한 3개월 징계 먹을 각인데?
진욱 ...
이듬 이참에 변호사로 전업하는 거 어때요?
내 보니까 여검은 변호사가 딱 인데?
진욱 ...
이듬 변호사 싫어? 그럼 주먹질을 잘하니까...
진욱 마검사님!
이듬 알았어요, 관둘라 그랬어요.
진욱 ... 저 좀 도와주십시오.
이듬 ... 예?
진욱 도와 달라고요. (진지한 눈빛으로 본다)
이듬 ...

34. 강해종합병원 - 현태의 1인실 (낮)

현태, 침대에 누워 핸드폰으로 진욱의 뉴스 기사 보면서 낄낄거리고 있다.

- **인서트** / *핸드폰 화면*
[현직 검사, 참고인에게 폭력 휘둘러]
현직 검사가 병원에 입원 중인 참고인을 폭행해 충격을 주고 있다.
지난 0일 오후, 서울시 00동에 위치한 0000병원 4층의 한 입원실에서
일방적인 폭행이 일어났다. 폭행을 당한 피해자는 해당 병원에
입원해있는 최 모 씨(43세)로, 최근 이슈가 되었던 '여중생 칼부림 사건'의

피해자이기도 하다. 해당 사건을 수사 중인 여성아동범죄 전담부의 여 모 검사가 휠체어에 탄 최 씨를 일방적으로 구타하는 모습이 병원 CCTV에 담겨, 인터넷에 퍼지면서 물의를 빚고 있다.

35. 동 - 중환자실 앞 / 복도 (낮)

전동 휠체어를 탄 현태, 빨간색 장미 꽃다발 한아름을 품에 안고
중환자실 앞에 멈춰 선다.
중환자실을 지키고 서 있던 형사들 현태 바라보는데,
씨익- 웃어주는 현태의 표정.

36. 동 - 중환자실 안 / 앞 (낮)

꽃다발을 안은 채 병실을 휘익 둘러보는 현태의 시선.
병실에는 정애만 있고, 아름이는 없다.
'어디 갔지?' 하는 표정으로 돌아보는 현태.

37. 동 - 중환자실 보호인 대기실 안 / 앞 (낮)

스윽- 조용히 문을 열어보면-
작은 침대와 서랍장이 전부인 대기실 안에도 아름이가 없다.
현태, 얼굴 일그러지고, 들고 있던 꽃다발을 바닥에 거칠게 내팽개친다.

38. 고재숙 정신과의원 - 앞 (낮)

작은 정원이 딸린 이층 주택을 개조한 정신과의원이다.
진욱의 자동차가 앞에 서면

뒷좌석에서 짐 가방을 든 아름,
이어 앞에서 내리는 진욱과 이듬 보인다.

39. 동 - 작은 방 (낮)

숙직실처럼 딸린 작은 방-
아름이 둘러보는데, 진욱이 들어온다.

진욱 엄마 깨어날 때까지만 여기 있어.
(스마트 워치 내밀며) 혹시 무슨 일 생기면 누르고-
아름 (시무룩) ... 엄마한테 무슨 일 생기면은요?
진욱 의식 금방 찾으실 거야. 그때까지만 견뎌보자. 알았지?

40. 동 - 대기실 겸 거실 (낮)

이듬, 벽면에 걸려있는 재숙의 사진들 구경 중이다.
주로 환자들과 찍은 사진들이다. (*14년 전 새날정신병원 앞에서 찍은
사진도 있고) 이때 재숙, 상담실에서 환자(20대 여자)와 나온다.
격려하듯 어깨 두드리며 '다음에 보자' 인사하고는
이듬에게 다가온다.

재숙 진욱이 선배님이시라고요.
저 진욱이 엄마예요. 고재숙이라고 합니다. (손 내미는데)
이듬 아 네. 처음 뵙겠습니다. (악수하며) 마이듬입니다.
재숙 (어디서 들어본 이름인 듯) 마... 이듬이요?
이듬 네. 이듬해 할 때 그 이듬이요. (하자)
재숙 (뭔가 떠오르는 표정이 된다)

- ***목소리 플래시백***

"우리 이듬이 만나야 돼요!" "우리 이듬이 나밖에 없다고요!"
울부짖던 영실의 음성.

재숙, 잠시 영실을 떠올리는데...

이듬 　특이하죠. 아마 이듬이란 이름 가진 사람, 저밖에 없을 걸요?
재숙 　(애매한 미소) 그런가요? 예전에 한 번 (들어본 적 있는 거... 하려는데)
진욱 　(소리) 엄마!!

보면 진욱이 다가온다.
(인터넷으로 진욱 기사 본) 재숙, 걱정스러운 눈빛으로 진욱을 보면-
주먹에 작은 흉터들 있다.

재숙 　너 괜찮아?
진욱 　어 그럼. 엄마가 아름이 좀 잘 봐줘.
재숙 　너도 좀 챙기면서 다녀. 엄마 걱정되잖아.
진욱 　(재숙의 어깨를 다정히 감싸는) 에이, 걱정하지 마. 엄마나 잘 챙겨.
재숙 　(미소로 진욱을 보며) 알았어, 아들.
이듬 　(뭐야? 둘이 되게 다정하다 싶어 신기하단 표정으로 보는)
진욱 　뭐 해요, 도와준다면서요?

41. 아름의 빌라 외경 (낮)

42. 아름의 빌라 안 / 앞 (낮)

진욱과 이듬, 사건 현장 폴리스 라인 쳐진 현관문 열고 들어온다.
거실 안- 사건 당시 몸싸움의 흔적이 남아 여기저기 넘어져있는
물건들 보이고, 현관 가까이 반쯤 열려서 넘어져있는 캐리어가 있다.
이듬, 주위 둘러보다가 캐리어에 눈길 간다.

이듬　뭐가 이렇게 커? 사람도 들어가겠네.

이듬, 캐리어 안으로 쏙 들어가 앉아보는데-

진욱　(그 모습 어이없이 보다가) 마검사님, 거기 아닙니다.
이듬　알았어요. (옷 툭툭 털고 나와) 근데 여기 뭐가 있다는 거예요?
진욱　윤정애 씨 담당 의사 말론 의식불명 상태가 지속되는 게,
수면제 성분 때문인 것 같다고 했습니다.
이듬　그게 뭐요? 윤정애 씨 원래 우울증 약 복용했다면서요.
거기에 수면제 성분이 들어있었을 수도 있죠.
진욱　최현태를 집으로 불러놓고,
수면젤 먹었다는 게 말이 안 돼요. 것도 본인 스스로요.
이듬　본인이 아니면 최현태가 먹였다는 겁니까?
진욱　네. 최현태가 윤정애 몰래 수면제를 먹이고
조용히 죽이려고 했을 겁니다.
그러다 윤정애가 중간에 깨는 바람에 실패한 거고요.
이듬　아니, 어떻게 몰래요?
윤정애도 최현태가 주는 건 물 한 모금 안 마셨을 텐데?
진욱　수면제를 주입해도 절대 의심하지 않을 음식에 넣었겠죠.
(걸어가며 천천히 찾기 시작하는)
이듬　그게 뭔데요? (덩달아 같이 둘러보는)
진욱　매일 무심코 먹거나 마시게 되는? (주방 쪽 냉장고문 열어보고)
이듬　(현관 쪽을 살피다가 문고리에 걸린 우유백을 보고는)
... 밖에 몰래 갖다놔도 들키지 않는?!

이때- 진욱의 시선, 탁자 밑에 떨어져있는 야쿠르트 병. 눈에 들어온다.
야쿠르트 병을 들어올리는 진욱의 손.

43.　아름의 빌라 앞 (낮)

손계장에게 전화를 거는 이듬.
진욱, 비닐팩에 담긴 야쿠르트 병을 퀵 서비스 기사에게 건네고 있다.

이듬 손계장님, 지금 퀵으로 샘플 하나 보냈어요-
윤정애 씨 병원에 혈액 샘플도 요청해서 보낼 테니까,
국과수에 성분 분석 의뢰 좀 해주세요.
같은 성분인 거 밝혀지면-
최현태 집 바로 압색 들어가게 준비해주시고요.

44. 병원 중환자실 앞 (낮)

현태, 휠체어를 타고 이곳저곳 기웃대며 아름을 찾고 있다.
그때 간호사가 정애에게서 혈액을 채취하여 들고 나오다
의사와 마주친다.

의사 윤정애 씨 오전에 검사 끝난 거 아니에요?
간호사 검찰에서 성분 분석한다고 혈액 샘플 요청해서요.

지나가던 현태, 두 사람 이야기 듣고 표정 굳어진다.

45. 아름의 학교 근처 길 (낮)

도로를 걷고 있는 아름,
아름과 보폭을 같이 하며 뒤를 따르고 있는 남자의 발.
누군가 쫓아오는 느낌에 아름, 조금 빨리 걸어보는데
따라오는 남자의 걸음도 속도를 낸다.
조금씩 불안해지기 시작하는 아름의 표정.
그리고, 조심스럽게 힐끗 뒤를 돌아보는데

검은 옷을 입은 현태다. 현태가 틀림없다.
공포에 질린 아름, 빨리 걷기 시작한다.
그러나 점점 가까이 들리기 시작하는 현태의 숨소리.
이어, 아름의 팔을 스치는 소름끼치는 손길.
'으악-' 소리를 지르며 주저앉고 마는 아름.
그런데 뒤쫓아오던 남자, 아름을 지나쳐 뛰어간다.
그저 조깅하던 남자였다. 아름, 겨우 정신을 차리고 일어서 걷다가
앞에서 걸어오던 여자 보지 못하고 부딪치는데...

아름　(쳐다보지도 않고) 죄송합니다.
여자　괜찮니?
아름　아, 네...
여자　조심해야지. (하며 아름의 어깨를 토닥이고)

아름, 멍한 표정으로 자리에 서 있으면
아름을 한 번 돌아보고 가는 여자.

여자　(소리) 위치 추적기는 잘 붙였어요.

46.　강해종합병원 - 현태의 1인실 / 도로 (낮)

현태, 침대 앉아 통화 중이다.

여자　문자로 링크 보내드릴게요.
어플 깔면 위치 확인 바로 할 수 있을 겁니다.
현태　수고했어요. 확인 뒤에 바로 입금하죠. (하더니)

현태, 깁스를 뜯더니 침대에서 내려와 멀쩡히 걷는다!
이어 울리는 문자음, 핸드폰 화면 보이면,
지도에 빨간 점이 이동 중이다. (아름의 위치)

현태 입가에 살며시 퍼지는 미소.

손계장 (소리) 국과수 결과 나왔습니다!
두 개의 샘플 동일 성분이구요. 종류는 졸피뎀이랍니다.

47. 현태의 집 일각 (낮)

이듬과 진욱, 그리고 검찰 마크가 찍힌 파란색 박스를 든 구계장이
빠른 속도로 걷고 있다.

48. 현태의 아파트 앞 (낮)

보면 문 앞에 전단지들 잔뜩 붙어있고 개중에 떨어져나간
전단지 몇 장- 현관문 앞에 그대로 있다.

49. 현태의 아파트 안 (낮)

이듬, 진욱, 구계장 들어오면- 예상대로
오랫동안 비워놓은 상태인 듯, 암막 커튼 처져있고
가구들은 흰 천에 씌워져있다.
구계장, 커튼을 확 치면- 먼지가 풀썩- 쿨럭거리며...

구계장 이거 약간 불안한데요-
진욱 (표정 심각해져) 일단 찾는 데까지 찾아보죠.
구계장님 안쪽 방 수색해주시고,
마검사님은 주방 쪽 좀 맡아주세요. 제가 베란다 쪽 보겠습니다.

흩어져서 구석구석을 찾는 세 사람.

(짧은 시간 경과)

주방에서 한참 먼지를 뒤집어쓰며 졸피뎀을 찾던 이듬.
안방 쪽 구계장에게 소리쳐 물어본다.

이듬	계장님, 뭐라도 나왔어요?
구계장	(안방에서 나와 이듬에게 고개 절레절레)
이듬	(한숨) 아, 없는 거 아냐?

이때, 이듬의 핸드폰 울린다.

이듬	(모르는 번호라 잠시 보다가) ... 누구시죠?
갑수	(소리) 조갑숩니다.
이듬	?

50. 근처 도로 일각 (낮)

이듬, 서 있는데- 저만치에서 갑수의 자동차가 와서 멈춘다.
선팅된 뒷좌석 유리창 지잉- 내려가면 갑수의 얼굴이 보인다.
이듬, 갑수와 잠시 시선이 얽히다가... 결심한 듯 탄다.
이때, 누군가의 카메라가 파파라치처럼
갑수의 자동차에 타는 이듬을 찍는다.

51. 달리는 갑수의 자동차 안 / 밖 (낮)

운전석, 김보좌관 앉아있고
뒷좌석에 조갑수와 이듬이 나란히 앉아있다.

이듬 선거가 무섭긴 무섭네요.
상대편 처남 수사까지 나서주시고-
갑수 저는 정보만 드리는 겁니다.
받을지 말지는 검사님이 선택하는 거고요.
이듬 백퍼 확실하다면야 저야 땡큐죠.
갑수 확실은 합니다.
이듬 (갑수를 잠시 보다가) ... 근데 이거 공짭니까?
갑수 (미소로 보다가) 그때... 선교수 재판에서 제가 본 검사님은,
단순한 호의로 준다고 해도 믿을 사람이 아니던데요?
이듬 ... 잘 보셨네요. 너무 센 거 바라시면, 못 받습니다.
갑수 (미소) ... 요번 사건 잘 해결되면 나중에 사진이나 한 방 박읍시다.
이듬 ... 그거 하납니까?
갑수 (끄덕)

52. 한강변 일각 (낮)

갑수의 자동차가 선다.
조금 떨어진 벤치에 30대 남자가 초조하게 다리를 떨며 앉아있다.

53. 갑수의 자동차 안 / 밖 (낮)

차 유리창 너머 30대 남자를 쳐다보는 갑수와 이듬.

갑수 김시장 처남이 감옥에 있을 때
같은 방에 살았다고 합니다.
이듬 (30대 남자 주의 깊게 쳐다보는)

54. 한강지구 일각 (낮)

등산복 차림의 30대 남자가 앉아있다.
최현태의 감방 동기 강 씨다. 이듬 다가가자 일어나 꾸벅 인사한다.

(짧은 시간 경과)

강 씨 얼마 전에 제가 그 형님한테 대포차 하나 해줬거든요.
(슬쩍 이듬 눈치 본다)

이듬 됐으니까 본론부터 얘기해보세요.

강 씨 그렇게 차를 해주고 나니까...
그 형님 감방에 있을 때- 했던 말이 생각나면서
좀 찜찜한 기분이 들더라구요.

이듬 뭡니까, 그게?

강 씨 ... 사랑하는 여자가 있다 그랬어요.
나가면 바로 결혼한다고... 근데 그 여자 엄마 반대가 심하다고.

*- **플래시백** / 감방 안*
죄수복을 입은 현태, 소름끼치는 눈빛을 하고 말한다.
"끝까지 반대하면 그 에미년, 깨끗이 처리하고
내 여잔 납치라도 해서 어디 조용한 데서 평생 같이 살 거야."

이듬, 강 씨의 말에 뭔가 떠오르는!

*- **플래시백** / 5부 42씬*
큰 캐리어를 보던 이듬, "뭐가 이렇게 커? 사람도 들어가겠네."

55. 현태의 아파트 (낮)

진욱, 굳은 표정으로 다용도실에서 거대한 캐리어 박스(*알맹이는 아름이네 빌라에 있고, 택배 박스만 현태네 아파트에 있다는 설정)를 보고 있다.

이때, 핸드폰 울리고
발신자 보면 [마이듬 검사] 다.

이듬 (소리) 최현태 목적은 아름이 납치였어요!

*- **플래시백** / 그날의 상황-*
졸피뎀에 기절한 아름을 끌고 가는 현태.
약에서 깬 정애가 보고 현태와 아름을 떼어놓는데-
현태, 부엌으로 가 식칼을 가져오더니 정애를 찌르는!

심각하게 굳은 진욱의 표정.

이듬 (소리) 지금 거의 다 왔어요! 빨리 나와요.

56. 현태의 아파트 앞 (저녁)

진욱, 다급히 나오면, 이듬이 진욱의 차 앞에 서 있다.

57. 진욱의 자동차 안 / 밖 (저녁)

진욱, 운전하며 차량과 연결된 블루투스로
계속해서 아름에게 전화하는데 통화 중이다.

이듬 아... 왜 이렇게 통화 중인 거야?
진욱 (끊고 다시 걸어 보는)

58. 아름의 학교 앞 (저녁)

교복 차림의 아름, 누군가와 통화 중이다.

아름 여보세요? ... 여보세요? (하는데)
정애 (소리) 아름아...
아름 엄마? 엄마!! 일어난 거야??
정애 (소리) 아름아...

59. 강해종합병원 - 중환자실 (저녁)

누군가의 손이 정애의 귀에 핸드폰을 대주고 있다.

정애 아름아... (전화 끊는)

정애, 필사적으로 "도망쳐." 하지만 전화 이미 끊겼다.

(짧은 시간 경과)

정애, 산소 마스크 벗겨진 채로 의식 잃고 누워있다.
바이탈 사인 띠띠띠띠- 요란한 소리 내고-

60. 동 - 복도 (밤)

"코드블루, 코드블루." 소리에
간호사와 담당의, 다급하게 중환자실로 뛰어 들어가면
그들 사이로 유유히 걸어나오는
간호사 복장에 마스크 낀 현태.

61. 병원 일각 (밤)

아름, 급하게 뛰어오다가 신호등 없는 건널목에 잠시 멈춘다.
횡단보도에 반쯤 걸쳐져 주차되어 있던 승합차 앞에 서서
길을 건너려 두리번거리는 중.
갑자기 승합차 옆문이 확 젖혀지더니
아름을 확- 안으로 끌고 들어간다.

(짧은 시간 경과)

의식 잃어 축- 늘어진 아름을 흐뭇하게 돌아보는 현태-
아름의 핸드폰 울리고. 보면 [여진욱 선생님] 이다.
피식- 비웃으며 핸드폰 배터리를 아예 빼버리는 현태.
그때, 현태의 시선 따라 아름의 손목에 채워진 스마트 워치 보인다.

이듬 (소리) 역시 최현태도 사라졌대요!

62. 달리는 진욱 자동차 안 / 밖 (밤)

조수석, 통화 중인 이듬 보이고

이듬 (통화 중인) 구계장님, 대포차 번호 하나 보낼 테니까
차량수배 해주세요. [허 0000] 이요.

운전석의 진욱, 다급하게 블루투스로 아름에게 전화 걸어 보지만-
차량 안을 가득 메우는 뚜우뚜우 신호음 소리.
그러다 얼마 있지 않아서 신호음이 끊긴다.

진욱 (다시 전화 거는데 전화기가 꺼져있어... 하는 음성 안내음이 나온다)
무슨 일 생긴 게 틀림없어요. (하는데)

이때, 진욱의 휴대폰에
아름의 스마트 워치에서 발송된 SOS 긴급호출 문자가 온다.
[[긴급호출] 윤아름 님이 위치 정보를 보냈습니다.
확인 http://map.link.com/wtesun]
진욱의 핸드폰을 들어보는 이듬. SOS 문자에 얼굴 굳어진다.

63. 사거리 교차로 (밤)

빠른 속도로 달리던 진욱의 차량.
빨간 불이 들어오고,
끼익!! 신호 앞에 급정거하면
차량 급정거에 이듬과 진욱 몸이 살짝 튕겼다 돌아온다.
이때 진욱, 이듬이 탄 자동차 맞은편 신호 앞에 -
현태의 승합차 한 대 서 있다.
사색이 되어있는 이듬과 진욱의 표정 위로
신호등 다시 바뀌면
현태의 승합차와 이듬과 진욱의 자동차가 각각 동시에 좌회전하고
멀어져 가는 아름과 이듬, 진욱의 모습에서... 5부 끝!

· 마녀의 법정 ·

6부

1. 사거리 교차로 (밤)

신호등에 걸린 진욱/이듬의 자동차, 좌회전 차선에 선다.
맞은편 도로 달려오던 자동차도 좌회전 차선 멈추는데-
보면 운전석에 현태 앉아있다!

이듬 (소리) 어! 아름이 위치 떴어요!

2. 진욱의 자동차 안 / 밖 (밤)

이듬, 진욱- SOS 문자의 링크 눌러 핸드폰 지도
(스마트 워치의 현재 위치, 빨간 점으로 깜빡거리는)를 들여다보는 사이
운전석 차창 너머 자동차 안 현태의 모습 보이고!

진욱 멀리 가진 못했네요. 금방 따라잡을 수 있겠어요! (하고)

다시 전방 주시하면 좌회전 표시등 들어온다.

3. 사거리 교차로 (밤)

이듬/진욱이 탄 차와 현태의 차가 포물선을 그리며 좌회전-
서로 가까워지는 순간! 현태의 차 뒷좌석 유리창으로
살짝 올라온 아름(기절한)의 발이 살짝 보이다가 멀어진다.
이듬/진욱, 현태... 서로 반대 방향으로 멀어진다.

4. 공항 인근 도로 (밤)

인천공항 표시 이정표 보이는 갓길에 이듬과 진욱의 자동차
비상등 깜빡거리며 선다.
이어, 핸드폰을 든 이듬과 진욱이 내리며 두리번거린다.

이듬 (핸드폰 지도에 표시된 빨간 점 보며) 분명 이 근천데?

이듬, 진욱 지도에 표시된 대로 갓길 가드레일 넘어가면
반쯤 부서진 스마트 워치가 바닥에 떨어진 것이 보인다.

*- **플래시백** / 동 위치, 30분 전 상황*
깜빡이를 켠 채 서 있는 현태의 자동차
현태, 스마트 워치를 누르고는 가드레일 너머 툭! 던지고
자동차에 올라탄다.

이듬 (짜증) 아... 낚였네.
진욱 하긴... 출국 금지 떨어진 것 뻔히 알 텐데, 공항으로 갔을 린 없겠죠.
이듬 ... 도주가 아니면 은신인데? 숨을 데가 있을까요?
진욱 분명히 자신만의 아지트가 따로 있을 겁니다.
거길 찾아야 해요!
이듬 아지트요? (잠시 생각하다 급히 핸드폰 꺼내)

손계장님, 최현태 최근 3개월 카드 사용내역 좀 뽑아서
동선 파악해주세요!

5. 현태의 은신처 빌라 - 방 안 / 주방 (밤)

침대에 누워있던 아름, 정신 차리고 벌떡 일어나면-
책상이며, 침대며, 벽에 걸린 교복까지...
원래 자신의 방 모습 그대로다.
그때 밖에서 압력밥솥 칙칙칙- 거리며 밥 짓는 소리에
도마에 칼 부딪치는 소리 난다.
아름, 설마 그동안 일이 모두 꿈이었나 싶어 어리둥절해 일어나
방문을 벌컥 여는데... "헉!!" 짧은 비명 지르며 주저앉는다.
주방에서 음식을 준비하던 현태가 돌아보며
아름을 향해 미소 짓고 있다.

6. 아름의 빌라 단지 일각 (밤)

빌라 6개동 정도 있는 작은 단지 안
이듬과 진욱이 두리번거리며 현태 아지트 찾는 모습 위로
손계장 목소리가 들린다.

손계장 (소리) 카드 사용 패턴 확인해봤는데요.
지난 3개월 동안 아름이 생활반경을 벗어나지 않았어요.

이어, 저편에 있는 경비실 쪽에서 나오는 구계장과 경찰,
이듬과 진욱 쪽으로 다가오더니...

구계장 (다급) 아름이 집 근처 CCTV 확인했는데요.
최현태 대포차가 들어온 모습이 찍혔어요.

이듬 그럼 이 빌라 어딘가 있다는 얘기네요? (하자)

진욱, 뭔가 떠오른 듯한 표정!

- ***플래시백*** */ 5부 19씬*

아름 나가기만 하면, 어떻게 알았는지 계속 저를 따라다녔다구요.

진욱 (아름의 빌라를 손가락으로 가리키며) 저기가 아름이네 집이라고 그랬죠?

구계장 네!

이듬 ?

진욱, 마치 줄긋기 하듯 아름 집을 가리키던 손가락을
정면 맞은편 빌라로 옮겨가면 다른 집과 달리
두꺼운 창살과 안으로 암막커튼까지 쳐져있는 401호가 보인다!

7. 현태의 은신처 빌라 안 (밤)

주방 겸 거실.
미역국과 불고기, 4-5가지의 밑반찬과,
가운데 초 한 개가 불을 밝히고 있는 케이크가 있다.
식탁 의자에 앉아 눈물을 뚝뚝 흘리며 오들오들 떨고 있는 아름.
현태는 뿌듯한 표정으로 아름을 지그시 본다.

현태 우리 함께 살게 된 첫 날이야.
내가 이날이 오기만을 얼마나 기다렸는지 몰라.

아름 (겁에 질려 눈물만 뚝뚝 흘리는) ...

8. 동 - 빌라 계단 (밤)

이듬, 진욱, 구계장, 그 뒤로 경찰 3명 정도 빠루[4]를 들고
계단을 올라가고 있다.

구계장 (소리) 401호 집주인 이름은 최진석, 신원 조회해보니-
최현태 아버집니다!

9. 동 - 빌라 안 (밤)

현태, 아름 마주 앉아있다.

아름 (눈물 줄줄 흘리며) 엄... 마... 엄마...
현태 엄만 이제 없어.
너랑 둘이 있고 싶어서 아빠가 멀리 보냈어.
아름 엄마... 엄마...
현태 이렇게 기쁜 날 왜 울고 그래. 아빠는 너무 행복한데.

현태, 씨익- 미소 지으며 느끼한 표정으로 아름에게 다가가고
다가오는 현태를 보며 움직이지 못하고 얼어붙은 아름.
차마 울음도 크게 울지 못하고 딸꾹질을 시작하는...

10. 동 - 빌라 앞 복도 (밤)

구계장, 조심히 문에 귀를 대보고-
이듬과 진욱에게 고개 끄덕인다.
경찰, 빠루를 들고 뜯으려는데- 마음 급한 진욱, 경찰 손에서 빠루 뺏더니
자기가 문에 집어넣고 확 제친다.

4 굵고 큰 못을 뽑을 때에 쓰는 연장. 쇠로 만든 지레의 한 끝이 노루발장도리의 끝같이 되어있음.

11. 동 - 빌라 안 (밤)

문 뜯는 소리에 놀라서 문 쪽을 바라보는 현태.
보면 문이 덜컥덜컥거린다.
현태, 아름의 팔을 낚아채더니 방 안으로 밀어넣는데-
이때 들어오는 이듬과 진욱, 그리고 구계장과 경찰 세 명.
현태, 도마 위에 올려져있던 칼을 집어 들더니
위협적으로 휘두르기 시작한다.

현태 가까이 오지 마, 죽여버릴 거야.
진욱 (서슴없이 다가가는) 아름이 어딨어.
이듬 (진욱을 말리려 다가가는) 어어- 그만 가요.
현태 니가 뭔데 아름일 찾아.
진욱 아름이 어딨냐고!

이때 방 안에서 아름, 문 두드리며 "선생님, 여깄어요!" 소리 들리고
진욱 그쪽으로 가려 하자, 현태 가로막으며 칼 휘두르고

이듬 (말리려) 칼 내려놔! (진욱에게) 그만해요!
현태 왜 이렇게 내 발목을 붙잡는 거야!
너만 아니면 아름이랑 나, 행복할 수 있어!
진욱 그럴 일 없을 거야.
이제 아름이를 두 번 다신 못 보게 해줄 테니까.
현태 닥쳐!!!

현태, 진욱에게 달려드는데,
이때, "억!!" 순간적으로 진욱을 막아서며 쓰러지는 이듬.
현태가 휘두른 칼날 이듬의 옆구리를 베고, 이듬 움켜쥐며 쓰러진다.
이듬의 손가락 사이로 배어나오는 피!
놀라서 멈칫하는 현태. 진욱, 그 틈을 노려 현태의 손에 발차기 일격한다!

윽!! 이때 현태에게 달려들어 제압하고 수갑 채우는 경찰들.
진욱, 쓰러진 이듬에게 "마검사님!!!"
이듬, 얼굴 하얗게 질려서 시야 가물가물해지는데...

12. 현태의 은신처 빌라 앞 (밤)

사이렌 소리 울리며 서 있는 구급차
들것에 실려 나오는 이듬 보이고-

진욱 (이듬에게) 금방 따라가겠습니다.
이듬 (끄덕)

이듬이 탄 구급차가 다시 요란한 소리를 내며
빌라 밖으로 나가는 모습 보이고,
수갑 채워진 현태가 경찰들에 의해 끌려나온다.
진욱을 노려보는 현태.

진욱 나한테 그랬지? 5년 전엔 실패했지만, 이번엔 꼭 성공할 거라고.
그 얘길 그대로 돌려주지.
5년 전에 넌 말도 안 되는 형량을 받았지만
이번엔 최소 20년은 감옥에서 썩게 될 거야.
현태 (노려보며) 그게 니 맘대로 될까?
진욱 살인미수, 미성년자 약취, 유인, 감금까지.
증거는 차고 넘쳐.
그리고 난 너에 대해서 그 어떤 선처도 해줄 생각이 없어!
기대해, 내가 어떤 구형을 하게 되는지.
현태 (진욱에게 달려들며) 너 이 새끼!
진욱 (경찰들에게) 끌고 가세요.

돌아서는 진욱 뒤로

소리 지르며 경찰들에게 끌려가는 현태의 모습.

13. 강해종합병원 - 중환자실 안 (밤)

"엄마!" 부르면서 뛰어 들어오는 아름.
정애에게 다가가면,
산소 호흡기를 낀 채 눈을 뜨고 있는 정애의 모습 보인다.

아름 엄마, 그 새끼 잡혔어. 선생님이 잡았어.
우리 인제 도망 안 다녀도 돼.

정애에게 매달려 우는 아름과 눈가에 흐르는 정애의 눈물.
뒤에서 지켜보고 있는 진욱, 이제야 짐을 덜어놓은 듯한 표정이다.
그 위로 민부장 목소리 들린다.

민부장 (소리) 수사검사들의 몸을 사리지 않는 혼신의 수사로...

14. 검찰청 - 브리핑실 (낮)

민부장, 플래시 세례 받으며 브리핑하고 있다.
그 뒤로 진욱 서 있고-
타이핑하는 기자들 있는 쪽으로 장검과 서검, 손계장, 구계장도
뿌듯한 표정으로 민부장의 브리핑을 보고 있다.

민부장 추악한 성범죄자를 잡을 수 있어 다행으로 생각합니다.
저희 여성아동범죄 전담부는 이 사건이 던지는 메시지에
주목해야 한다고 생각합니다.
아동성범죄자였던 가해자는 5년의 형을 받고 복역하다-
출소 후 재차 범행을 시도했습니다.

피해자였던 어린이는 5년 후에도 미성년자에 불과해
보복 범죄에 쉽게 노출될 수밖에 없었습니다.

15. 달리는 갑수의 자동차 안 / 밖 (낮)

김보좌관, 운전 중이고-
뒷좌석 갑수, 운전석 헤드 레스트에 장착된 휴대용 TV로
민부장이 브리핑하는 뉴스를 보고 있다.

TV (민부장 소리) 이번 일을 계기로 아동성범죄자에 대한 양형 기준이
더욱더 신중해져 다시는 이와 같은 보복 범죄가 일어나지 않게
되기를 희망합니다.
(기자 소리) 한편, 이번 사건의 여파로 영파시 시장선거에 출마한
김문성 후보의 지지율이 급격히 하락하면서
2위를 기록하던 조갑수 후보와의 격차가
1.7%라는 근소한 차이로 좁혀졌습니다.

*- **인서트** / 방송사 공동 여론조사 그래프 화면*
조갑수 39.0% / 김문성 40.7% / 허정엽 8.5%

갑수 (재밌다는 듯) 내 살다보니- 민지숙이 덕 볼 날이 다 있네.
김보좌 내부 조사로는 김후보를 1포인트 차로 앞섰다고 나옵니다.
갑수 (기분 좋은 미소) ...
김보좌 선대위 소집할까요?
상승세에 쐐기를 박을 방안을 강구해보겠습니다.
갑수 ... 쐐기 박아줄 사람 따로 있다.
김보좌 ?

16. 강해종합병원 외경 (낮)

17. 동 - 5인실 (낮)

침대 세 개 정도 들어찬 5인실 안
창가 침대 쪽 환자복(안에 창상 드레싱한) 차림의 이듬,
누운 채로 다리 달달 떨면서 태블릿으로 인터넷 뉴스 보고 있다.

- **인서트** / 인터넷 뉴스 화면
[여성아동범죄 전담부, 최현태 사건 수사 결과 브리핑하는 민지숙 부장검사]
기사 제목과 함께- 브리핑하는 민부장의 모습

썩은 표정의 이듬, 다음 화면 슥 넘기면, 이번엔-

- **인서트** / 인터넷 뉴스 화면
[지지율 급상승, 1위 추격 중인 조갑수 후보] 기사 제목과 함께
환하게 웃고 있는 갑수의 얼굴.

이듬 아 진짜- 재주는 곰이 부리고 돈은 왕서방이 번다더니... (하다가)

아! 배가 아픈지 상처 부위를 잡다가 칼 맞은 당시를 떠올리는데-

- **플래시백** /
이듬과 진욱에게 칼을 들이미는 최현태.
금방이라도 찌를 듯한 살기등등한 눈빛에 잔뜩 쫄아있는 이듬.
이어, 현태 칼을 높이 치켜드는 모습에서부터 화면 슬로우-
이듬, 자기 찔릴까 봐 얼른 도망치려는데 급해서 발이 꼬여 넘어지다가
진욱 옆으로 쓰러지는 모양새가 된다.
그때 칼을 휘두르던 현태, 이듬 고스란히 현태의 칼을 맞게 된 것.

이듬, 다시 생각해도 짜증난다는 듯

"하필 발은 꼬여 갖구 진짜..." 하는데 밖에 소란스러운 소리.
이듬 보면- 꽃바구니를 든 갑수가 김보좌관과 기자들 5-6명
대동하고 들어온다. 헉! 놀라 일어나는 이듬.

(짧은 시간 경과)

가식적인 미소를 지으며 꽃다발 주고받고
악수하는 포즈 잡는 갑수와 이듬.
그 앞으로 기자들 쉴 새 없이 카메라 플래시 터뜨리고 있다.

이듬 (복화술 하듯) 제보 한 번 받았다고 선거운동까지 해줘야 됩니까?
제가 너무 손해 같은데요?
갑수 정의롭고 용감한 여검사로 기사 잘 나갈 겁니다.
손해 보는 장사 아닙니다.

이때 기자가 질문한다.

기자 검사님! 조후보님과는 어떤 사입니까? 어떤 친분이라도 있으신 겁니까?
이듬 (바로) 아뇨. 그런 거 없습니다.
갑수 (여유 있게 웃으며) 응원차 온 것뿐입니다.
최근 여성, 아동을 대상으로 한 흉폭한 범죄가 늘어나
다들 걱정이 많으신데- 이런 용감한 검사님이 계셔 든든하고요.
저 조갑수도 시민들이 안심하고 살 수 있는 세상을 만들기 위해
정책과 제도 마련에 힘을 보태겠습니다.

18. 동 - 엘리베이터 앞 / 복도 (낮)

승강기 문 열리면- 민부장, 진욱, 장검, 서검,
음료수 박스 든 구계장, 손계장이 내린다.

장검 (진욱에게) 마검, 몇 호에 있다 그랬지?
진욱 (병실 안내판 보더니) 저쪽입니다.

민부장 이하- 여아부 식구들 이듬 병실 쪽으로 가는데
저편 5인실 문 앞에서 갑수가 김보좌관, 기자들과 나오는 모습 보인다.
민부장, 대번에 얼굴 딱 굳는다.

민부장 (여아부 식구들에게) 먼저 들어가 있어.

여아부 식구들, 병실 쪽으로 먼저 간다.
그 사이 걸어오던 갑수, 민부장 알아보고 인사한다.

갑수 민영감님, 이런 데서 만납니다.
민부장 어쩐 일입니까?
갑수 (병실 쪽 한 번 보고) 아주 훌륭한 검사님을 부하로 두셨더군요.
잘 만나고 갑니다. 그럼. (인사하고 가는데)
민부장 (하! 마이듬 만난 거였어?)
... 당신 좋으라고 칼 맞은 거 아닙니다, 그 검사.
갑수 (그 말에 멈춰 돌아본다)
민부장 당신처럼 죄짓고도 잘 사는... 그런 놈들 잡으라고 있는 겁니다.

분위기 일순 썰렁... 김보좌관, 분위기 수습하려
기자들에게 "먼저들 가시죠." 하며 데리고 나간다.

갑수 ... (가까이 다가가) 그래 삐딱하게 보지 맙시다.
민부장 ... 경거망동하지 마. 내가 당신 지켜보고 있으니까.
갑수 (피식) 그래 짖지만 말고 좀 물어보든가요.
민부장 뭐?
갑수 물지도 못하면서 와 자꾸 짖습니까?
개 짖는 소리를 누가 듣는다고?

갑수, 비웃으며- 민부장에게 목례하고 간다.
민부장, 두고 보라는 듯 차갑게 쏘아본다.

19. 동 - 병원 앞 (낮)

갑수, 대기하던 자동차를 향해 가는데
태블릿 PC를 보던 김보좌관 얼굴이 심상치 않다.

갑수 와? (하면)

김보좌관, 들고 있던 태블릿 PC를 보여 준다.
보면 [김문성 , 무소속 허정엽 후보에게 전격 단일화 제안] 헤드라인-
갑수, 얼굴이 딱 굳는다.

20. 동 - 5인실 (낮)

진욱, 장검, 서검, 손계장, 구계장, 이듬 침대에 쭉 서서 얘기 중이다.

장검 좀 어때 마검? 많이 아파?
이듬 (앓는 소리) 아... 모르겠어요. 어지럽고 기운도 없고... 수술 후유증인가 봐요.
진욱 (툭) 꿰매지도 않았잖아요?
이듬 !
진욱 의사한테 물어보니까 조금 베인 정도라 하던데?
이듬 (더 앓는 소리를 내며) ... 아우 아파... 아우...
손계장 어우 여검사님. 그렇게 말할 건 아니죠.
사람 몸에 칼이 들어갔다 나갔는데?
구계장 그니까요. 거기다 여검사님 대신해서 칼 맞은 건데...
장검/서검 (놀라며) 마검이?? / 마검사님이요??
이듬 (오우! 지금 내가 대신 칼 맞아준 분위기였구나? 싫어/시치미 떼고)

... 뭐 당연한 거 아닌가요?

다들 쳐다보면...

이듬 (한껏 의연한 척) 후배가 위험에 노출됐는데- 앞장서 지켜주는 게 선배로서 당연한 도리랄까... (하는데)

민부장 (소리/농담하는) 먼저 도망치려다 발이 꼬여서 넘어진 건 아니고?

보면- 민부장 들어온다.

이듬 부장님 오셨습니까.
민부장 (으이그~) 브리핑 내가 한 게 그렇게 배 아팠어?
이듬 네?
민부장 나한테 보고도 없이 인터뷰를 해?
것두 선거운동 중인 정치인하고?
이듬 (아! 조갑수 만났구나 싶어 난감한데) ... 그게 잠깐이면 된다고 해서...
민부장 이번엔 봐준다! 또 이상하게 엮이면 나한테 대차게 깨질 줄 알아?
이듬 (휴우-) 네. 명심하겠습니다.
민부장 다친 덴 좀 어때? (걱정하는)

21. 검찰청 외경 (낮)

22. 여아부 - 장검 / 서검 사무실 (낮)

장검과 서검이 사무실로 들어서며 이야기 중이다.

장검 봤지? 아동 관련 사건은 특히 신중하게 수사해야 돼.
서검 (격한 공감의 표현으로 고개 끄덕이며) 정말 그런 거 같아요.

장검과 서검 대화 옆에서 듣고 눈치 살피던 구계장.
두 사람 앞에 사건기록을 스윽 들이민다.

장검 뭐예요?
구계장 (망설이다가) 아동성추행 사건이요.
장검 (휴우- 고개 젓다가) 무슨 내용인데?
구계장 아파트 경비원이 같은 아파트에 있는 5세 남아를 성추행했대요.
피해 남아의 고모가 신고했고요.
서검 (얼른) 이 사건... 제가 할게요, 검사님!
장검 서검이?
서검 저 아이들하고 금방 친해지거든요.
진술도 잘 받을 수 있어요!!! (자신감 가득한 표정)

23. 동 - 조사실 (낮)

서검이 피해자 신문을 위해 앉아있고,
구계장이 진술조서 작성을 준비하며 옆에 동석해있다.
서검의 맞은편으로 영웅(피해 아동/5세)이
천진한 표정으로 주위를 두리번거리며 있고,
영웅의 옆에 영웅 고모(사건 신고자/30대 중반)가
단단히 화가 난 표정으로 앉아있다.

서검 영웅이 그날 경비 아저씨 집에 왜 갔어?
영웅 제가 오줌을 싸서 옷이 축축했어요.
막 울고 있는데 아저씨가 집에 가자고 해서 아저씨 집에 같이 갔어요.
(고개 돌려 고모 한 번 보는)
서검 응, 그랬구나. 그래서?
영웅 아저씨 집에 들어갔는데, 옷을 벗으라고 했어요.
옷을 안 벗겠다고 하니깐 아저씨가 막 옷도 벗겼어요.

(옷 벗는 시늉을 하는)

서검, 구계장을 보며 잘하고 있죠? 확인하듯 눈짓을 하고
구계장, 고개를 끄덕인다.

서검　아저씨가 옷을 벗긴 다음에 영웅이한테 어떻게 했어?
영웅　그 다음엔... (고모 눈치 보는)
고모　(영웅에게) 아저씨가 다리를 만졌다고 했잖아.
영웅　맞아요. 아저씨가 다리를 만졌어요. 손이 막 거칠거칠했어요.
서검　손이 거칠었다는 건 무슨 얘기야?
영웅　그러니까...
고모　다리가 따가웠지?
영웅　네, 다리가 따가웠어요.
서검　(계속 끼어드는 고모가 불편한) 영웅이가 그렇게 느낀 거야?
고모　술 냄새도 났다면서? 그것도 말해야지.
영웅　(얼른) 네! 술 냄새가 엄청 많이 났어요.
아저씨가 막 팔도 잡았어요. 아팠어요. 그리고...

계속해서 술술 이야기하는 영웅과
그런 영웅이 대견하다는 듯 보고 있는 서검,
그리고 약간 갸우뚱하는 표정을 짓고 있는 구계장.

- 관찰실
편면경 너머로 그 모습 지켜보던 장검사도 뭔가 석연치 않은 느낌인데...

24.　병원 외경 (다음 날 아침)

25.　동 - 5인실 (아침)

화장실 가려고 일어난 이듬, 침대 밑 운동화 신으려 보면
옆 침대 밑에 놓인 슬리퍼를 본다.
옆 환자 아가씨(여/20대/골절로 인한 깁스)에게 물어보는 이듬.

이듬　　저기요... 저 슬리퍼요. 병원에서 줬어요?
아가씨　아뇨? 집에서 가져왔는데?
이듬　　?

26.　검찰청 로비 / 병원 5인실 (아침)

진욱, 출근하는데- 핸드폰 울린다. 이듬이다.

진욱　　(받고) 네, 마검사님.
이듬　　쓰레빠 좀 사와요. 삼선으로요.
진욱　　네?
이듬　　아니- 내가 입원이 처음이라 몰랐는데
병원 와보니까 필요한 게 한두 가지가 아니네.
진욱　　그래서... 요?
이듬　　그래서요라니?
내가 지금 여검 대신 칼 맞고 누워있는데- 그 방관자적 태도 뭐지?
저번에도 빈손으로 오고 말이야?
진욱　　(하아...) ... 알겠습니다. 일단 쓰레빠하고, 또 뭐가 필요한 겁니까?

27.　몽타주 - 노예 진욱 (낮/저녁)

- 병실 안 화장실 (낮)
이듬, 칫솔/치약 없어서 대충 손가락으로 물 칫솔질하고 헹구는

- 여아부 이듬 / 진욱 사무실 (낮)

진욱, 자리에 앉아 사건기록 보는데, 카톡카톡

이듬 (소리) 칫솔, 치약, 비누, 수건, 화장품... 세면도구 일체 부탁해요~
아, 화장품은 건성용으로요~

- 병실 안 침대 (낮)
이듬, 태블릿으로 동영상 보며 밥 먹다가 옷에 국 흘린다.
뭐 닦으려고 보면 없어서 대충 손으로 훑어내고

- 구내식당 (낮)
진욱, 식판 들고 자리 앉는데 또 카카카카톡!! 이 울린다.

이듬 (소리) 물티슈랑 각티슈- 좀 사와요.
참 그리고 뭐 재미난 동영상 없어요?
뭐야? 왜 대답이 없는 거임?
여검?... 여검? ... 읽씹하는 거임?

- 편의점 (저녁)
진욱, 계산대에 슬리퍼, 칫솔, 치약 등등 이듬이 사오라고 한 물건들
비닐봉지에 담고 있는데- 핸드폰 울린다. 이듬이다.

진욱 (받는) ... 네, 말씀하세요. 또 뭐가 필요하세요?
(듣더니 황당해서) ... 네에?

28. 진욱의 오피스텔 (밤)

막 퇴근해 양복 차림의 진욱, 착잡하기 짝이 없는 표정...
인덕션 앞에서 LA갈비 굽고 있다.
옆으로 간장게장, 고추장굴비무침 든 반찬통 놓여있다.

29. 병원근처 편의점 앞 (밤)

환자복 차림의 이듬, 편의점 야외 테이블에 앉아
진욱이 구워온 LA갈비와 다른 반찬들을 밥과 함께 맛있게 먹고 있다.

이듬 어우- 갈비 잘 구웠네. 간도 단짠단짠하니 좋고.
그래 음식이 이래야지. 병원밥 먹다간 진짜 없던 병도 생기겠더라고요.
진욱 병원에 밥 먹으러 왔습니까? (하는데)
이듬 당연하죠. 이게 얼마만의 휴간데. 간장게장은 더 없어요?
진욱 네. 그게 답니다.
이듬 아쉽네. 쩝 (하더니 옆 의자 밑에 놓여있던 비닐봉지에서
맥주캔 하나 꺼내 탁! 딴다)
진욱 (얼른 뺏으며) 어어- 술까지?
이듬 술 아닌데? 소화젠데?
진욱 (맥주 한 손에 든 채로 일어나는) 무슨 환자가 술을 먹어요?
이듬 (따라 일어나 진욱 손에 든 맥주에 손 뻗는) 한 캔은 괜찮아요.
진욱 (맥주 든 팔 높이 치켜드는) 술 들어갔다 염증 나요.
이듬 (까치발하고 맥주에 손 뻗는) 에헤 괜찮다니까.
진욱 안 괜찮다니까요?
이듬 아, 괜찮다니까? (필사적으로 손 뻗다가 보면)

이듬, 진욱- 꽤 가까운 거리에 마주 서 있는 모양새다.
묘한 분위기... 이듬, "거참... 괜찮다는데..." 구시렁거리며 떨어진다.
진욱, 맥주캔 테이블에 내려놓더니 재킷 벗어 이듬에게 턱 걸쳐주고는
"가요!" 한다.

30. 병원 앞 (밤)

진욱의 양복 재킷을 걸쳐 입은 이듬,

와이셔츠 차림의 진욱, 걷는데 왠지 어색한 분위기.

이듬 ... 그나저나 최현태는 몇 년 받았어요?
진욱 18년이요.
이듬 18년이면 아름이... 33살이네요?
진욱 네. (미소 지으며) 많이 밝아졌어요, 아름이.
나중에 경찰 되겠대요.
이듬 아, 최현태 또 찾아오면 총으로 쏠 수 있으니까?
진욱 (하... 역시 마검사다운 생각이네 싶어 어이없는)
아뇨. 자기처럼 힘든 애들 지켜준다고요.
이듬 아... 네. (뻘쭘)

어느새 병원 앞이다.

진욱 암튼 고마웠어요. 마검사님. 진짜로요. (하고 씨익 웃는데)
이듬 (미소 짓는 진욱의 얼굴이 새삼 잘생겨 보여 빤히 보는데)
진욱 ... 안 가세요?
이듬 (얼른) 아, 네. (하고 옷 벗으려는데)
진욱 그냥 걸치고 가세요. 감기 걸려요.
이듬 (뻘쭘) ... 뭐 그렇담... 고마워요.
진욱 들어가세요. (하고 가다가 뭐라고 할 듯이 돌아온다)
이듬 (어? 뭐지 뭐지 약간의 긴장과 설레임으로 보는데)
진욱 근데요, 마검사님. 고마운 건 고마운 거고...
내일은 문자 좀 자제하시죠. 굳이 할 얘기 있으면 한꺼번에
모아서 하든가요. 내가 마검사님 톡 때문에 일을 못하겠어서 그럽니다.
이듬 (실망으로) 아 알았어요.
진욱 갑니다. (하고 간다)

이듬, 가는 진욱의 뒷모습을 보다가 자기도 모르게 미소 번지고...
가는 진욱도 미소가 배어 나온다.

31. 형제 호텔 외경 (밤)

갑수 (소리) 허후보님! 저하고 친구 합시다.

32. 동 - VIP 카페 안 (밤)

야경 내려다보이는 VIP 카페 안
갑수, 허정엽 후보와 찻잔 사이에 놓고 독대 중이다.
허정엽, 갑수의 제안에 기가 차다는 듯 보는데...

허정엽 ... 뭐요?
갑수 에너지 산업에 관심 많으시죠?
우리당 중앙위 산업자원분과 꽂아드리죠.
허정엽 !
갑수 허후보님 장인어른이 운영하는 태양기업,
영파시에 유치하려고 규제프리존 공약 내건 거 압니다.
그 공약, 제가 받아서 가겠습니다.
허정엽 !!
갑수 이 정도면 친구 자격 충분하지 않습니까?
허정엽 (차 한 모금 마시고 탁 내려놓더니) ... 친구도 격이 맞아야 하는 거지 원.
갑수 ?
허정엽 성고문이나 하던 형사나부랭이랑 친구 못합니다, 전.
갑수 ... (같잖다는 듯 웃자)
허정엽 뭡니까?
갑수 충고 하나 하겠는데...
나 같은 놈 적으로 돌리지 말고, 친구 하잘 때 하시죠.
그 편이 허후보님한테도 좋을 겁니다.
허정엽 (피식 웃더니 일어나 지갑에서 만 원 꺼내 던지고 가면)
갑수 (모욕감을 참고) ... 밖에 김보좌관 있나?

김보좌관, 얼른 들어와 "네!" 한다.

갑수 백실장 당장 연결해라.
김보좌 (핸드폰으로 얼른 전화 걸어 갑수에게 내민다)

뚜우- 뚜우- 하다가

백실장 (소리) 네, 후보님.
갑수 ... 영감들한테 전화 돌리래이. 투자금 회수할 때 됐다.

33. 병원 외경 (낮)

34. 동 - 5인실 (낮)

침대에 앉아 침상 테이블 위에 태블릿 PC 올려놓고 게임
(고스톱이나 쿠키런 같은) 하던 이듬,
이내 "아우 눈 아파." 하며 PC 끄고 벌러덩 눕는다.
보면- 이듬 제외한 나머지 침대 환자들(20-50대 남녀/3팀 정도)
옆 침대, 깁스한 환자 아가씨 머리 빗겨주는 엄마
건너편 침대, 아내가 사과 깎아주면 포크로 찍어 먹여주는 환자 남편
그 옆으로 누워있는 할머니 손에 핸드크림 발라주고 있는 할아버지 등등
다 가족과 함께 있는 모습이다. 이듬, 보다가...

35. 이듬/진욱 사무실 / 병원 5인실 (낮)

진욱, 미간 찌푸린 채 사건기록 보는데 이듬, 전화 온다.

진욱 (받는) ... 네.

이듬 남는 사건 있으면 좀 보내요.

진욱 (하...) 또 왜 그러십니까?
나 오늘 결정문 제출할 거만 한 뭉치예요.
바쁘니까 나중에요. (끊으려는데)

이듬 (다급) 나 죽을지 몰라요!

진욱 네?

이듬 심심해서 죽을 거 같다고요.

진욱 (탁! 맥이 풀린다)

이듬 아니~ 여검이 보내준 영화랑 드라마 다 봤고요.
게임도 두 시간 했는데... 시간이 남아.
시간이 남으니까 마음이 허하고요. 마음이 허하니까
괜히 잡생각만 들고... 차라리 일이나 하자 싶어서...

진욱 (어이없다는 듯 있다가)... 그렇게 허하면 마음의 양식,
독서를 추천해드리고 싶은데요?

이듬 오! 독서!!

36. 이듬 오피스텔 안 (밤)

진욱, 먼지에 쿨럭거리며 침대 밑에서 종이박스(*3부 12씬 박스)를 꺼낸다.

이듬 (소리) 거기 보면 내 인생관을 만들어준 책이 있어요.
소중히 모시고 와주세요.

진욱, '대체 뭐야?' 싶어 박스 뚜껑을 열면-
[여왕의 기사] 만화책 묶음 보인다.
설마 아니겠지 싶어 만화책 꺼내고 다른 책 없나 보면
영실 찾는 전단지 뭉치와 사진 액자(*10살 이듬, 영실과 찍은)만 있다.

진욱 (만화책 표지 보며 어이없는) 이게... 인생관...

뚜껑 닫으려다 전단지에 시선 가는 진욱, 꺼내서 본다.
그리고 영실과 함께 찍은 사진 액자도 본다.
진욱, 그날 밤 아프게 울던 이듬을 떠올리는데...

- ***플래시백*** */ 4부 57씬*
"엄마... 엄마..." 하며 아프게 울던 이듬.

37. 병원 - 5인실 안 / 앞 (밤)

침대에 누워있는 이듬, 부럽다는 듯 어딘가를 보는 시선을 따라가면
옆 침대, 팔 깁스한 환자 아가씨에게 집에서 싸온 김밥을 젓가락으로
먹여주는 엄마, 다정해 보이는 모녀의 모습이다.

이듬 (중얼) 우리 엄마두 김밥 되게 맛있게 싸는데...

씁쓸한 듯 미소 짓는 이듬.
만화책이 든 종이백 든 채 문밖에서 그 모습을 보는 진욱,
처음 보는 이듬의 외로운 표정에 마음이 이상해지는데...
이때, 진욱을 발견한 이듬...

이듬 (손을 번쩍 치며들며) 여보!
진욱 (귀를 의심하는) ... 네???
이듬 (눈 찡긋찡긋하며) 왜 이렇게 늦었어? 한참 기다렸잖아, 여보.
진욱 (황당할 따름으로 다가가) 아니 지금 무슨 소릴 하는...

옆 침대에 있던 모녀, 진욱을 보더니 이듬에게

환자 모 (감탄) 신랑이 인물이 좋네. 키두 훤칠하고?
아가씨 거기다 검사라면서요? 완전 부럽당~

이듬　아우- 뭐 그냥 착해서 사는 거지 뭐. 호호호-

진욱　(작은 소리) 하다하다 이젠 결혼까지 하는 겁니까?

이듬　(작은 소리) 미안해요. 우리 딱 20분만 결혼해요.

환자 모　애기는 아직이유?

이듬　이제 노력해야죠.

진욱　(황당) 노력???

환자 모　그래, 금방 생기겠지 뭐... 신혼인데 호호호-

아가씨　아우- 엄마 주책이야.

진욱　(어정쩡한 미소 지으며 커튼 치고는) 결혼에 애기에 좋네요.
왜? 시어머니는 안 필요하십니까?

이듬　시어머니요? (하는데)

저쪽에서 고재숙이 반찬통이 담긴 종이백을 들고 들어온다.
놀라는 표정의 이듬

(시간 경과)

이듬, 진욱, 고재숙 얘기 중이다.

재숙　진욱이 대신 다치셨다는데 고맙고, 걱정도 되고 해서요.

이듬　(조신하게) 아닙니다. 선배 검사로서 응당 해야 할 바를 했는데요.

진욱　엄마가 하도 직접 인사하고 싶다고 해서요.

이듬　(진욱에게) 별일 아닌데 괜히 오시게 했다~

재숙　(떠보는) 마검사님 어머니도 많이 놀라셨겠어요.

이듬　아... 네 뭐 그렇죠.

재숙　(다시 떠보는) 온 김에 어머니한테도 인사드리면 좋을 텐데...
어디 가셨나요?

이듬　(어물쩍) 아 뭐... 그냥...

진욱　(이듬이 불편해하는 것을 느끼고 말을 자르는) 엄마. (종이백 가리키며)
그거 뭐야? 뭐 먹을 거 가져온다며?

재숙　어, 이거. (하며)

종이백에 있던 반찬통을 꺼내 침대 테이블에 놓으려고 한다.
이듬, 서둘러 위에 있던 만화책들 집어서 옆에 치우려는데
순간 만화책들 사이(책과 책 사이)에 있던 전단지 한 장이
재숙 발밑으로 떨어진다.
"아, 내가 주울게요." 하며 허리를 굽히는 재숙-
전단지 보더니 눈이 커진다. 전단지 안, 낯익은 얼굴이 있다. 영실이다!

영실 (소리/다급한) 원장님!!!

*- **플래시백** / 새날정신병원 안 복도 - 병실 앞 (밤)*
1996년 영실 납치 직후 상황이다.
[김미정] 이란 이름표 붙은 단독 병실 앞
흰 가운 입은 재숙, 작은 창살문이 달린 문 앞에 매달린 영실을 보는데-

영실 *나 안 미쳤어요. 진짜예요. 원장님도 알잖아요!*
진짜 나가야 돼요. 우리 딸이 기다려요.
우리 이듬이 나밖에 없다고요.

재숙 난감해 보는데- 이때 벽 쪽에 기대 서 있던 백실장(당시 백형사)이
창살문 덮개를 탁 덮는다.
안에서 여전히 "내보내줘요! 여보세요!!" 문을 두드리며 울부짖는
영실의 외침이 들리는 가운데-

재숙 *(보면)*
백형사 *채권자들 피해서 여기까지 쫓겨온 거 압니다.*
(이름표 가리키며) 김미정 씨 잘 케어해주시면
저희도 원장님 지켜드리겠습니다.
재숙 *(입술을 깨문다)*

다시 현재-

이듬이 영실의 딸이라는 사실을 확인한 재숙, 아찔한 기분이다.
표정 수습하고 전단지 주워 일어난 재숙, 태연히 미소 지으며-
아무것도 못 본 척 전단지 뒤집어 이듬에게 내민다.

38. 동 - VIP 병실 앞 복도 (밤)

서림의 병실에서 문 열리면- 백실장과 병원장이 나온다.

백실장 사모님 최대한 조용한 곳으로 옮겨주시죠.
병원장 알겠습니다.

39. 동 - 복도 / 승강기 앞 (밤)

재숙, 찜찜한 표정이고- 진욱, 재숙의 표정을 보더니

진욱 피곤해 엄마?
재숙 아니... (하다가) 진욱아. 혹시 너...
진욱 ?
재숙 ... 저 검사하고 특별한 사이 아니지?
진욱 (피식 웃고/떠보는) 왜? 특별한 사이면 좋겠어?
재숙 (안심하는) 아니면 됐어. (하는데)

승강기 문 열린다.
재숙, 타려다가 승강기 안 누군가를 보고- 놀라는 표정
보면, 백실장이 서 있다.
백실장도 재숙과 진욱을 보더니 흠칫하는 표정이고,
진욱, 백실장을 보고 '어디서 봤지?' 하는 표정 되는데-

재숙 (서둘러 올라타며) 진욱아, 얼른 가.

진욱 어. 엄마. (하는데)
재숙 (급한 듯 닫힘 버튼 누르는)

40. 동 - 승강기 안 / 앞 (밤)

백실장, 재숙- 무거운 얼굴로 서 있다.

백실장 ... 오랜만입니다. 원장님.
재숙 (대답 없이 정면 응시한다)
백실장 ... 14년 전 그 일.
재숙 !
백실장 아드님까지 알게 되진 않겠죠?
그럼 원장님도 곤란해지실 테니까요.
재숙 ... 무슨 얘길 하는 거죠?
백실장 ?
재숙 14년 전엔 아무 일도 없었습니다.
전 그렇게 정리됐습니다.
백실장 (명함 내밀더니) 연락할 일 있을 겁니다.
재숙 (보면)

명함에 [백상호 / 연락처 010-0000-0000] 적힌.

41. 동 - 승강기 앞 로비 (밤)

승강기에서 걸어나오는 재숙,
애써 침착하게 걷지만- 얼굴에 식은땀이 난다.
승강기 안, 재숙을 보는 백실장- 다행이다 싶은 표정이다.

42. 여아부 - 조사실 (낮)

노트북이 놓인 탁자를 중심으로 가운데 앉아있는 장검.
그 옆으로 어리둥절한 표정의 서검,
맞은편으로 영웅 고모와 경비원이 나란히 앉아있다.

고모 (장검에게 따지듯이) 지금 가해자랑 같이 부른 저의가 뭐예요?
우리 영웅이가 당한 일만 생각하면 치가 떨리는데
이런 사람을 마주 보고 있으란 말이에요?

경비원 (고개를 숙인 채 아무 말도 못한다)

장검 (고모와 경비원을 한 번씩 보며) 죄송합니다.
꼭 보여드릴 것이 있어서 함께 모셨습니다.

장검, 노트북 화면을 켜고 플레이 버튼을 누른다.

- **인서트** / *6부 23씬 영웅의 진술 화면*

영웅 *손이 막 거칠거칠했어요. 다리가 따가웠어요.*
술 냄새가 엄청 많이 났어요.

고모 이게 뭐 어떻다는 거죠?

장검 잠시만요, 고모님(하더니 경비원에게) 잠깐 손을 내밀어 보시겠어요?

경비원, 손바닥을 보이게 내미는데,
손바닥이 반질반질 지문이 거의 없다.
그걸 보고 놀라는 고모.

장검 (경비원에게) 이곳에서 근무하기 전까지 화학약품 검수하는 일을 하셨죠?
워낙 독한 약품을 많이 만지게 돼서 손에 지문도 거의 없어졌고.

경비원 네...

고모 !!

장검 2년 전에 간암 수술 받으셨다구요?

그 이후론 술은 근처에도 안 하신다고 동료 분들이 말씀하시던데요.

경비원　네...

고모　!!!

경비원　(어렵게 말 꺼내는) 저 사실은 그날... 애가 옷이 젖어서 우는데,
안쓰럽기도 하고... 또... 손주 생각이 나서
모른 척 할 수가 없더라고요. 그래서 갈아입힌 건데... (말끝 흐리는)

고모　(미안함에) 어머... 죄송해요. 어뜩해... (하자)

장검　(고모 보며) 고모님. 제가 영웅이 만한 아이를
둘이나 키우고 있어서 잘 아는데요.
보통 아이들은 거짓말을 못할 거라고 생각하지만
작은 관심에도 이야기를 부풀리고, 꾸며내고, 그래요.

43.　동 - 조사실 앞 (낮)

경비원에게 몇 번이나 미안하다고 고개를 숙이는 고모.
그리고 괜찮다며 웃어주는 경비원.
그 모습을 지켜보고 있던 장검, 잔뜩 풀죽어있는 서검을 노려보는데...

서검　... 죄송합니다.

장검　죄송으로 될 일이야? 엄한 사람 범죄자 만들 뻔했는데!

서검　(울 것 같은 표정)...

장검　반성해, 서검!! (하고 간다)

이때 복도를 지나가던 구계장, 이 모습을 본다.

44.　검찰 일각 (낮)

서검, 시무룩한 표정으로 벤치에 걸터앉아 있고,
서검이 걱정돼서 따라 나온 구계장이 옆으로 다가가 앉는다.

구계장 처음엔 다들 그래요. 그러면서 더 단단해지는 거죠.
서검 (갑자기 어깨에 기대 울음 터뜨리는) 구계장님...
구계장 (놀라) 아니... 이러시면... 참...
서검 잘하려고 그랬단 말이에요.
구계장 그... 그니까요. 제가 알죠...

이때 사건기록 뭉치가 쌓인 카트 밀고 가던 손계장,
얼굴 발그레해서 앉아있는 구계장과 울먹거리는 서검 보고 다가와

손계장 어머- 이 분위기 뭐죠?
구계장 (화들짝 놀라 일어나) 아닙니다. 그런 거 아닙니다. (얼른 간다)
서검 (훌쩍거리다가) 어? ... 뭐가 아니라는 거예요?
손계장 (끌끌) 내 말이요.

45. 오피스텔 주차장 (밤)

진욱 자동차 서면- 이듬 내리고, 진욱도 뒷좌석에서
이듬 짐 가방 들고 따라 내린다.

46. 동 - 복도 / 이듬 진욱의 오피스텔 앞 (밤)

이듬의 짐 가방을 든 진욱, 이듬이 당연히 자기 집으로
들어갈 거라 생각해서 카드키 찾는데...

이듬 됐어요.
진욱 ?
이듬 이제 내 집으로 갈래요.
진욱 아 네. (가방 내미는데)

이듬　　그동안 신세 많이 졌어요. 이제부턴 귀찮게 안 할게요. (하더니 들어간다)
진욱　　(약간 허전함으로 이듬을 보다가) 에이 그래 잘됐지 뭐. (들어간다)

47. 진욱 오피스텔 안 (밤)

진욱, 욕실에서 샤워하는데- 밖에 놔둔 핸드폰에서 카톡카카톡이 울린다.
진욱, '그럼 그렇지' 하듯 피식 웃고...

(짧은 시간 경과)

샤워 마친 진욱, 핸드폰 확인해보면- 아무것도 없다.
'어?' 뭔가 아쉬운 기분이 드는 진욱.
이듬이 있는 집 쪽을 바라보다가...

48. 동 - 복도 / 이듬 오피스텔 앞 (밤)

이듬, 문을 열면- 진욱이 맥주캔이 든 비닐봉지 들고 서 있다.

진욱　　(내밀며) 이거 지난번에 못 먹은 거요.

이듬, 배시시- 웃는다.

49. 이듬 오피스텔 안 (밤)

이듬, 벌컥벌컥 마신다. 옆에 이미 다 마신 빈 캔 2개도 있다.
진욱, '어어? 왜 저러지?' 싶어...

진욱　　천천히 먹어요? (하는데)

이듬 (다 먹고 끄윽-하더니) ... 자! 준비됐어요, 이제.

진욱 뭔 준비요?

이듬 ... 여검의 마음을 받아줄 준비요.

진욱 (뜬금포에 황당해서) 내 마음이... 뭐가... 어떤데요?

이듬 아~ 그런 거까지 내 입으로 말해야 돼요?
여검 마음이 어떤지는 본인이 더 잘 알 거 아니에요?

진욱 ... 설마 지금 뭐 사랑 고백이라도 해야 되는 타이밍입니까?

이듬 사랑까지는 모르겠고, 솔직히 그동안 진짜...
여검이 나 좋아하는 거 모른 척하느라 무진장 피곤했거든요.
나도 더 이상 밀당하기 싫으니까
오늘 이 기회에 툭 털고 가자, 이 말이죠.

진욱 (황당) ... 잠깐만요!
지금 마검사님 얘기에서 반박할 게 한두 가지가 아니지만...
일단 여검이 나 좋아하는 거... 이 부분이요.
대체 뭔 근거로 그런 오해를 하게 된 거죠?

이듬 (아나~ 이거 참 하다가) ... 알았어요. (하더니)
그럼 일단! 나 병원 있는 동안 지극정성으로 간호한 거 뭔데요?
갈비까지 바싹 구워다 바치면서요, 네?

진욱 강요된 간호였고요. 갈비는 바짝 익혀 달라면서요?
설익은 거 먹으면 설사한다고.

이듬 (아 그런가? 싶다가) 어머니 오신 거는요?
여검이 나 좋다고 어머니 앞에서 난리쳐서
그래서 오신 거잖아요. 아들이 좋아하는 여자 보고 싶으니까.

진욱 우리 엄마 원래 병문안 잘 다니세요.
사심 같은 거 1도 없었다고요.

이듬 아닌데? (생각하다가) 맞다! 그날 밤!!

진욱 ?

이듬 여검 집에서 재워준 그날... 오밤중에 나 자는데 들어와서
내 얼굴 (시늉하면) 막 일케일케 쓰다듬었잖아요!

*- **플래시백** / 4부 59씬 이후의 상황*

진욱의 오피스텔 안
'엄마...' 하고 아프게 울다가 뭔가 느낌이 이상한지 눈을 뜨는 이듬.
보면, 진욱이 꽤 가까운 거리에서 이듬의 얼굴을 한 손으로
감싼 채 엉거주춤 서 있다. 딱 키스하기 직전 모양새다.

이듬　　그거 키스하려다 참은 거 맞죠?
진욱　　(딱 말문 막히는) ... 그거는요... (하다 뭐라 얘기해야 할지 버벅거리고)
이듬　　에이- 맞구만! (하고 키득거리는데)
진욱　　아니요. 아니라니까요! (하는데)

순간! 진욱 놀란 표정이 된다.
보면- 어느새 이듬이 진욱의 입술에 뽀뽀한다.
뽀뽀한 채로 얼떨떨해서 이듬을 보는 진욱,
이듬, 눈을 감은 채 진욱의 입술에 꼬옥- 붙이고,
진욱도 좋은 느낌에 뭔가 진지한 모드로 들어가려는 순간
이듬, 입술을 떼더니 '아 좋다' 하며 쓰러진다.
뽀뽀하다 말고 술 취해 기절한 것. 허탈한 진욱...

진욱　　... 방금... 주사였어?

하... 볼이 발그레해서 자는 이듬을 보는 진욱,
어처구니없다는 듯 하하- 웃는데...

50.　형제호텔 인근 (밤)

흐트러진 옷차림. 얼굴엔 뭔가에 긁힌 듯 생채기 나있고,
입술에 핏자국 있고 목에 목 졸린 자국,
어딘가 맞은 듯 부자연스럽게 걸어나오던 연희(20대 중반),
핸드폰 꺼내더니 여성긴급전화 1366을 누른다.

연희 (통화하는) 제가 성폭행을 당했는데요.

51. 형제호텔 앞 (밤)

허변의 자동차가 호텔(5성급 정도 되는) 앞에 급하게 선다.
이어, 허변 내린다.
대기하던 백실장이 어두운 표정으로 다가온다.

52. 동 - 엘리베이터 앞 / 안 (밤)

허변, 백실장 엘리베이터 올라타는데-
백실장, 카드키를 층수 판에 갖다 대자 K[5]라는 층이 새로이 생긴다.

허변 뭐죠? 방금?
백실장 ... 지금부터 보게 되는 건 다 잊으시는 게 좋을 겁니다.
허변 ?
백실장 내일까지 1억 입금해드리죠.
이곳에 대한 비밀유지도 포함된 금액입니다.
허변 ... 알겠습니다.

53. 동 - 킹덤 안 (밤)

엘리베이터 열리면 '킹덤' 글씨 밑으로
정장 차림의 가드 두 명이 백실장과 허변에게 깍듯이 인사 후
객실 있는 쪽으로 안내한다.

5 백실장이 운영하는 프라이빗 클럽 '킹덤'에서 따온 K로, 멤버십 회원에게 지급되는 카드키를 대면 엘리베이터 번호판에서 인식해 버튼 누르고 들어갈 수 있는 설정입니다.

(한 층에 유흥 공간 + 침실이 딸린 거대한 객실 네 곳이 있는 설정)

가드들을 따라가는 허변의 시선을 따라 킹덤이 보인다.
천장엔 샹들리에, 붉은 실크 벽지에 검은 벨벳으로 된 커튼 너머로
서울 야경이 내려다보이고... 벽에는 값비싼 미술 작품들 걸려있다.
복도 끝에 자리한 거대한 객실 문이 열리자-
널찍한 공간 안, 초대형 TV 앞에 열댓 명은 족히 앉을
금장가죽 소파가 ㄷ자 모양으로 놓여있고,
테이블 위에는 마시다 만 술잔들과 먹다 남은 각종 과일이며 안주들
흩뿌려진 채, 바닥에는 양주병들 굴러다닌다.
보면, 슈퍼킹사이즈 침대에 널브러진
안태규(20대 중반/형제그룹 안회장 막내아들) 있고-
비교적 멀쩡한 상태로 소파에 앉아 핸드폰 게임을 하던
민호(20대 중반/백실장 친동생), 백실장과 허변이 오는 모습을 보자
변명하려 다가가는데-

민호 아 저 이게 형, 어떻게 된 거냐면...
백실장 잠깐 있어. 민호야.
허변 (태규를 보더니) 형제그룹 막내아들 맞죠?
(민호를 보더니) 이쪽은 백실장님 동생분이고요.
백실장 네. 아가씨를 좀 때렸는데 많이 다쳤나 봅니다.

허변, 그 말에 둘러보는데- 침대 시트엔 핏자국이 찍혀있고,
태규의 손에 징 박힌 장갑 보자... 허변, 뭔가 짐작한 듯 찡그린 표정된다.

허변 (민호도 때렸냐는 듯 보는데) ?
민호 아뇨. 난 안 때렸어요.
허변 (백실장에게) 근데 굳이 왜 저까지 부른 거죠?
(태규 가리키며) 이분이야 워낙 명성이 자자해서
그룹 안에 담당 변호사까지 있다던데?
백실장 태규가 그 아가씨한테 자기가 민호라고 속였답니다.

허변 (태규 보며) 똑똑하네요.

민호 아, 형. 뭘 변호사까지 불러.
어차피 폭행이고, 나와 봤자 전치 4주야.
고소해 봤자 다섯 장이면 끝나.

허변 (민호 보며 끌끌 하는데)

이때 널브러져있던 태규, 허변을 보더니...

태규 어? 새삥이네? (하며 허변에게 달려든다)

허변 (놀라 피하는데)

백실장 (태규를 막으며) 태규야! 정신 차려. 어?

태규 (그 말에 백실장의 싸대기를 갈긴다)

백실장 (얼굴 휙 돌아가고)

태규 고모부 가방 셔틀이나 하는 주제에 건방지게

민호 야!

태규 아! 참! 내 친구 민호 형이었지. (다시 헤헤 웃으며)
깜빡했다. 미안해. 쏘리~

백실장 (모욕을 꾸욱- 참는 모습) ...

민호 (어쩔 줄 몰라 안절부절 못하는데) ...

54. 동 – 엘리베이터 앞 (밤)

허변, 백실장 가려는데- 민호가 쫓아 나온다.

민호 형! 괜찮아? 쟤가 좀 취했나봐.

백실장 남자들끼리 놀다보면 그럴 수 있지.
근데 민호야.

민호 ?

백실장 여기 다시 오지 마라. 조후보님 아시면
너도 태규도 정말 다친다.

민호 ... 알았어, 형. (허변에게) 잘 부탁해요. (하고 간다)

백실장 (그런 민호 뒷모습 보며 웃는)

허변 (하! 세 명 모두 어이없는)

55. 검찰청 외경 (아침)

56. 동 - 로비 (아침)

이듬, 퇴원 후 첫 출근이라 한껏- 씩씩한 모습으로 로비 들어오는데
저편 승강기 앞에 선 진욱이 보인다.
자기도 모르게 배시시- 웃음 나오는 이듬.

이듬 (다가가 팔 툭 치며) 왔어요?

진욱 (사무적) 아, 마검사님 나오셨습니까?

이듬 (어라? 해서 보는데)

승강기 문 열린다.

57. 동 - 승강기 안 (아침)

이듬, 진욱 나란히 서 있다.

이듬 (다시 툭 치며) 잘 잤어요? (큭-)

진욱 (하- 하고 네, 하려는데)

이듬 (바로) 못 잤겠죠.

진욱 ?

이듬 설레서 어떻게 자.

진욱 ??

이듬　짝사랑하던 여자가 고백을 받아줬는데 (큭-)
진욱　(어이없어 보면)

58. 동 - 승강기 앞 / 복도 (아침)

이듬, 진욱- 내린다.

진욱　마검사님, 나도 말 좀 할게요.
이듬　하세요. (큭-)
진욱　나 잘 잤구요. 짝사랑한 적 없구요. 고백한 적도 없습니다.
이듬　(황당) 아니 그럼, 뽀뽀는 왜 받아줬어요? 짝사랑한 적도 없는데?
진욱　뽀뽀는 인정.
이듬　그러니까.
진욱　그것만 인정한다구요. (하고 가는데)
이듬　(진욱의 뒷모습을 황당하게 보며)
뭐야, 좋다는 거야, 싫다는 거야.
진욱　(가며 피식 웃는)
이듬　(음흉하게 웃으며) 밀당하는 거야? (큭- 짜아식!)
(표정 다시 밝아져 따라가며) 여검~

59. 여아부 - 이듬 / 진욱의 사무실 (낮)

이듬과 진욱 맞은편에 연희(목에 스카프를 하고,
색깔 있는 안경을 낀 모습, 손목에 파스 붙이고) 앉아있다.
연희, 이듬과 진욱 앞에 합의서(처벌불원서)를 내민다.

연희　일이 이렇게 커질 줄 몰랐어요. 그냥 없었던 일로 해주세요.
이듬　(합의서 보며) 처벌을 원치 않는다는 말씀이신가요?
경찰서에선 성폭행당했다고 진술하셨잖아요?

연희 그건, 그냥 데이트하다가 싸워서 욱하는 마음에 한 거구요.
저는 그 사람 사랑해요.

진욱 (연희의 스카프 맨 목과 손목에 붙인 파스, 안경 너머로
슬쩍 올라와있는 멍 자국 유심히 보는) 혹시 상대방이 합의하자면서
협박을 했다거나, 폭행이나...

연희 (진욱 말 막으며 얼른) 아니요. 전혀요! 우리 사랑하는 사이라니까요!

60. 동 - 이듬 / 진욱의 사무실 앞 복도 (낮)

이듬과 진욱에게 인사하고 가는 연희.

이듬 사랑싸움을 별- 요란스럽게도 하네. 불기소 처리하죠-

이듬, 방으로 들어가고 나면
연희가 가는 모습을 미심쩍은 듯 보는 진욱.

61. 검찰청 일각 (낮)

밖으로 나오는 연희의 모습 보인다.
그때 연희 앞에 멈춰 서는 차.
차에서 내리는 사람. 허변이다.

허변 돈은 입금됐을 거예요. 확인해보세요.

연희 땡큐요! (하고 가려는데)

허변 (비꼬듯이) 수완이 좋네요. 경험이 많은 건가?

연희 네?

허변 나중에 어디 가서 딴말이나 하지 말아요.

연희 걱정 마세요.

허변 (표정 싸해서) 입 함부로 놀렸다간 재미없을 줄 알라구요.

연희　　아 네.

허변, 다시 차에 올라타고-
그 모습 보는 연희의 표정, 차갑게 바뀌어 어딘가를 보면-
민부장이 다가온다.

민부장　　(걱정스런) 괜찮니, 연희야. 많이 다쳤어?

62. 검찰청 앞 (저녁)

이듬, 진욱 나오는데...

이듬　　(두리번) 차 어딨어요?
진욱　　오늘 지하철 타고 왔는데요.
이듬　　아 그럼 나도 지하철! (하고 가려는데)

청 앞에 서 있는 누군가를 보더니 얼굴 일그러진다.
보면 유미다.

유미　　(이듬을 알아보고) 야! 마이듬!! (하고 다가가는데)

이듬 옆의 진욱을 보더니 눈 반짝거린다.

63. 이듬의 오피스텔 안 (밤)

유미, 하트 뿅뿅 하는 눈으로 진욱을 보고 있다.
이듬, 구시렁거리며 아구찜 먹다가

이듬　　야, 장유미. 너 지금 눈에서 레이저 나오고 있거덩?

아주 뚫것다, 뚫것어.

유미　아닌데? 나 원래 눈빛 이런데?

이듬　(손가락으로 눈 찌르는 시늉하며) 으이그- 진짜.
병원 있을 땐 코빼기도 안 비치더니?

유미　금토일이 피큰데 어쩌냐 그럼?
오늘도 겨우겨우 시간 내서 온 거다.

이듬　그니까 왜 하필 오늘이냐고 (하는데)

유미　오늘 온 보람이 있다, 진짜!

64.　오피스텔 앞 (밤)

[유미네 아구찜] 상호 박힌 자동차 앞에 선 진욱, 이듬, 유미.
유미 배웅하러 나온 길이다.

유미　진짜 술 한 방울도 못 마시는 거예요, 진욱 씨?

진욱　(난감해 어정쩡한 미소)

유미　(이듬을 의혹의 눈으로 보며)

이듬　어. 못 마셔. 한 방울도 못 마셔. 체질이 그렇대.
(진욱 보며) 아참, 보약 먹는다고 그러지 않았어요?

유미　(으이그 하는 눈으로 보다 갑자기 핸드폰 꺼내 이듬에게 내미는)
그럼 우리 사진이라도 찍어줘!
(진욱에게 찰싹 달라붙어) SNS에 올릴 거야. 이상형을 만났다고.

이듬　야, 작작 좀 해라.

유미　(이듬에게 눈 내리깔며) 안 찍어주면 나 안 간다-

이듬　(포기한 듯) 그래 찍자, 찍어.

이듬, 유미와 진욱 사진 찍어서주면
유미, 핸드폰 받아들고 S펜 꺼내더니

유미　자아. 찍은 사진을 (라이브 포커스 바 조절하면서) 요렇게 하면~

(진욱과 유미 찍힌 사진, 뒷배경은 흐려지고 인물만 선명하게 보이자)
어때? 얼굴 잘 나왔지? 완전 어울리지?

유미, 사진에 '우리 첫 만남♡'이라고 메모해서
진욱에게 내민다.

유미　(핸드폰 진욱에게 내밀며) 사진 보내드릴게요. 번호 좀요.
이듬　(으이그-)

(짧은 시간 경과)

유미 자동차, 멀어지는데...
이때 진욱 핸드폰 문자 알림음 들린다.
확인해보면, 유미가 보낸 라이브 메시지다.
'우리 첫 만남♡' 본 이듬과 진욱, '하...!' 마주보고 웃는데

65. 형제호텔 - VIP 카페 안 (밤)

허정엽　(소리) 김사장, 딱 2억만 더 도와줘. 내일 중으로 기사 보낼게.

태블릿 PC 들여다보며 부들부들 떨고 있는 허정엽.
맞은편에 앉아 태연히 차 마시는 갑수 보이고...

허정엽　(어이없는) 내 운전기살 매수해서 블랙박스를 터셨다?
나도 한번 털어봐? 조후보 돈줄 형제그룹? (하는데)

이때 카페 문 열리더니 오수철 부장검사가 들어온다.

갑수　친구 하나 더 불렀습니다. (자리 권하며) 앉으시죠, 영감님.
허정엽　?

오부장　(앉더니) 처음 뵙겠습니다. 중앙지검 부장검사 오수철입니다.

허정엽　!

갑수　여기 허후보가 2억 넘게 드신 거 같은데
얼마나 나올 거 같습니까?

오부장　2억이면 일단 10년부터 시작하겠군요.
피선거권 박탈은 기본이고요.

허정엽　(똥 씹은 표정인데)

갑수　이제... 친구 자격이 충분히 됩니까?

66.　오피스텔 근처 길 (밤)

이듬, 진욱- 잔잔한 미소와 함께 걷고 있다.

진욱　장현동이 고향이에요?

이듬　거의요?

진욱　?

이듬　태어난 데는 영파신가 그렇고- 한 살 때부터 장현동에서 살았대요.

진욱　음. (끄덕끄덕)

이듬　장현동 알아요? 혹시 와본 적 있어요?

진욱　네. 고3 땐가 한 번 간 적 있어요.

이듬　고3 때? 왜요?

진욱　누구 찾을 사람 있어서요.

이듬　...?

진욱　어떤 아줌마가 저한테 가족을 좀 찾아달라고 했거든요?

이듬　(무심히) 아~ 네... 누구요? (하는데)

진욱　얘기하자면 좀 긴데... 암튼 장현동에서 국숫집 하던 아줌마가
딸을 찾는다고 했어요.

이듬　네? (그 말에 쿵!!! 얼굴이 굳는다)

67. 기자회견장 (밤)

허정엽, 기자들 앞에서 발표한다.

허정엽 (떨리는) 저... 허정엽은... 오늘부로 영파시 시장후보에서
사퇴하고자 합니다. 그리고...

68. 기자회견장 앞 (밤)

기자가 카메라를 보며 보도 중이다.

기자 무소속 허정엽 후보가 오늘 후보사퇴를 전격 선언했습니다.
당초 국민연합당 김문성 후보와 단일화할 거라는 예상을 깨고
미래당 조갑수 후보와의 단일화를 발표해 파장이 일고 있습니다.
이로써 조갑수 후보는 지지율 8.5퍼센트의 허후보와 단일화로
김문성 후보를 압도적으로 누르며
유력 시장후보로 떠오르게 됐습니다.

이때, 뒷쪽에서 "나왔다." 하는 소리에 기자 뒤를 돌아보면
갑수가 허정엽 있는 쪽으로 나오고 있다.
갑수, 허정엽에게 악수하고- 얼싸안고- 포즈 취하면-
플래시 요란하게 터지고...

이듬 (소리) 누굴... 만났다고요?

69. 다시 오피스텔 길 (밤)

이듬, 심각해져 진욱을 보고 있고-
진욱, 그런 이듬이 의아해 보는데...

이듬 장현동에서 국숫집 한다는 아주머니요.
(떨리는) 그 아줌마... 이름이... 혹시... 아냐 아냐-
분명히 맞아요... 분명히 맞아.

진욱 왜 그래요? 괜찮아요? (이듬을 잡는데)

이듬 ... 여검이 만난 그 아줌마요...

진욱 ?

이듬 ... 우리 엄마예요. 20년 전 실종된!

진욱 !!!

확신에 차 진욱을 보는 이듬의 얼굴과
기자들 플래시 세례를 받으며
승리의 미소를 짓는 갑수의 얼굴 이등분되며... 6부 끝!

· 마녀의 법정 ·

7부

1. 오피스텔 근처 길 (밤)

이듬, 진욱 심각한 분위기로 서 있다.

이듬 … 우리 엄마예요. 20년 전 실종된!

진욱 네?

이듬 장현동에서 국숫집 했고, 딸 하나 있고,
우리 엄마 맞아요.

진욱 (난감해서 보는) …

이듬 어디서 봤어요? 우리 엄마?

진욱 엄마 병원에서 치료 중인 환자셨어요, 저 근데요.

이듬 ?

진욱 (난감해 보다가) … 그분 이름은 김미정이었어요.

이듬 네?

진욱 사실 저번에 마검사님 집에서 그 전단지 봤어요.
같은 이름이었으면 벌써 말했죠.
그렇게 오랫동안 찾고 있는 거 알았는데…

이듬 (실망) 아… (하다가 그래도 포기할 수 없는)
그럼 그분 얼굴은요?

진욱 ?

이듬 어쩌면 그 김... 미정이란 사람이
우리 엄마일 수도 있잖아요?

2. 고재숙 정신과의원 - 외경 (밤)

3. 동 - 원장실 (밤)

테이블을 마주하고 앉은 재숙과 이듬, 진욱.

재숙 (영실의 사진을 들여다보다가) ... 이분은 김미정 씨가 아닌 것 같은데...

이듬 ?

재숙 김미정 씨 치료한 게 10년도 넘은 일이라 정확히 기억은 안 나지만-
이 얼굴은 확실히 아니었어요.

이듬 그럼 김미정 씨 사진이나 뭐 진료기록은요?
상황이 우리 엄마랑 너무 비슷해서요.

재숙 ... (난감) 병원에서 환자 사진을 따로 보관하진 않아요.
진료기록도 10년 지나면 폐기되고요.

이듬 (실망) ...

진욱 (안타까운) ...

재숙 도움이 안 돼서 어쩌죠?

이듬 (애써) ... 아... 네... 어쩔 수 없죠. 실례 많았습니다. (하고 일어나는데)

진욱 (생각난 듯) 저기 마검사님! 김미정 씨 확인할 방법 있어요!

재숙 !

이듬 !

진욱 (재숙에게) 엄마, 기억 안 나?
나 고3 때 장현동 경찰서도 갔었잖아, 그 아줌마 가족 찾아준다고.
(이듬에게) 그때 만났던 형사가 김미정 씰 잘 안다고 그랬어요.

이듬 (당시 장현동 형사라면 나도 아는 사람일 텐데?) 형사요? 형사 누구요?

4. 장현동 경찰서 - 외경 (밤)

5. 동 - 안 (밤)

숙직하던 최형사(40대 초)가 피곤에 쩔은 얼굴로
노트북을 두드리며 앞에 앉은 이듬과 진욱에게 얘기 중이다.

최형사 아~ 백상호 형사님이요?
이듬/진욱 (백상호?)
최형사 그 형사님 여기서 한두 달 근무하셨나?
개인 사정으로 그만 두셨는데- 뭐 어디 이민 갔다 그러더라고요.
이듬 (실망) ...
최형사 근데 백형사님은 왜요?
진욱 찾을 사람이 있어서요.
최형사 누군데요? 제가 찾아드릴게요.
이듬 (혹시나 하는 표정)

(시간 경과)

장현동 김미정 신원을 노트북으로 계속 찾는 중인 최형사.
단서가 너무 없어서 이리저리 검색어 넣으면서 열심히 찾지만-
쉽지 않은 듯 미간 찌푸리며 화면 들여다보는...
이듬, '아... 이번에도 틀렸구나 싶어' 반쯤 포기한 표정인데...

최형사 (난색) ... 아 이거 안 되겠는데?
하다못해 주소라도 있던가, 단서라곤 꼴랑 장현동하고
김미정이란 이름 석 자 뿐이니... 뭐 더 아는 정보 없어요?
이듬 (맥 빠져) ... 됐습니다. 수고했어요. (일어나 간다)

진욱 (안타까움에) 그럼 김미정 씨 가족이라도 확인 안 될까요?
그때 백형사란 분이 그랬거든요. 장현동에 가족도 있었다고.
최형사 에이, 김미정도 안 나오는데, 가족을 어떻게 찾아요?
(무심히) 백형사님 찾아서 물어보시든가요.
진욱 (아쉬운)

6. 동 - 앞 (밤)

이듬, 실망감 가득한 얼굴로 털레털레 걸어간다.
진욱도 난감한 표정으로 이듬을 따라가다...

진욱 ... 어떡해요? 속상해서?
이듬 (애써 쿨한 척) 아- 괜찮아요.
이런 적이 뭐 한두 번이었겠어요?
진욱 ...
이듬 (고생담 얘기하듯) 말도 마요.
내가 진짜 우리 엄마 찾느라 전국에 병원이란 병원은 다 가봤고요.
어디 염전 같은데 팔려갔나 싶어서 직업소개소도 뒤져봤다고요.
무연고자 사망 공지 떴다 하면- 진짜 죽음이죠.
그런 날은 시체 확인하기 전까진 아무것도 못해요.
진짜 오밤중에 시체 안치소까지 가봤다니까요?
진욱 (안쓰러워 보는데) ...
이듬 (표정 어두워지는) ... 근데
진욱 ?
이듬 그래두 더 찾을 걸 그랬나 봐요.
진욱 !
이듬 (목소리 떨리는) 그 김미정이란 사람도 딸 찾았다면서요?
우리 엄마도 무슨 사정이 있어서 나 못 찾는 건지도 모르는데...
맨날 나 보고 싶다구 울고 있으면 어떡하죠?
그러니까 더 찾았어야 됐는데... 그때 포기하는 게 아닌데...

(하는데 눈물이 솟는다) 아 나 왜 이러니, 쪽팔리게... (돌아서 운다)

진욱 (안쓰러이 보다 앞으로 다가가 이듬을 안아준다)

7. 고재숙 정신과의원 / 형제로펌 일각 (밤)

재숙, 백실장과 통화 중이다.

재숙 어떻게 됐어요?

백실장 아는 후배 있어서 잘 처리했습니다.

재숙 (끊고 안도의 한숨 쉰다)

백실장 (뭔가 떠오르는 표정이 된다)

8. 2003년 과거 - 장현동 경찰서 (밤)

자막 [2003년]

교복 차림의 고3 진욱, 가슴에 [여진욱] 명찰 달린 모습.

야상점퍼에 폴더형 핸드폰을 목에 건 백형사(=백실장),

자리에 마주 앉아있다.

고3 진욱 (핸드폰에 찍힌 김미정의 진료기록을 내밀며)
이 아줌마, 집 좀 찾아주세요.

백형사 (진료기록에 있는 새날정신병원, 김미정 이름을 보자 놀라는데) !

고3 진욱 주소대로 가봤더니 무슨 학원이고요, 김미정이란 사람도 모른대요.

백형사 (난감해서 보는)

고3 진욱 (핸드폰에 찍힌 영실 사진 -화상으로 눈만 내놓고 얼굴 붕대로 감은- 을 보여주며) 아줌마가 지금 많이 아프신데 딸을 찾고 있어서요.

백형사 (아! 얘가 곽영실 얼굴은 제대로 못 봤구나 싶어 안도) 아, 김미정 씨?!

고3 진욱 아는 분이세요?

백형사 그럼- 딸이 하나 있었는데 사고로 죽고,

그 충격 땜에 정신병원 들락날락하고-
병원에서 만나는 사람들마다 딸 찾아달라 그래서
학생처럼 온 사람, 한 둘이 아니었거든.

고3 진욱 (실망) 아... (하다가) ... 그럼 혹시 다른 가족은요?

백형사 (당황) 가족? (하는데 목에 걸린 폴더형 핸드폰 울린다. 얼른 받는)
... 네, 백상홉니다! (하며 슬쩍 진욱을 보면)

고3 진욱 (대답을 기다린다는 듯 빤히 본다)

9. 2003년 과거 - 청운각 일각 (밤)

양복 차림의 갑수, 백형사 심각한 분위기로 서 있다.

갑수 고재숙이 아들이 왔었다고?

백형사 네. 대충 수습해서 돌려보내긴 했는데-
아무래도 곽영실 다른 병원으로 옮겨야겠습니다.

갑수 (잠시 생각하다) ... 상호야, 니 학교 다닐 때 백미터 달리기 해봤제?

백형사 ?

갑수 출발선 앞에 딱 서 있는데- 신발 안에 쪼맨한 돌멩이 있으면- 우짜겠노?

백형사 !

갑수 돌멩이를 털겠노? 아님 아픈 채로 달리겠노?

백형사 ... 그럼 (곽영실을 죽이란 말씀입니까? 하듯 보면)

갑수 (미소 지으며 백형사의 어깨를 툭툭 쳐준다) 니만 믿는데이 (하고)

청운각 방 안으로 들어가는 갑수의 뒷모습을 보는 백형사 표정.

10. 2003년 과거 - 청운각 룸 안 (밤)

한정식 거하게 차려져있는 요정 분위기의 방 안.
갑수, 무릎 꿇고 두 손으로 공손히 술 따라준다.

술 받는 사람은 미래당 대표 박명회(60대 초반)다.

갑수 영파시 동구 갑, 원래 미래당 텃밭 아닙니까?
대표님께서 시원하게 밀어주시면- 제가 꼭 찾아오겠습니다. (하고)

상자 열어서 내미는데- 꽤 큼직한 금두꺼비가 상자 안에 있다.

명회 요즘 금값도 시원치 않던데... (여전히 술잔을 안 비우는데)
갑수 (젓가락으로 장어 한 점 앞 접시에 놓아주며)
사모님, 아드님 학교 때문에 미국에 계시다면서요?
명회 ?

이때 문 열리고- 풋풋한 외모에 육감적인 몸매를 가진 설희(20대 초반)가 들어온다. 명회, 설희를 보자 눈이 커져서 술잔, 단숨에 비우고...

갑수 아직 햇병아리 배웁니다. 대표님께서 잘 좀 키워주시죠.

설희, 어색한 미소로 명회를 보는데...

11. 현재 - 검찰청 근처 카페 (밤)

한적한 카페- 구석자리...
연희, 민부장과 얘기 중이다.
민부장, 태블릿 PC로 연희가 찍어온 킹덤 내부의 사진들을 본다.

민부장 (사진 보며) 형제호텔에 숨겨진 로비 공간이 있었다는 거지?
누구 본 사람은? 조갑수 봤어?
연희 (고개 가로젓고) 객실 안으로 바로 들어가는 바람에
본 사람은 없어요.
민부장 이만큼 알아낸 것도 장해. 당분간 몸 좀 사리고 있어.

연희 여기서 그만둘 거면 시작도 안 했어요.

민부장 그렇게 무작정 달려들어서 될 일이 아냐.
좀 더 준비해서... (하는데)

연희 (탁자에 올려져있던 핸드폰 전원 눌러 보여주면
배경화면에 설희와 10살 연희 다정하게 찍은 사진)
우리 언니... 잊지 않으셨죠?

민부장 (낮은 한숨)

연희 부장님 믿고 시작한 일이에요.

민부장 ... 너까지 잃을까 봐 걱정이 돼서 그래.

연희 연락드릴게요. (일어서 나가는)

민부장 (멀어지는 연희를 걱정스런 눈빛으로 바라보는)

12. 이듬의 오피스텔 외경 (아침)

13. 이듬의 오피스텔 안 (아침)

부스스한 이듬, 추리닝 차림으로 침대에 누워 누군가와 통화 중이다.

이듬 (한참 신호음 가다가 음성메시지는 1번... 어쩌구 하자 1번 누르고)
... 아저씨, 저 이듬이에요. 장현동 이듬이요... 세나 잘 있죠?
근데... 혹시 우리 엄마 소식 들은 건 없어요? (하다가)
오랜만에 또 죄송해요. 뭐라도 있으면 좀 알려주세요. (끊는데)

꼬르륵- 소리가 난다... 귀찮다.
배고픔을 잊으려 돌아누워 잠을 청한다.
이번엔 더 큰 꼬르륵- 소리가 난다.

(*이하- 우울하고 무기력한 이듬이 멍 때리면서 계란비빔밥 만드는
과정이 짧게 짧게 보이는)

이듬, 즉석밥 뜯는다. 전자레인지 버튼 누르고 멍하니 서 있다.

(짧은 시간 경과)

띵! 소리 나서 전자레인지 열어보면 아무것도 없다.
보면 전자레인지 위에 올려놓은 포장 뜯어진 즉석밥 보인다.

이듬, 인덕션 앞에 서서 계란 깨뜨리고는 흠칫 놀란다.
보면 인덕션 위에 쌩으로 계란 깨뜨린 것.
인덕션 옆으로 꺼내놓은 프라이팬 보인다.

(짧은 시간 경과)

밥이 담긴 큰 그릇에 너덜너덜한 계란 프라이 보인다.
이듬, 냉장고 열어 튜브형 고추장 옆 비슷한 모양의 케찹 꺼낸다.
밥그릇에 쭉쭉 짜서... 대충 비벼 소파에 앉아 한입 먹다가 우엑!!

14. 오피스텔 지하 주차장 (아침)

운동 가려는 듯 트레이닝복 차림의 진욱,
스포츠백을 조수석에 넣으려 차문 여는데-
조수석 쪽에 떨어진 영실 전단지 보인다.

- 플래시백
지난밤, 진욱의 자동차를 타고 집으로 돌아오던 길.
전단지 품에 안은 채로 잠든 이듬.

전단지 들여다보고 생각에 잠기는 진욱.

15. 이듬의 오피스텔 안 (낮)

싱크대 위에 반쯤 비워진 계란비빔밥 그릇 보이고-
이듬, 다시 멍~ 한 표정으로 침대에 누워있다.
초인종 울린다.

16. 동 - 앞 / 복도 (낮)

벌컥- 문이 열리고 부스스한 이듬이 튀어나온다.

진욱 (이듬의 꼬라지를 보더니 헉! 해서) 딱 예상한 대로 있었네요.
이듬 (귀찮) ... 할 얘기 없으면 들어갈게요.
진욱 마검사님. 나랑 어디 좀 가요.
이듬 ?

17. 실내암벽등반 (낮)

이듬, 황당한 얼굴로 암벽 올려다보다... 옆에 선 진욱에게

이듬 나더러 이걸 오르란 얘긴 아니죠?
진욱 아니라면 여길... 뭐하러 왔을까요?
이듬 나 등산 싫어해요.
어차피 내려올 걸 왜 올라가는지 1도 이해 못하는 1인이라구요.
거기다 여긴 맨벽이잖아요.
무슨 스파이더맨도 아니고, 어떻게 올라갑니까?
진욱 (이듬 손 척 잡더니 세심하게 클라이밍 테이프 붙여주는)
이듬 지금 뭐하는 거예요?
진욱 (붙여주면서) 일단 한번 해보고 말해요.

이거 생각보다 재밌거든요. (씩- 웃는)

이듬 (진욱의 웃는 얼굴에 하- 나 참- 하며 구시렁)
아 이 와중에 왜 이렇게 훈훈한 거야. 아 나 이래서 연애 안 하려 그랬는데.

(시간 경과)

이듬, 땀 뻘뻘 흘리며- 안간힘을 쓰며 위로 올라가고 있다.
이미 위로 올라가있던 진욱, 이듬을 기다리다 손 내밀면
이듬, 그 손잡고 간신히 올라와- 기진맥진해서 쓰러지는데...

진욱 (웃으며) 어때요. 재밌죠?
이듬 (헉헉거리며) 한 대 치려다 참았어요.

18. 오피스텔 앞 (밤)

진욱의 자동차, 앞에 멈춘다.

19. 진욱의 자동차 안 / 밖 (밤)

기절 상태로 자고 있던 이듬, 진욱 깨워야되나 잠시 망설이는데-
이듬, 기척에 눈 뜬다.

이듬 (부스스 두리번) 다 왔어요? (어깨 두드리며) 삭신이 다 쑤시네 진짜.
진욱 (피식) 힘들었죠?
이듬 죽는 줄 알았다고요.
이게 무슨 데이트야, 완전 개고생이구만.
진욱 대신 잡생각은 안 들잖아요?
이듬 생각을 어떻게 해요, 힘들어 죽겠는데?
진욱 그러니까요.

이듬　　?

진욱　　어머니 때문에 속상하고 우울했던 거 잊어버리고,
하루가 갔잖아요.

이듬　　(아!) ...

진욱　　내일부턴 엄마 못 찾았다구 자책하지 마요.
그동안 충분히 힘들었고, 충분히 아팠을 거잖아요. 이제 좀 내려놔요.

이듬　　(진욱의 마음 씀씀이에 울컥해 보는데) ...

진욱　　그리구 (뒷좌석에 있던 작은 종이상자를 꺼내더니) 이거요.

이듬　　뭔데요?

진욱　　열어봐요.

이듬 종이상자를 열면- 3D 몽타주[6]로 재현된 영실의 사진이
들어있는 액자 안- 50대 중반이 된 영실이 미소 짓고 있다.

진욱　　아는 박사님 중에 3D 몽타주 연구하신 분이 계신데-
마침 연구실이 근처에 있더라고요.
전단지 갖고 가서 부탁드렸더니 해주셨어요.

이듬　　(신기하고 얼떨떨해 액자 속 영실 사진을 어루만지는데)

진욱　　이런 모습으로 곁에 계신다고 생각하면 덜 외로울 거예요.
엄마 보고 싶을 때마다 이거 봐요, 이제.

이듬　　(눈물 글썽해서 영실의 사진을 본다)

20.　　이듬의 오피스텔 안 (밤)

침대에 누운 이듬, 영실 사진 액자를 옆에 뉘어놓은 채로 보다가-
생각난 듯 핸드폰을 잡는다.

---

6 과거 사진으로 시간경과에 따른 현재 얼굴 모습을 추론할 수 있는 기술.

21. 진욱의 오피스텔 안 (밤)

진욱, 침대에 막 누우려는데- 핸드폰 문자 수신음 울린다. 이듬이다.

이듬 (소리) 사진 고마워요 여검!
진욱 (미소 지으며 답장 찍으려는/소리) 별것도...
이듬 (바로 또 문자 오는/소리) 그리구 우리 오늘부터 1일 하죠!
네, 아니요로만 대답해주면 좋겠어요, 클리어하게!
진욱 (하! 웃고는 답장 찍는/소리) 마검사님... (하는데)
이듬 (몰아치는 카톡/소리) 아니, 뭐 해요 지금?
네, 아니요 말하는 게 왜케 오래 걸려요?
그냥 빨리 말해요.
진욱 (핸드폰 내려놓고 하- 한숨 쉰다)

22. 이듬의 오피스텔 안 (밤)

이듬, 핸드폰 노려보며 진욱 답장 기다리는데...

진욱 (소리) 오늘은 아니요 하겠습니다.
이듬 헐.
진욱 (소리) 잘 자요.
이듬 뭐야. (하다 카톡 쓰는/소리) 그럼 내일은요? 모레는?
그럼 언제 네 할 거예요? 여검? 여검?? 자요??? 여검?????

23. 진욱의 오피스텔 안 (밤)

연달아 울리는 카톡카톡 소리에 진욱,
핸드폰 꾹 누르고 눕는다.
자기도 모르게 피식 웃는 진욱.

24. 몽타주 - 사건 인트로 (밤)

- 어딘가1 / 어딘가2 (밤)
핸드폰 들고있는 남자의 손 보인다.
채팅앱 [전설의 랜톡] 연다.
개설되어 있는 방들 스크롤 쭉쭉 내려 훑어보더니,
[17세 여고생 / 꿈은 이루어진다-] 방에
'오빠야'란 대화명으로 입장한다.
'가시나'란 상대방과의 핸드폰 채팅 화면 위로 음성 들린다.
'오빠야'는 30대 남자, '가시나'는 공수아(여/18세) 목소리.

오빠야 [ㅈㄱ 가능?] 조건 가능?

가시나 [ㅇㅇ. 몇 살?] 응. 몇 살임?

오빠야 [32] 서른 둘.

가시나 [오빠네. 지금 어디?]

오빠야 [차 있음. 어디든 콜]

가시나 [선입금 가능?]

오빠야 [인증부터 ㄱㄱ] 사진부터 고고.

채팅 화면에 교복 차림의 청순발랄 인상의 여고생(공수아) 셀카 뜬다.
사진 본 남자, 느끼한 미소 씨익-

오빠야 [굳굳] 굿굿.

가시나 [오빠도 인증 ㄱ?] 오빠도 사진 고?

이번엔 '오빠야'가 채팅 화면 셀카 사진 띄우는데

가시나 (소리) 어? 뭐야, 이거.

- 장어의 오피스텔 (밤)
화면 커지면 '가시나'의 정체-
좁은 오피스텔 안. 대포폰 열 몇 대 늘어놓은 탁자 앞에
앉은 양아치 인상의 30대 성매매 포주, 장어다.
벽에 관할 경찰서 조직도와 형사들 증명사진 쫙 붙어있다.

장어 (증명사진들 쫙 보더니- 피식) 아이구, 사이버팀 김형사님이구나?

- 경찰서 / 사이버수사팀 사무실 (밤)
채팅창에 [오빠야님이 강퇴당하셨습니다] 뜨면
천장에 달린 [사이버수사팀] 팻말 밑으로
형사1(김형사)와 형사2(이형사)가 고개 절레절레 흔든다.

25. 검찰청 외경 (낮)

진욱 (소리) 일대일 채팅앱을 이용한 성매매 알선 케이습니다.

26. 여아부 - 회의실 (낮)

진욱, 장어 사진 띄워진 PPT 화면 앞에서 사건 브리핑 중이다.
민부장 이하 이듬, 장검, 서검, 손계장, 구계장 앉아있다.

진욱 포주는 관할서에서 현재 소재 파악 중이고,
함정을 파도 잘 빠져나가 장어라고 부릅니다.
민부장 데리고 있는 애들은 몇이나 된대?
진욱 열에서 열다섯 명 정도 추정입니다.
연령대는 중2부터 대학생까지 있고요.
장검 (끌끌) 아이고~ 채팅앱 성매매~ 왜 이제 나오나 했다.
구계장 맞아요. 저번에 저 함정단속하려고 채팅 어플 깔고

16세 여중생 이렇게 프로필 올리니까요.
3초 만에 30명 붙었어요.

서검 (혐오로 구계장 보며) 어~ 왜들 그래요, 진짜?

구계장 (뻘쭘) 아니 그게 제가 그랬다는 게 아닌데...

이듬 (손들더니) 저~ 이쯤에서 질문 하나 해도 될까요?

다들 이듬을 보면-

이듬 들어보니 장언지 짱뚱언지 경찰에서 아직 못 잡았다, 이 얘긴데-
그럼 잡고 나서 송치시키면 되지,
왜 우리가 단속 단계부터 회의를 하는 거죠?
설마 쌍팔년도로 돌아가 검경합동 성매매 단속,
뭐 이런 거 하자는 겁니까?

민부장 담당 형사들 얼굴 다 털렸대잖아?
관할서에서 여아부로 특별 협조 요청 왔고-
체포에서 수사까지 같이 진행하기로 했어.

서검 어머! 그럼 구계장님이 현장 나가는 거예요? 손님으로 위장하고?

구계장 (내가 나간다고? 해서 보는데) 제가요?

손계장 에이- 구계장님은 안 되죠, 페이스가 완전 형사 삘인데요, 금방 들킬걸요!

구계장 (또 내가? 왜? 해서 보면) ?

장검 그럼 여검이 나가면 되겠네.

이듬 왜죠? 왜 여검이 나가야 되죠?

다들 이듬을 보면...

진욱 저는 괜찮은데요, 마검사님?

이듬 (진지) 여검은 잠깐 있어봐요.
다들 아까 장어 프로필 사진 봤잖아요, 인상 엄청 드러운 거.
우리 여검, 공부만 하느라 싸움도 못할 텐데-
함정수산 거 들통 나서 장어가 흉기 들고 반항이라도 하면은요? 네?
저번처럼 칼이라도 휘두르면요?

장검 (어이없어) 그럼 후배 검사 끔찍이 생각하는 마검사가 같이 가주든가...
이듬 (기다렸다는 듯) 그래도 될까요, 부장님?
민부장 (원~ 별~ 하듯 웃는다)

27. 경찰서 외경 (낮)

형사1 (소리) 오시느라 수고하셨습니다.

28. 동 - 사이버수사팀 (낮)

이듬과 진욱, 형사1,2와 함께 테이블에 앉아있다.
형사1, 채팅앱 [전설의 랜톡] 열려있는 태블릿 PC를 보여주며 설명-
채팅방 중 [17세 여고생 / 꿈은 이루어진다-] 를 가리키며...

형사1 여기요. 이게 장어가 개설한 방이에요.
이듬 그걸 어떻게 알죠?
형사1 방 제목이 맨날 이거거든요.
단골들 알아보라고 통일시키는 거 같아요.
이듬 대놓고 본인 인증이네.
형사1 자긴 안 잡힐 거라 확신하는 겁니다.
진짜 열받는다니까요?
진욱 그럼 제가 채팅부터 접근하면 되는 겁니까?
이듬 이런 거 해보긴 했어요? 티 안 나게 잘해야 되는데.
진욱 (피식 웃고/살짝 거만한 표정으로) 저, 여진욱입니다. 정신과의사 출신!

태블릿 PC 들고 채팅 시작하는 진욱.
그 뒤로 이듬과 형사1,2 어떻게 하나 보는데...
자신 있게 대화명에 '여진욱' 입력한다.
그걸 본 이듬, 등짝 스매싱 날리고

이듬 미쳤어요? 실명 까게?

진욱 (아우 아파- 등 만지며) 그럼요?

이듬 닉네임이잖아요, 닉네임! 훈남이라든지 매력남 같은 거, 이런 걸 해야지!

진욱 입력하면 채팅방 화면에 [매력남님이 입장하셨습니다] 보이고, '매력남' 진욱, '가시나' 공수아의 목소리로 들린다.

매력남 [안녕하세요, 가시나님. 만나서 반갑습니다.]

가시나 [ㅇㅇ. 몇 살?] 응응. 몇 살임?

매력남 [서른넷입니다. 가시나님보다는 좀 많죠?]

가시나 [오빠. 지금 어디?] 오빠. 지금 어딘데?

매력남 [글쎄요... 가시나님의 마음속? 가시나님은 지금...]

쓰는 도중, 채팅창에 [매력남님이 강퇴당하셨습니다] 뜬다. 진욱이 당황해서 돌아보는데, 다들 헐~ 해서 본다.

진욱 아... 일단 라포[7]를 형성하는 게 좋을 거 같아서...

이듬 라포는 무슨. 말 좀 팍팍 줄여서. 요즘 애들처럼 해봐요, 다시.

[순정마초님이 입장하셨습니다] 채팅방 화면 보이고,

순정마초 [하이루. 방가방가.]

가시나 [ㅈㄱ 콜?] 조건만남 콜?

순정마초 [지금 통화하자구?]

가시나 [ㄴㄴ. ㅇㅁ 생각?] 아니. 얼마 생각하냐구.

진욱 (인상 쓰며) 이민 생각? (하는데)

7 정신치료, 카운슬링 등에서 형성하는 상담자와 피상담자의 상호신뢰 관계를 말한다.

채팅창에 [순정마초님이 강퇴당하셨습니다] 뜬다.
옆에서 이마 짚고 서 있던 이듬.

이듬 아나... (진욱 밀치며) 나와봐요.

이듬, 자리에 앉아 태블릿 PC 잡고 채팅방에 접속한다.
채팅방에 [레알훈남님이 입장하셨습니다] 채팅방 화면 보이고,

레알훈남 [ㅈㄱ 바로 가능?] 조건 바로 가능?
가시나 [ㅈㅅㅇ] 금액 제시요.
레알훈남 [20]
가시나 [콜]
레알훈남 [ㄹㅇ 17?] 진짜 열일곱임?
가시나 [ㅇㅇ. 아님 환불] 응응. 아님 환불.
레알훈남 [사진 ㄱㄱ] 사진 고고.

채팅 화면에 장어가 7부 24씬에 써먹었던 공수아 사진이 뜬다.

가시나 [인증 ㄱ] 인증 고.

이듬, 진욱 사진 찍어서 채팅창에 띄운다.

가시나 [ㅇㅋ. 10분 뒤 ○○역 8번 출구] 오케이. 10분 뒤 ○○역 8번 출구.

이듬, 진욱에게 태블릿 PC를 턱 던져준다.

이듬 됐죠?
진욱 (놀라서 입이 다물어지지 않는)

29. 지하철 출구 앞 (낮)

강남역이나 홍대입구 같은... 10-20대들 바글바글한 사이로
정장 차림을 한 진욱, 덩그러니 서 있다.
이어 맞은편에서 진욱을 향해 성큼성큼 걸어오는 교복 입은 공수아.
진욱 옆에 다가서서 어깨를 툭 건드리더니

수아　레알훈남?
진욱　(경직된 채 고개 끄덕)
수아　따라와요. (하고 앞서 걷는다)

진욱이 수아를 1m쯤 거리를 두고 따라 걷는다.
이어, 그 뒤로 이듬과 형사1,2가 간격을 두고 따라간다.

30. 모텔 앞 / 안 (낮)

이듬, 형사1,2의 시선- 모텔 안 카운터에서 진욱이 계산 중이고
수아 껌 딱딱 씹으면서 그 모습 보고 있다.
이어, 계산 마친 진욱과 수아, 엘리베이터 타는 모습 보이면-

형사1　(형사2와 이듬에게) 도주로부터 차단하죠.
장어가 데리고 있는 애들도 포주 닮아서 도망도 잘 치거든요.
저랑 이형사가 앞문과 뒷문 쪽에 잠복하겠습니다.
검사님은 어디 적당한 곳에서 대기하시죠.
이듬　아, 네. 수고들 하세요. (하고)

모텔 건물(5층)을 두리번거리면-
측면 벽으로 작은 유리창들(욕실 방향) 다닥다닥 붙어있고
가스 배관들이 얼기설기 설치된 모습 보인다.

이듬　(보더니) 나라면... 저쪽인데?

31. 동 - 201호 안 (낮)

진욱, 수아 들어온다.
진욱, 모텔 안을 둘러보다가 고개 돌리면 수아가 바로 앞에 서 있다.
진욱, '어어...' 당황해서 한발 물러서는데

수아 (손을 내밀며) 일단 돈부터!
진욱 ?
수아 끝나곤 딴소리하는 새끼들이 워낙 많아서요.

진욱, 안주머니에서 지갑을 꺼내더니 펼쳐서 수아를 보여준다.
수아, 표정 일그러진다. 보면 검사 신분증이다.

수아 (헉! 놀라서 지레) 나 아직 아무것도 안 했어요!
그러니까 나 지금 조건 아니에요!
진욱 진정해. 우리 목적은 학생 아니고, 학생 고용한 포주니까.
수아 포주요?
진욱 장어라며? 니네 사장? 수사에 잘 협조하면- 훈방조치 해줄게.
수아 (아씨... 어떡하지 하다가) 알았어요. 협조하면 나갈 수 있는 거죠?
진욱 (끄덕)
수아 잠깐 화장실 갔다 와서 얘기할게요, 그럼.
진욱 (알 듯 말 듯한 미소 짓고) 그래.

수아, 얼른 욕실로 들어간다.

32. 동 - 욕실 (낮)

욕실에 들어선 수아, 급하게 핸드폰을 꺼내 문자를 보낸다.

[짭새 떴어요 토낄 테니 사장님도 피하세요.]
그리고, 욕실을 두리번거리는데
수아의 시선에 들어오는 욕실 창문.

33. 모텔 밖 / 건물 옆 면 (낮)

욕실 창문을 통해 밖으로 나온 수아.
능숙하게 벽과, 가스배관들을 밟으며 조금씩 아래쪽으로 내려오고 있다.
절반쯤 내려왔는데 이듬 목소리 들린다.

이듬 (소리) 어우~ 잘 내려온다, 너.

수아, 놀라서 보면~ 딱 내려올 위치에 서 있는 이듬.

이듬 근데 조심해라. 나두 학교 다닐 때 담 좀 타봐서 아는데~
여기 담 싸이즈가 딱 골절상 입기 좋을 각이거든?
부러지기 싫음 다시 올라가라, 어?

수아, '에이씨!' 하고 다시 올라가려고 보면~
욕실 창문에서 진욱의 얼굴이 쏙 나오더니 얼른 오라고 손짓한다.
수아, '아이씨, 망했네' 싶은...

34. 검찰청 외경 (낮)

35. 여아부 - 조사실 / 관찰실 (낮)

- 조사실
이듬, 수아와 마주 앉아있다.

이듬　(수아 핸드폰을 보는데 헛웃음 나온다. 통화 목록 깨끗하다)
공수아. 너 아주 내공 있는 애구나? 근데 소용없어. 복구하면 끝이야.
수아　그러든가요.
이듬　장어 어딨니? 어디서 일해?
수아　장어는 어디 갯벌에 있겠죠? 아님 식당?
(하다가 배에 통증 느끼고 살짝 아... 찡그리는)
이듬　포주 어딨냐고, 너 성매매 알선해주는 놈.
수아　(순진무구하게) 어머, 포주가 뭐예요?
이듬　(짜증) 괜히 힘 빼지 말고 털고 가자.
수아　아 진짜 뭔 소린지 하나도 모르겠네.
(계속 아픈지 배를 잡는데)
이듬　부모님 부를까? 뭔 소린지 확 알아먹게?
수아　맘대로요. 난 모른다고요. 진짜. (하는데 아... 통증에 일그러진다)
이듬　뭐야? 또 쇼하니? 화장실 가고 싶어?
수아　아니... 진짜... 아파요.
이듬　나 아프다고 안 봐줘.
수아　진짜예요... (식은땀까지 흘린다) 아파요...

- 관찰실
편면경 너머 보고 있던 민부장과 진욱도 표정 심상치 않다.

진욱　진짠 거 같은데요.
민부장　얼른 들어가봐.

- 조사실
수아, 배를 움켜잡고 바닥을 구른다.
이듬, 당황해 "야! 왜 그래? 너?" 하고
진욱, 다가와 살피는데... 바닥에 떨어진 핏자국 보인다.

36. 동 - 회의실 (낮)

장검, 서검, 구계장, 손계장 탁자 위에 놓인 배달되어 온 밥 먹는다.
(장검- 곰탕, 서검- 오므라이스, 구계장- 육개장, 손계장- 볶음밥)

장검 (수아 얘기 듣고 온) 어휴... 도대체 지들 몸 상하는 건 생각 안 하고,
왜들 성매매를 하는 거야. (끌끌)
구계장 그게 뭐 애들 잘못인가요?
어린애들 돈 주고 사는 어른이 문제죠.
서검 그런 남자들은 얼굴에 뭐라고 딱 써있으면 좋겠어요.
보자마자 딱 피할 수 있게! (하다가 손계장을 보면)

손계장 얼굴에 미소 가득- 누군가와 카톡 하느라 열심이다.

서검 어머, 손계장님. 지금 표정 완전 부농부농하세요.
손계장 (알아봐줘서 좋은) 진짜요? 호호호~
구계장 아, 맞다. 저번에 맞선 봤다 그랬죠?
손계장 (흐뭇해서 끄덕)
장검 남자가 괜찮은가 보다. 어떤 스타일인데?
손계장 완전 바른생활맨이에요.
성실하고 순수하고 준법정신 투철하고 진짜 내 이상형이지 뭐예요.
서검 (뭐야~ 싶은) 아... 준법... 네~

핸드폰 바탕화면에 깔린 맞선남(30대)의 얼굴을 보며
뿌듯한 미소 짓는 손계장,
옆에서 밥 먹다 무심코 그 맞선남 사진을 보는 구계장이고...

37. 동 - 복도 (낮)

완전 벙찐 손계장의 얼굴.

손계장의 시선 끝으로 성매수자들 대기하는 줄 사이 서 있는
맞선남이 보인다! 핸드폰 보며 게임 중인 맞선남.
이어, 따라온 장검, 서검, 구계장- 길게 늘어선 성매수자들 보고...

장검 (한숨) 오늘도 야근 확정이네.
서검 (구계장보며) 원래 이렇게 많아요?
구계장 (덤덤하게) 집중단속기간 아니라 이만하지,
원래 피서철이랑 연말연시가 더 몰려요.
경찰에서 맘먹고 잡아들이면 한 달에 천 명도 가뿐하게 넘거든요.
서검 진짜 장난 아니네요... (어휴- 하다가)

손계장 보면- 맞선남을 보고 얼어있는 표정.

서검 손계장님, 왜 그러세요?

그 소리에 맞선남, 고개 들다가 손계장과 딱 눈이 마주친다.
"어? 미영 씨?" 하자... 손계장, 화들짝 놀라 얼른 들어간다.
구계장, 맞선남 보고 '어? 설마 아까 그 사진 속 남자?' 싶은데...

38. 검찰청 근처 산부인과 외경 (낮)

119 구급차 사이렌 울리며 서 있다.

39. 동 - 입원실 안 / 앞 (낮)

마취 안 풀려 잠든 수아, 링겔 맞고 누워있는 모습 배경으로
이듬과 진욱, 여의사와 얘기 중이다.

여의사 성병이 골반까지 퍼졌어요. 그래서 유산된 거고요.

빈혈 때문에 수술하면서 혈액을 두 통이나 썼어요.
그 정도면 악성 빈혈 환자 수준이라고요.
아무리 애를 막 내놔도 그렇지, 어떻게 이 지경될 때까지
모를 수가 있죠? 일단 보호자부터 데려오세요!

이듬, 진욱- 난감한 표정으로 수아를 본다.

40. 낡은 빌라 안 (낮)

진욱, 이듬- 낡은 빌라 안으로 들어간다.
반지하로 통하는 계단을 내려가면-

41. 수아의 집 안 (낮)

7평 남짓의 반지하 단칸방 안.
바싹 마르고 허리 굽은 수아 할머니와 진욱, 이듬 앉아 얘기 중이다.
심란한 표정의 이듬, 방 안을 두리번거리면-
현관부터 방 안까지 발 디딜 틈 없이 생수 페트병, 신문지 묶음,
박스더미 같은 재활용품들 잔뜩 쌓여있고
곰팡이로 너덜너덜한 천장에 붙은 두 쪽짜리 형광등,
그마저도 하나는 불이 나가서 깜빡거린다. 진욱, 자꾸 쳐다보는데...

할머니 (수북이 쌓여있는 약봉지 바라보며) 늙은 할매 살리것다고
아가 열다섯부텀 일을 하기 시작했는디,
지 먹고시픈거, 입고 시픈거슨 뭐하나 하도 못함서
죄다 나 병원비로 들어갔어라. 긍께 나가 아를 볼 면이 안 서는 것이제...
그라도, 지금 사장 선상은 아를 이쁘게 봤는가
봉급도 솔찮이 주고 근다 혀서 맴은 쪼까 놓이긴 한디,
근다고 미안헌 맴이 없어지는 것도 아닌 거시고... (눈물 훔치는)

이듬, 진욱 ... 난감해서 서로 보다가...

이듬 (결심한 듯) 저기요, 할머니. 지금 공수아는요. (하는데)

이때, 수아 할머니 목에 걸려있던 핸드폰이 울린다.

할머니 잠시만요 (하고 받으면) 오야, 내 강아지
(하고 받다가 다시 이듬에게 내민다) 선상님 바꿔 달라는디요?
이듬 (받아서) 네. (하는데)
수아 (소리/다급) 다 얘기할게요!
이듬 뭐?
수아 (소리) 사장님에 대해서 다 얘기할 테니까!
할머니한테 암말도 하지 말고! 얼른 와요!! 얼른요.
10분 안으로 안 오면! 나 또 묵비권 쓸 거예요!! (끊는다)
이듬 아나... (하다가 진욱에게) 일단 가죠? (하는데)
진욱 (짐작한 듯) 네. (하다가 깜빡거리는 형광등 한 번 보는데)
할머니 (걱정) 아헌티 뭔 일이 있당가요?

42. 여아부 - 장검 / 서검 사무실 (낮)

장검, 서검, 손계장이 각각 한 사람씩 조사하고 있다.
서검 앞, 진지하게 말하는 다혈질 꼰대(50대).

꼰대 쉽게 쉽게 돈 벌려고 하는 어린 기집애들,
내가 다신 그런 짓 못하게, 제대로 혼내주려고 간 건데!
괜히 억울하게 잡힌 거라니까?
서검 (기록보며 끄덕끄덕) 아- 그러셨구나.
(눈치 없이 해맑게) 근데 옷은 왜 벗으셨어요?

장검 앞, 능글맞은 대머리 아저씨(40대).

대머리　와이프랑 해봤자 재미도 없고~ 감동도 없고~
가족끼리 이게 뭐하는 짓인가 싶고~ 아니, 검사님도 내 맘 알 거 아냐.

장검　(진술서 치며 무심히) 반말은 하지 마시구요.

대머리　아 왜, 그런 거 있잖아요.
가끔은 집밥 말고 외식도 해줘야 (윙크) 좋다는 거.

장검　콩밥도 몸에 (윙크하며) 좋다는 거.
그 좋은 외식 실컷 하시겠네, 이제 감옥에서.

모두 자기 변명하기에 바쁜 사람들 사이로
손계장과 마주하고 있는 맞선남.
노트북 화면 위로 맞선남의 범죄경력조회서(10여 건의 성매매 전과 있는)를
보며 참담한 느낌의 손계장.
이때- 구계장 서류 들고 들어오면
조사가 끝난 장검과 서검이 일어서 커피를 타다가
손계장 앞에 놓인 범죄경력조회서와 맞선남을 번갈아 보더니
조용히 들릴 듯 말 듯 한마디씩 한다.

장검　어휴- 끝판왕이 여기 계셨네.

서검　그러게요. 저 정도면 격리 대상 아니에요?

손계장　(둘의 대화가 귀에 콕콕 박힌다)

구계장, 손계장의 표정에서 난처한 마음이 짐작되는데...

43.　동 - 복도 (낮)

어두운 표정으로 복도를 걷고 있는 손계장.
뒤이어 맞선남이 쫓아와 손계장의 팔을 붙잡는다.

손계장　(팔 뿌리치며) 왜 이래요.
맞선남　에이- 우리 착한 미영 씨가 왜 이러실까?
손계장　뭐라구요?
맞선남　(약간 거들먹거리며) 미영 씨 정도 경력이면,
검사님한테 샤바샤바 해서 벌금 정도로 끝내줄 수 있을 거잖아요.
그러지 말고, 조서부터 다시 작성합시다. 아까 껀 다 무효로 하고.
손계장　못 들은 걸로 할게요.

손계장 가려는데, 팔을 거칠게 붙잡는 맞선남.

맞선남　아이씨- 그냥 가면 안 되지. 결혼도 못할 노처녀 구제해줄려고
큰맘 먹었는데. 나한테 이런 식으로 하면 안 되는 거 아냐?
손계장　(황당해 말도 안 나오는데)

이때- 누군가의 손이 맞선남의 멱살을 확 잡는다.
구계장이다!!

맞선남　넌 또 뭐야?
구계장　(박력 있게 멱살은 잡았는데 막상 뭘 해야 할지 모르는)...
아니 그게 말이 너무 심하시잖아요.(하는데)
맞선남　(멱살 잡힌 채로 박치기 한다)
구계장　(억!! 그 한 방에 너무나 허술하게 바닥에 쓰러진다)
손계장　(놀라서) 구계장님!!!
구계장　(괜찮다는 듯 어정쩡한 미소)
손계장　(파르르~ 떨면서 맞선남 노려보고 다가가/저주의 방언을 쏟아내듯)
야 이 가시도 못 발라 처먹을 잔멸치 똥 같은 놈아!
십 원짜리 싸구려 쌍쌍바 맛 식빵만도 못한 게
어따대구 천진난만한 주둥아릴 함부로 나불대고 지화자야?
시베리아서 감귤 까고 감방에서 사발면 먹다 피똥 싸봐야 정신 차릴래?
맞선남　(손계장의 돌변한 모습에 놀라 뒷걸음질) ... 알았어요. 알았다고요. (간다)
손계장　(막상 욕하고 나니 떨려서 털썩)

구계장 괜찮아요?

손계장 (구계장의 입가 터진 것 보며) 지금 내 걱정할 때예요?
하여간 사람이 착해 빠져가지구... (짠한 눈빛으로 본다)

44. 달리는 갑수의 자동차 안 / 밖 (낮)

백실장 운전하고, 갑수 뒷좌석에 앉아있다.
틀어놓은 라디오에서 뉴스 나오고 있다.

라디오 (아나운서 소리) 단일화에 성공한 조갑수 후보의 지지율이
큰 폭으로 상승하면서 하락세인 김문성 후보와의 격차를
15포인트 차로 앞섰습니다. 큰 이변이 없는 한, 조갑수 후보가
2018년 민선 7기 영파시 시장직을 맡을 가능성이 유력해지고 있습니다.

갑수, 기분 좋은 듯- 콧노래 하다가-

갑수 (미소) 상호야. 오랜만에 니캉내캉 거 한번 가볼까?

백실장 ?

45. 산 전망대 (낮)

탁 트인 하늘 아래 영파시가 한눈에 내려다보이는 작은 전망대
(또는 산 정상), 갑수와 백실장이 나란히 서 있다.

갑수 (둘러보다가) ... 내 여 와가 두 번 울고 갔다.
한 번은... (하다가) 언젠지 아나?

백실장 사시 패스하고도 아버님 용공 이력 때문에
검사 임용에서 떨어졌을 때 아닙니까?

갑수 맞다. (하고 추억에 잠긴 얼굴이 돼서)

아이고... 초겨울에 비는 오지, 시험은 떨어졌지, 앞날은 캄캄하지.
눈물이 즐로(절로) 나는 기라. 그때 알았다, 내 눈물이 그래 짠지.

백실장 (무거운 표정으로 끄덕 하는데)

갑수 또 한 번은 언젠지 아나?

백실장 ...

갑수 청운각 그 일로 내 대신 상호 니가 징역 살러 갔을 때-
그때 내 혼자 와서 펑펑 울고 갔다 아이가.

백실장 (감동한 얼굴로 보는) !

갑수 상호야.

백실장 네.

갑수 니 없음 여까지 오지도 못했다.

백실장 왜 그런 말도 안 되는 (말씀을 하십니까?)

갑수 (다정히 보며) 내 푸른집 갈 때까지...
상호 니, 옆에 있을 끼제?

백실장 ... 마음을 다해 모시겠습니다.

갑수 (흡족해 끄덕하고) ... 민호는 언제 온다 카느냐?

46. 형제로펌 - 허변 사무실 (낮)

자리에 앉아 사건기록을 보던 허변, 들어오는 누군가를 보더니
얼굴 일그러진다. 보면 민호가 비서와 함께 들어온다.

비서 (허변에게) 수습 변호사님이세요. 백실장님 동생 분-

민호 안녕하세요, 백민홉니다. 접때 봤죠?

허변 (어이없는) 왜 그쪽이 내 밑으로 온 거죠?

민호 기왕 어시할 꺼, 유능한 변호사 밑에 있는 게 좋을 거 같아서요.

허변 (같잖다는 듯 허허- 웃는데)

민호 형이 그러던데요? 허변호사님이 여기 에이스라고.
앞으로 잘 부탁드려요!

47. 산부인과 로비 (낮)

이듬, 진욱- 들어오는데, 저편에서 대기 중이던
형사1,2가 다가온다.

형사1 어떻게 됐습니까, 공수아? 수술했다면서요?
진욱 아 네.
이듬 난 수아 먼저 만나고 있을게 전달 좀 해줘요.
진욱 네. (하고 형사1,2에게) 저쪽으로 가서 얘기하시죠. (하며 간다)

48. 산부인과 입원실 안 / 수아의 집 안 (낮)

형광등 갈아 다시 환해진 방 안에서 수아 할머니, 통화 중이다.

할머니 나가 내 강아지 땜시 뭔 복인가 모르겄다.
수아 왜? 할머니?
할머니 아까 선상님들이 집도 깨깟이 치와주고-
형광등 깜빡깜빡허는 것도 갈아주고 말이여,
내 새끼 먹이라고 돈꺼정 주고 가셨당께.
수아 (얼떨떨) ... 뭐야... 웬 오지랖이래.
할머니 내 강아지가 나쁜 짓 안 허고 심성 곱게 산께는
하늘님도 감복하셔가꼬 요로코롬 좋은 분들만
보내주는거 아니겄냐. 안 그냐?

수아, 살짝 울컥하는데- 저편에서 이듬이 들어오는 게 보이자
서둘러 "끊어, 할머니." 하고 전화 끊곤 얼른 돌아눕는 수아.

이듬 (손가락으로 수아 등 쿡쿡 찌르며) 야. 멀쩡히 앉아서 통화하는 거
다 봤거든?

수아　(구시렁) 아 뭐요!

이듬　약속 지켜. 장어에 대해 아는 거 다 말한다며?

수아　그래서? 말 안 할까 봐 남의 집 청소에 돈까지 주고 왔어요?
(비꼬는) 잘됐네. 난 그럼 입 딱 다물어야겠네.
그럼 뭘 더 해주시려나?

이듬　(하... 팔짱 끼고 정색) 몸도 성치 않은 미성년자라
내가 성질 좀 죽이고 있었는데- 3초 안에 안 불면 자비 없어.
당장 니네 할머니한테 가서 너 그동안 조건만남 한 거 다 말한다.

수아　(눈을 부라리며) 아 진짜 우리 할머닌 좀 건드리지 마요!

이듬　(보면) ?

수아　아 우리 할머니 알면 쓰러진다고요.

이듬　당연하지. 생판 처음 보는 나두
니 하는 꼬라지가 어이없어 기절 3초 전인데,
니네 할머니가 알아봐라. 한심해 돌아가실걸?

수아　(원망) 언니가 뭘 안다구 잘난 척이에요?

이듬　뭐?

수아　엄마 아빠 없어 본 적 없잖아요!
부모 없는 거지라고 왕따 당한 적 없잖아요?
아파도 아프다고, 힘든데 힘들다고, 말도 못하고-
언니 같은 사람이 엄마 아빠 없다는 게 뭔지 알기나 해요?

이듬　!!!

수아　나는요, 할머니가 엄마구요, 전부예요! 할머니 없으면 죽어요!

이듬　(보다가) ... 그건 니 사정이야.

수아　!

이듬　수사에 협조 안 하면 나도 어쩔 수 없어.
너 불쌍한 거 봐주자고 미성년자 성매매 시키는 놈까지 덮고 갈 순 없거든.
그러니까 말해.

수아　(아... 짜증난다는 듯 머리를 벅벅 만지다가/핸드폰 잠금 풀고 툭 던지는)
... 거기 치킨집 사장님으로 된 게 사장님 전번이에요.
나두 그거밖에 몰라요. 돈 받을 때만 잠깐 보고 끝이에요.

이듬, '진작에 이렇게 나올 것이지...' 구시렁거리며
장어 연락처 띄워진 수아 핸드폰 화면을 폰으로 찍다가 문득...
수아의 상처 난 맨발에 시선 머문다.

49. 동 - 편의점 안 (낮)

이듬, 착잡한 표정으로 병원 안 편의점 계산대 위에 생수병 올려놓는다.
이듬의 시선, 편의점 유리벽에 [양말 원 플러스 원] 붙여놓은 종이에
머무는 위로...

수아 (소리) 엄마 아빠 없어 본 적 없잖아요!

- ***플래시백***
1부, 엄마 찾는 전단지 사람들에게 나눠주는 10살 이듬.
절박하게 "우리 엄마 본 적 없어요?" "여기 좀 봐주세요!"

50. 동 - 일각 (낮)

로비 일각에 서 있는 진욱, 형사1,2와 이듬이 보낸 사진 보여주며

진욱 일단 이 번호로 소재 파악부터 해보죠?
형사1 (진욱 핸드폰 들여다보며) 대포폰이라 꼬리 잡힌 거 알면
금세 잠적할 텐데요?
형사2 검사님, 현재로선 공수아가 유일한 단선데-
차라리 그 친구를 미끼로 유인해서 잡는 게 낫지 않겠습니까?
진욱 (난감) 수술하고 아직 몸도 회복 안 됐어요.
무리하게 압박수사하지 말고-
일단 번호 추적하고 진행되는 상황 따라서 판단하는 걸로 하죠.

이때 형사1 주머니 속 핸드폰 문자음 울린다.
꺼내서 여는데 보면 옛날식 폴더형 핸드폰이다.
형사2 "야, 그것 좀 바꿔라." 하면
진욱, 폴더폰 보자 뭔가 떠오른 표정이 된다!

51. 동 - 입원실 안 (낮)

이듬, 양말 한 켤레를 툭- 수아에게 내던진다.

이듬　하나 남아서 주는 거야. 나 집에 양말 많거든...
수아　(뚱해서 보는데) ...
이듬　그리구 내가 검사 7년 동안 너 같은 애들 많이 봤는데-
　　　너처럼 지 몸도 안 챙기는 미련곰퉁인 첨 봤다, 진짜.
수아　... 뭐래?
이듬　양말이라도 신고 다녀, 맨발로 그게 뭐냐, 없어 보이게?
수아　(속으론 좋으면서) ... 촌스럽게 누가 요즘 이렇게 긴 양말 신어요?
이듬　아 그럼 할머니라도 주든가?
　　　아까 보니까 양말에 빵꾸났던데?
수아　(울컥) ...
이듬　(수아 손에 든 핸드폰을 뺏어 번호 찍으며)
　　　장어에 대해서 또 말할 거 있음 여기로 전화하고, 알았지?
수아　봐서요.
이듬　(으이그~) 간다. 고삐리.
수아　(이듬이 주고 간 양말을 보고- 이듬 뒷모습 한 번 본다)

52. 동 - 입원실 앞 (낮)

이듬, 나오는데 진욱이 다급히 다가온다.

진욱 마검사님!
이듬 (진욱의 다급한 표정에) 장어 잡았대요?
진욱 그게 아니라요. (하는데)

이듬, 핸드폰 울린다. 보면 [세나 아빠] 다.

이듬 잠깐만요! (하고 얼른 받는) 네, 아저씨! ... (잠시 듣다가) 지금 갈게요!
저기요, 여검! 나 급하게 갈 데가 있거든요. 다녀와서 얘기해요! (뛰어간다)
진욱 (아쉬움으로 보다가... 급히 간다)

53. 고재숙 정신과의원 외경 (낮)

진욱의 자동차, 앞에 서 있다.

54. 동 - 지하실 창고 앞 / 안 (낮)

진욱, 창고문 열고 들어오면 오래된 가구들 위로 가득 쌓인 먼지 보이고...
한쪽 구석에 쌓여있는 정리 박스들 중 맨 위에 있는 박스 내려다가
뚜껑 열어보면 '2003년도 ○○고등학교 졸업 앨범',
손때 탄 '수학의 정석', '한영사전' 등 보이고...
그 사이에서 폴더폰(7부 8씬에 나온)과 충전기 찾아내는 진욱.

(짧은 시간 경과)

콘센트에 코드 꽂고 충전 중인 폴더폰 들고 있는 진욱,
배터리 2% 상태에서 사진함으로 들어가 뭔가를 찾는다.
이어, '이거다!' 하는 표정의 진욱. 보면- 김미정의 진료기록카드 사진이다.

- ***플래시백*** */ 7부 8씬*

고3 진욱이 핸드폰 내밀면 받아서 보는 백형사

*- **플래시백** / 6부 39씬*
병원 승강기 앞 / 백실장의 얼굴, '어디서 봤지?' 했던 진욱의 표정!

55. 달리는 진욱의 자동차 안 / 밖 (낮)

진욱, (병원을 향해) 운전 중이고, 블루투스 연결된 전화로
구계장과 통화한다.

진욱 구계장님! 문자로 주민번호 보냈습니다. 신원 조회 좀 해주세요!

56. 전망대 근처 야외 주차장 (낮)

백실장, 차문 열어주며 갑수에게 묻는다.

백실장 댁으로 모실까요?
갑수 ... 좋은 날인데 샴페인 쪼매 터뜨려야 안 되겠나?
백실장 킹덤으로 모시겠습니다.
갑수 (생각난 듯) 그때 그 영감님들도 불러라.

57. 형제호텔 지하 주차장 승강기 앞 / 안 (밤)

띵! 문 열리면 태규가 승강기 안으로 들어간다.
지갑에서 멤버십 카드 꺼내 번호판에 누르자
다른 층 번호 모두 사라지고 K층 생긴다.
"오케이~" 하며 씨익- 웃고, 문 닫히려는데 반쯤 닫힌 문 사이로
슥- 들어오는 손. 보면 백실장, 그리고 갑수다.

태규 (당황) 어... 고모부.
갑수 태규 니, 여 웬일이고?
태규 놀러 왔는데요?
갑수 (그 말에 승강기 번호판 보면 K 표시/표정 매서워져 백실장에게)
상호 니, 카드 관리 제대로 안 하나? 어?!!
백실장 (안절부절) 죄송합니다.
태규 고모부, 그렇게 말하면 섭하죠.
여기 우리 아빠 호텔이고요. 물려받으면 내 호텔이에요.
갑수 뭐?

갑수, 무시무시한 표정으로 태규를 때리기 시작한다.
태규, 기세에 눌려 찍소리 못하고 무방비로 얻어터지고-

(짧은 시간 경과)

승강기 문 다시 열리면-
갑수에게 맞아 곤죽이 되어있는 태규 모습 보인다.

갑수 (호흡 고르고/옷매무새를 고치며) 한 번만 더 여서 내 눈에 띄래이.
태규 (갑수를 힘겹게 올려다보면)
갑수 조카고 뭐고- 니는 그날로 죽는 기다. 알았나?

갑수, 표정 관리하며 승강기에서 내리고,
백실장, 갑수를 따라간다.
태규, "하!!" 단단히 화가 난 표정으로 갑수의 뒷모습을 쏘아보는데-

58. 태규의 자동차 안 / 밖 (밤)

차 안 운전석에 앉은 태규,

룸미러로 갑수에게 맞은 부위를 살피며 물티슈로 닦다가
생각할수록 열받아... 물티슈 신경질적으로 내팽개치며

태규 지가 뭔데 오라마라야!
고모 등에 빨대 꽂은 거머리 주제에. (쯧)

블루투스로 민호에게 전화 건다.
뚜우뚜우- 신호 가다가...

민호 (소리) 어, 안태규!

59. 형제로펌 - 허변 사무실 (밤)

민호, 의자 뱅글뱅글 돌리며- 태규와 통화 중이다.

민호 그래서? 어디 가려고?

이때 허변, 책상 위에 있던 서류들 몇 가지 추려서
책상 앞에 있는 민호에게 다가가 내민다.

허변 이거 내일까지 읽어보고 사건 정리해줘요.
민호 (들은 척도 안 하고) 킹덤? 괜찮겠냐?
허변 (킹덤? 해서 보는데)
민호 니네 고모부 알면 난리 날 거 같은데...
(듣고) 그래. 지금 갈게!
(하고 끊더니 옷 챙겨 입으며) 내일까지만 하면 되죠? (하더니 나간다)
허변 (끌! 아직도 정신 못 차렸구만 싶어 보고)

60. 산부인과 입원실 안 / 수아의 집 안 (밤)

수아, 이듬이 준 양말을 꺼내 신고 발을 꼼지락거리는데-
핸드폰 진동 울린다. 모르는 번호라 잠시 망설이다 받으면...

수아 네?
장어 (소리) 나다.
수아 (화들짝 놀라) 사장님? (하다 밖에 형사들 살피고 얼른 화장실로 들어간다)

- 수아의 집 안
장어, 어딘가(*통화 끝나기 직전에 어딘지 보이는) 앉아서 통화 중이다.

장어 야, 너 짭새들한테 내 번호 불었더라?
수아 ... 죄송해요. 말 안 하려 그랬는데... 어쩔 수가 없었어요.
장어 괜찮아.
수아 ?
장어 대신 한탕 뛰고 와.
수아 (난감) 저기 사장님, 오늘은 몸이 너무 안 좋아요.
장어 안 좋아? 어디가?
수아 나 오늘 수술했어요.
장어 수술하면 뭐? 그래서 죽었어? 살아있잖아?
수아 그래두 오늘은... 좀 빼주시면 안 돼요?
장어 아- 씨(발) 좋은 말로 할 때 가면 좀 좋냐? 저기요, 할머니!
수아 (할머니?)
할머니 수아야. 이 뭔 일이다냐?

사색이 된 수아. 시선 끝으로 화장실 창문이 조금 열려진 것이 보인다.

61. 형제호텔 앞 (밤)

승용차 한 대가 호텔 앞에 선다.

문 열리면 곱게 단장한 수아가 내린다.
이때 차 조수석 쪽 창문 지잉- 내려가면
운전석에 앉은 장어 보인다.

장어 　잘해라. 끝나면 큰 거 한 장 떨어진다.
수아 　(끄덕하면)

수아, 긴장한 표정으로 형제호텔 올려다본다.

62. 　강해종합병원 관제실 (밤)

벽면을 가득 채우는 커다란 메인 모니터 양옆으로
수십 대의 모니터가 CCTV를 통해 병원 곳곳을 비추고 있다.
병원 매니저, 진욱에게 컴퓨터 책상을 가리키며

매니저 　요청하신 CCTV 영상입니다.
진욱 　감사합니다. (앉고 컴퓨터를 재생시키는데)

- **인서트** / *승강기 안 CCTV 화면*
백실장이 올라탄다.
이어, 어느 층에서 멈추면 재숙과 진욱의 모습이 살짝 보이고
얼른 올라타더니 진욱에게 인사하고 닫힘 버튼 누르는 재숙.

순간, 화면을 보던 진욱의 표정이 심상치 않아 보이는데!

- **인서트** / *승강기 안 CCTV 화면*
백실장이 재숙에게 명함을 내민다.
재숙, 명함을 잠시 보더니 주머니 안에 집어넣는다.
이어, 재숙이 내리면- 백실장, 재숙을 향해 까딱 목례하는 모습!

진욱, '저 사람하고 엄마... 아는 사이였어?' 의아한 표정!

63. 카페 안 (밤)

카페로 들어온 이듬, 세나 아빠를 찾아 두리번거리면-
저쪽 구석에 앉아있던 세나 아빠, 이듬을 보고 어색한 미소로 손짓한다.

(짧은 시간 경과)

세나 아빠, 윗옷 주머니에서 흰 봉투 하나 꺼내 내민다.

이듬 (뭐냐는 듯 보면)
세나부 거기 안에 있는 그 사람이 나 장현경찰서 있을 적에 와서
니네 엄말 찾았어.

흰 봉투 안에 있던 뭔가를 꺼내보면 누렇게 빛바랜 명함.
보면 [서울중앙지검 특수부 민지숙 검사] 라고 박혀있다!

64. 여아부 - 민부장 사무실 (밤)

어두운 방 안에 앉아있는 민부장,
어딘가(빔 프로젝터로 벽에 비춰지고 있는 관계도)를 보며 골똘한 표정.
그 위로 세나 아빠 목소리.

세나부 (소리) 그 검사가 그러더라.
니네 엄마가 무슨 사건에 중요한 제보자 같다고...

65. 다시 카페 안 (밤)

이듬, 혼란스러운 표정으로 명함을 들여다보다가...

이듬 ... 엄마가요?
세나부 (끄덕) 사실 그땐 니가 너무 어렸고, 그게 뭔 의미가 있나 싶어서
얘기를 못했는데... 이제라도 알려줘야 될 거 같아서...

66. 병원 야외 주차장 - 진욱의 차 안 / 밖 (밤)

진욱 역시 잔뜩 혼란스러운 표정으로 앉아있다.

- ***플래시백*** */ 6부 39씬*
/ 이듬 병문안 온 재숙, 진욱에게
"진욱아. 혹시 너... 저 검사하고 특별한 사이 아니지?
/ 승강기 안 백실장을 본 재숙, 얼른 올라타며
"진욱아, 얼른 가!" 하는데
표정 몹시 불안한!

이때 핸드폰 울린다. 보면 구계장이다.

진욱 네, 계장님.
구계장 (소리) 아까 요청하신 그 김미정 씨요. 좀 이상한데요?
진욱 ?
구계장 (소리) 조회해보니까 그 번호로는 이름이 정갑순으로 나오고,
당시 주소지도 장현동 아니고 부산 진구 전포동이에요.
진욱 (놀라) 확실합니까?
구계장 (소리) 네! 세 번이나 확인했는데요?
진욱 (쿵!!!)

'그렇다면 김미정은 조작된 사람?'

진욱, 생각지도 못한 진실 앞에서 아찔한 기분이다!

67. 고재숙 정신과의원 – 원장실 밖 / 안 (밤)

진욱, 무거운 표정으로 원장실 문을 열고 들어오면-
재숙 잠깐 자리를 비워서 없다.
진욱, 뭔가를 보고- 표정 굳는데... 책상 위 명함꽂이에 백상호 명함 있다.
혼란스러운 표정으로 명함을 꺼내 보는 진욱. 이때...

재숙　(소리) 진욱이니?

진욱, 자기도 모르게 명함 든 손을 뒤로 감추고 돌아본다.

재숙　(반갑게) 전화하고 오지. 저녁은?
진욱　어. 먹었어.
재숙　(진욱 표정 보더니) ... 무슨 일 있니? 얼굴이 왜 그래?
진욱　저번에 얘기했던 김미정 씨... 아까 진료기록 찾았어.
재숙　(굳어지는) ...
진욱　근데 좀 이상한 점이 있던데?
재숙　(긴장해서 보는데) ...
진욱　진료기록에 있던 주민번호로 신원 조회해보니까
다른 사람이 나와. 이름도 주소도 다 틀리고...
재숙　(애써 무심한 척) ... 그래? (하는데)
진욱　혹시 나한테 할 얘기 없어?
재숙　(진욱의 눈을 똑바로 볼 수가 없다) ...
진욱　(시선을 피하는 엄마를 보자 더 불안해지는) ...

68. 검찰청 – 승강기 앞 / 여아부 복도 (밤)

승강기 문 열리면 이듬, 다급한 표정으로 내려 뛰어간다.
복도를 달리는 이듬, 오늘따라 복도 끝 민부장 사무실이 멀게 느껴진다.
이어, 민부장 사무실 앞까지 도착한 이듬.
심호흡 한 번 하고 문 벌컥 열면!

69. 여아부 - 민부장 사무실 안 (밤)

불이 꺼져있는 민부장 사무실.
이듬 들어오면, 민부장은 없다.
그러다 놀라는 표정의 이듬의 시선을 따라가면
빔 프로젝터 통해 벽면에 비춰지고 있는 [조갑수 사건 관계도] 가 보인다.
이듬, 다가가 보는데...
조갑수를 중심으로 [백상호 : 청운각 / 킹덤] [안서필 회장]
[안서림] [허윤경] 같은 주변 인물부터
과거 사건과 관련된 사람들의 사진과 이름이 보인다.
[2004 청운각 사건] [미래당 대표] [진설희 - 사망]
[1986 형제공장 성고문 사건]
[서정순 - 사망] [곽영실 - 실종] 까지 이르는데!
영실의 사진과 이름을 발견한 이듬, 쿵!!! 얼굴이 굳는다. 이때...

민부장 (소리) 마검사?

이듬, 천천히 고개 돌리면- 민부장이 앞에 서 있다.
혼란과 의혹으로 민부장을 보는 이듬의 얼굴,
역시 충격과 의혹으로 재숙을 보는 진욱의 얼굴이 이등분되며... 7부 끝!

· 마녀의 법정 ·

8부

1. 공수아 사건 인트로 – 킹덤 접대실 안 / 밖 (밤)

금장이 휘둘러진 거대한 문이 양쪽으로 열리면-
적당히 취한 지검장과 오수철 부장, 갑수가 나온다.
뒤로 룸 안에 있던 아가씨 둘- 깍듯이 인사하는 모습 살짝 보이고,
복도 쪽에서 대기 중이었던 백실장이 승강기 쪽으로 안내하며
살짝 앞장서 가는 중이다.
그때- 어디선가 "악!" 짧고 가냘픈 소리 들린다.
백실장 얼른 보면 승강기 쪽으로 가까운 접대룸,
살짝 열린 문틈 사이로 술에 취한 태규가
바닥에 쓰러진 수아의 머리채를 낚아채 끌고 가는 모습!

갑수 (백실장에게) 뭔 일이고? (하고 접대룸 쪽을 보는데)
백실장 (자연스럽게 가리며) 아닙니다. (하며 승강기 쪽으로 안내한다)

이어, 갑수, 오부장, 지검장- 백실장 순으로 승강기 올라타는데
백실장, 슬쩍 접대룸 쪽을 다시 본다.

(시간 경과)

접대룸 안으로 다급히 들어온 백실장.
보면, 한바탕 난장판을 벌인 후 모습,
양주 빈 병들이 어지러이 굴러다니는 카펫 바닥에
핏자국이 점점이 흩어져있다. 미간을 찌푸리는 백실장.

2. 검찰청 외경 (밤)

3. 여아부 - 민부장 사무실 안 (밤)

(7부 69씬 상황)
어둑한 사무실 안-
이듬, 빔 프로젝터 통해 벽면에 비춰지고 있는
[조갑수 사건 관계도] 를 보고 있다.
이듬의 시선을 따라 [조갑수] [안회장] 등등이 어지러이 보인다-
마침내 시선이 고정되는 곳, 바로 [곽영실 - 실종] 이다.
이듬, '대체 엄마가 왜?' 싶은 혼란스러운 표정인데...

민부장 (소리) 마검사?

이듬, 돌아보면- 어느새 들어온 민부장, '여기서 뭐 하냐'는 듯 보고 있다.

이듬 (관계도 가리키며) 부장님. 이거... 뭐죠?
민부장 마검하곤 관계없는 일이야.
이듬 아뇨. 관계있어요.
민부장 ?
이듬 (곽영실 글자와 사진 가리키며) ... 우리 엄마거든요.
민부장 (뭐? 해서 보면) ?

이듬, 지갑에서 영실과 찍은 사진을 꺼내 민부장 앞에 놓아준다.
민부장, 사진 보고 놀라 이듬을 바라보는 표정!

4. 고재숙 정신과의원 - 원장실 (밤)

(7부 67씬 상황)
책상 위 명함꽂이에서 백상호 명함을 발견한 진욱,
혼란스러운 표정으로 보는데...

재숙 (소리) 진욱이니?

진욱, 자기도 모르게 명함 든 손을 뒤로 감추고 돌아본다.

재숙 (반갑게) 전화하고 오지. 저녁은?
진욱 어. 먹었어.
재숙 (진욱 표정 보더니) ... 무슨 일 있니? 얼굴이 왜 그래?
진욱 (애써 괜찮은 척) 아니, 괜찮아. (하고는) 근데 엄마.
재숙 ?
진욱 저번에 얘기했던 김미정 씨... 아까 진료기록 찾았어.
재숙 (굳어지는) ...
진욱 근데 좀 이상한 점이 있던데?
재숙 (긴장으로 보는데) ...
진욱 진료기록에 있던 주민번호로 신원 조회해보니까
다른 사람이 나와. 이름도 주소도 다 틀리고...
재숙 (애써 무심한 척) ... 그래? (하는데)
진욱 김미정 씨 입원했을 때 뭐 이상한 점 없었어, 엄마?
왜 가끔 뉴스에 나오잖아. 재산 때문에 멀쩡한 사람 신원 조작해서
정신병원에 강제로 가두고 그런 일들...
재숙 (얘가 어디까지 알고 이런 얘길 하는 걸까 불안한)...
진욱 (불안함으로) 만에 하나 김미정 씨도 그런 경우였다면...

재숙 (설마) ...

진욱 엄마가 아는 김미정 씨가 진짜 김미정이 아닐 수도 있잖아, 그치?

재숙 ...

진욱 혹시 나한테 할 얘기 없어?

재숙 (진욱의 눈을 똑바로 볼 수가 없다) ...

진욱 (시선을 피하는 엄마를 보자 더 불안해지는) ...

5. 다시 여아부 - 민부장 사무실 (밤)

마주 앉은 민부장과 이듬, 무거운 분위기다.

민부장 형제공장 여성 노조원 성고문 사건, 들어 봤지?

이듬 ?

민부장 86년 조갑수가 공안형사로 있을 때
파업에 참가한 여성 노조원들을 성폭행한 사건.

이듬 (불안으로 보면) ...

민부장 (담담히) 난 그 사건의 담당 검사였어.
피해자 진술을 증거로 조갑수를 재판대까지 끌어냈지만-
결국 졌어, 증거 불충분으로.

이듬 그래서요, 그게 우리 엄마하고 무슨 관젠데요?

민부장 조갑수에게 당한 피해자들 중에
행방이 확인되지 않았던 단 한 사람.

이듬 !

민부장 서정순이 죽고, 조갑수가 무죄를 받았던 그다음 날...

*- **플래시백** / 1부 13씬*
영실 "제보하려고 하는데요."
"조갑수 서장이... 10년 전에 그 짓을 한 걸 자백한 테이프를 갖고 있어요."

민부장 그때 난 확신했지. 그 제보자가 바로 곽영실인 걸!

- ***플래시백*** */ 1부 15씬*
병원 안으로 급히 뛰어가는 당시 민지숙 검사.

민부장 그치만 만나진 못했어. 대신 다른 사람을 봤지.

- ***플래시백*** */ 1부 15씬*
갑수 "우리 정의의 여검사, 민지숙 검사님 아니십니까?"

이듬 (설마? 하는 의혹으로 눈으로 보면) ...
민부장 증거를 가진 곽영실과 숨기고 싶은 조갑수가
한 날 한 시 한 병원에 있었어. 그리고 곽영실은 사라졌고.
이게 우연한 실종일까? 조갑수와 전혀 관련이 없을까?
이듬 그럼 그 사람이 우리 엄말 납치라도 했다는 얘긴가요?
민부장 합리적 의심이야.
그래서 한동안 납치 쪽으로도 수사를 해봤지만- 단서가 부족했어.
이듬 (혼란스럽기 짝이 없는) ... 말도 안 돼...
우리 엄마가 무슨 성고문 피해... (말을 못 잇다가)
민부장 (안타깝게 보는) ...
이듬 아니에요, 부장님.
민부장 ?
이듬 우리 엄마가 얼마나 밝은데요.
우는 거, 찡그리는 거, 하다못해
한숨 쉬는 모습 한 번 본 적이 없다고요.
거기다 엄살도 얼마나 심한데요.
칼에 살짝만 베어도 아프다고 엄청 호들갑 떨었다고요.
그런 사람이 무슨 성고문이에요.
만약 그런 엄청난 일을 진짜로 겪었으면요.
하루도 제정신으로 못 살았을 거예요, 우리 엄마.

착잡한 표정으로 이듬을 보던 민부장,

앞에 있던 [형제공장 성고문 사건 파일] 을 앞으로 내밀며...

민부장 (안쓰럽지만 담담히) ... 마검이 직접 확인해봐.
이듬 (두려운 눈으로 파일철을 내려다본다)

6. 다시 고재숙 정신과의원 - 원장실 (밤)

난감한 표정으로 서 있던 재숙,
결심한 듯 진욱을 보며 설득하듯 말한다.

재숙 뭔가 착오가 있었겠지.
진욱 ?
재숙 너 기억나지? 그때 병원 컴퓨터 오래돼서- 툭하면 고장나구 그랬잖아.
간호사들이 환자 신원 정보 다시 입력하느라 맨날 진땀 빼고-
아마 그때 잘못 입력됐거나 그랬나 보지... (어색한 미소)
진욱 (어색한 엄마를 느끼는) ...
재숙 그리구 김미정 씨, 너를 구해줬던 고마운 사람인데,
그런 분을 내가 착각할 리가 있겠니?... (손을 살짝 떠는)
진욱 (불안한 엄마를 보는) ...
재숙 진짜야. 엄마 믿어, 진욱아.
진욱 (애써) ... 어. (하다가 손에 들고 있던 백상호 명함을 내밀며)
어, 이거 떨어져있더라.
재숙 (백상호 명함 보자 얼굴 굳는데)
진욱 (자연스럽게 물어보는) 누구야, 이 사람?
재숙 어어... 아까 왔던 환자 보호자. (다시 명함꽂이에 넣는데 손 떨리는)
진욱 (쿵!!! 엄마의 거짓말이 확실해졌다. 그렇지만 내색할 수 없는) 아...
재숙 진욱아!
진욱 (보면)
재숙 좀 챙겨먹고 다녀. 얼굴이 저번보다 더 말랐다.
진욱 (애써 웃는) 엄마두... 나... 갈게. (하고 간다)

7. 달리는 진욱의 자동차 안 / 밖 (밤)

믿고 싶지 않은 사실에 참담한 진욱.
주먹 쥔 왼손 입가에 댄 채로 오른손으로 핸들 잡고,
심각한 표정으로 생각에 빠진 채 도로를 질주 중이다.
진욱의 차, 천천히 점점 중앙선을 침범해 가는데...
어디선가 들려오는 빠앙- 클랙슨 소리에 진욱, 문득 보면
앞에서 상향등 깜빡이며 부딪힐 듯 다가오는 반대 차선의 차 보이고!
이에 진욱, 놀라 급하게 핸들을 꺾는다.
끼익- 갓길에 멈춰진 진욱의 차.
진욱, 하아- 한숨 뱉으며 좌석에 몸을 기대면...

8. 과거 - 법무부 회의실 (진욱의 검사 임관식) (낮)

[(경) 신임검사 임관식 (축) - 법무부 -] 현수막 걸려있고
열댓 명의 신임 검사들, 가족들이 법복 입혀주고 있는 사이로
진욱의 앞에 서서 법복 숨김 단추를 꾹꾹 채워주는 재숙 보인다.

재숙 어디 보자... 우리 아드님. 멋있다.
진욱 (슬쩍) 구박할 때는 언제고.
재숙 그땐 섭섭해서 그랬지. 엄마 따라 의사한다더니, 갑자기 검사한다니까.
선서 준비는 다 했어?
진욱 (오른손 들고) 나는 불의의 어둠을 걷어내는 용기 있는 검사,
힘없고 소외된 사람들을 돌보는 따뜻한 검사,
오로지 진실만을 따라가는 공평한 검사,
재숙 (그걸 다 외웠어? 싶어 쳐다보고)
진욱 일절만 할게. 더 이상은 오글거려서 못하겠어. (씩 웃는)
재숙 (으이그) 하여간 누구 닮아서 센스도 좋아.

진욱 그걸 뭘 돌려서 말해. 엄마 닮았으니까 그러지.
난 엄마랑 머리부터 성격까지 판박이잖아.

재숙 (웃고) 하긴. (대견한 듯 보며) 잘할 거야, 넌.
누구보다 피해자들을 위해 진실을 밝히는
좋은 검사 될 거라 믿어, 엄만. (따듯하게 웃는)

9. 다시 현재 - 진욱의 차 안 (밤)

좌석에 기대 천장을 바라보던 진욱, 재숙이 했던 말을 곱씹는다.
저도 모르게 눈물이 차올라... 얼굴을 핸들에 파묻는.

10. 여아부 - 이듬 / 진욱 사무실 (밤)

이듬, 파일철을 열면 누렇게 바랜 서류들과 증거사진들,
클립으로 끼어져있다.
그중 하나를 집어 드는 이듬, 표정이 굳는다.
1986년 당시 형제공장을 배경으로 찍은 사진 속-
노조 여직원 3명(서정순 포함) 옆으로 영실이 다정히 찍힌 단체사진.
이어, 사진과 같이 끼워진 진료기록(성고문 피해자들) 보면-
이듬의 시선으로 보이는 끔찍한 글자들...
질 열상, 자궁동맥 파열, 좌우 안구 손상, 안면부 울혈...
고통스레 보던 이듬, 순간! 뭔가 떠오른 표정!

*- **플래시백** / 5부 2씬 TV 토론*
김문성 외부적 물리적 자극에 의한 타격, 자궁출혈, 직장 파열!
갑수 (미소 잃지 않으려 애쓰는)
김문성 거기에 대해 당당하시다?
갑수 당당하지 못할 이유가 없지요.

뻔뻔스레 미소 짓는 갑수의 얼굴!

이듬, 순간 토기가 올라와 '우욱-' 튀어나간다.

11. 동 - 여자 화장실 안 (밤)

세 칸 있는 화장실 안- 가운데 문 닫혀있는 사이로 '우욱!!'
토하는 소리, 이어 물 내리는 소리 들리더니
이듬이 창백해진 얼굴로 나와 세면대 물 틀고 입 닦는다.
금방이라도 쓰러질 듯한 이듬, 세면대를 잡은 손이 부들부들 떨리다가-

*- **플래시백** / 1부 10씬*
영실, 어린 이듬에게 "의사? 의사 조오치~"
"그래그래- 열심히 해라. 딸 덕에 호강 좀 해보자." 하며 장난치는 모습.

이듬, 분노와 슬픔으로 눈물이 차오른다.

12. 킹덤 - 조갑수 접대룸 (밤)

오부장 (잔을 높이 들며) 자, 미래의 영파시장 조갑수를 위해... 건배!!! (하면)

화면 크게 보이면- 접대룸 안
갑수, 오부장, 지검장 셋이서 잔을 부딪친다.
테이블 가운데에 고급 양주와 아이스버킷 옆으로
커다란 접시 위 꽃처럼 곱게 올려진 고급 회와 각종 해산물 등이 보인다.
오부장과 지검장 옆으로 각각 부티 나는 차림의 20대 아가씨 둘 붙어있고,
맞은편에 갑수는 혼자 앉아있다.
아가씨들, 오부장과 지검장이 손 하나 까딱 안 하고-
먹고 마실 수 있도록 쉴 새 없이 시중드는 중이다.

갑수 그때 오부장님이 허정엽 앞에 딱 서서-
뇌물 2억이면 징역 10년에 피선거권 박탈이라고 하는데-
내 속이 다 후련했다 아닙니까?

오부장 너무 띄워주시는 거 아닙니까?
저야 법대로 하자고 한 거밖에 없는데?

지검장 아이구- 띄워줄 만하지-
오부장 덕에 단일화 성공하고, 당선 확정인데, 안 그래요? 조시장?

갑수 평생 모시고 가야죠, 앞으로.

오부장 (옆에 아가씨 느끼하게 보며) 그럼 이런 미인도 평생 보는 겁니까?
(하며 허벅지 주무르며) 너 진짜 딱 내 타입이다.

그 모습에 지검장과 갑수 비릿하게 웃고...

13. 동 - 태규 / 민호 접대룸 (밤)

(타이타닉 게임 중인 태규, 민호, 수아, 지수)
유리로 된 아이스버킷 가득 채워진 투명한 보드카 위
양주로 찰랑이며 띄워져있는 샷잔에 민호, 신중하게 술병 기울이는데...
지수(19세/여)의 어깨에 팔 두르고 바라보던 태규,
피식 웃으며, 민호를 발로 툭 차면
삐끗한 민호, 양주 들이부어 잔이 바닥으로 가라앉는다.

민호 야, 안태규!!!

태규가 마시라고 손짓하자 민호, 하는 수 없이 통째로 마시기 시작한다.
수아, 민호 옆에서 그 모습 어정쩡한 미소로 보고 있다.
태규, 큭큭대며 그 모습 보는데- 지수, 문득 태규의 터진 입술 끝 보고

지수 오빠 여기 뭐 묻었다. (하고 티슈로 닦으려는데)

태규　(상처 건드리자 순간 따가워서/날카롭게) 아.

지수　(보더니 놀라) 어머, 상처야? 미안.
무슨 맞은 것도 아닌데 여기가 다 터지냐?

태규　(피식 웃더니) 맞은 거 맞는데?

지수　헐, 진짜? 와. 신기하다. 오빠 같은 남자도 어디서 맞고 다니나... (하는데)

태규　(갑자기 지수 머리채를 잡아당긴다)

지수　(악!)

수아, 민호 깜짝 놀라 쳐다보고-
태규, 지수를 바닥으로 내동댕이치고
앞으로 다가가 쪼그리고 앉더니 실실 쪼개며 머리를 툭툭 친다.

태규　신기하냐? 신기해?
넌 신기한 거 많아서... 좋아 죽겠다, 아주. 어?

수아　(경악해서 보고)

민호　(붙잡고 말리는) 야... 잘 놀다 또 왜 그러냐? 어? 분위기 살벌하게.

태규　(그 말에 지수를 보면)

지수　(웅크린 채로 무서워 벌벌 떤다)

태규　(민호 밀치며) 아, 장난이었어, 장난.
(지수에게 다가가 턱 잡아 올리고) 자. 이제 신기한 거 끝났지?
그럼 웃어봐. 어? 스마일~

지수　(마지못해 웃는다)

태규　에~ 웃었다. 됐지? 이제? (하며 수아와 눈이 마주치는데)

수아　(무서워 얼른 웃는다)

태규　(그런 수아를 보며 사악하게 미소 짓는)

14.　대로변 일각 (밤)

8차선 도로, 자동차들 쌩쌩 지나가는 모습 옆으로
넋 나간 표정의 이듬, 휘청휘청 걷고 있다.

15. 형제로펌 건물 앞 (밤)

걸어오는 이듬, 발길 멈추고 어딘가에 서면-
15층 정도 되는 건물 앞.
외벽에 붙어있는 로펌 간판들 사이로 [형제로펌] 보인다.
이듬, 건물 안으로 들어가고...

16. 동 - 로비 (밤)

밤늦은 시간, 인적 없는 로비 안- 데스크에 경비원 한 명 앉아있다.
회전문으로 들어와 승강기 쪽으로 가는 이듬을 보자
'뭐지?' 싶어 유심히 관찰하는 경비원.
이듬, 어딘지 심각하고 위태로운 분위기로 승강기에 오르는데-

(짧은 시간 경과)

이듬이 탄 승강기 층수 15층에서 멈춘다.
그 모습을 본 경비원 급히 데스크에 설치된 CCTV 화면 쪽으로 간다.
CCTV 화면 보면- 이듬, 어딘가의 문을 열고 나가는데, 옥상이다!

17. 동 - 옥상 (밤)

옥상 난간에 올라서는 이듬의 얼굴, 금방이라도 떨어질 듯한 표정이다.
그 위로 사이렌 소리 요란하게 들려온다.

18. 킹덤 - 승강기 앞 / 복도 (8부 1씬과 연결) (밤)

승강기 문이 열리면-
백실장, 김보좌관과 통화하며 심각한 표정으로 내린다.

백실장 어. 알았어. 후보님께 전달할게. (하는데)

마침 복도 끝 쪽 접대룸 문이 열리더니
갑수와 오부장, 지검장이 기분 좋게 취한 얼굴로 나온다.
백실장, 갑수 쪽으로 다가가는데- 어디선가 "악!" 짧고 가냘픈 소리.
보면 갑수 접대룸이 있는 건너편 접대룸 쪽
살짝 열린 문틈 사이로 술에 취한 태규가
바닥에 쓰러진 수아의 머리채를 낚아채 끌고 가는 모습!
이때 어느새 다가온 갑수도 백실장의 시선 따라-

갑수 뭔 일이고? (하며 보려는데)
백실장 (자연스럽게 가리며) 아닙니다.

19. 형제로펌 건물 앞 인도 (밤)

사이렌 요란스럽게 울리는 가운데-
기자들 몇몇이 건물 안으로 들어가는 모습.
인도에는 119에서 출동한 사다리차와 에어매트가 펼쳐져있고
소방대원들 위를 쳐다보면...

20. 동 - 옥상 (밤)

크로스백을 맨 이듬이 난간 위에 위태위태하게 서서 악을 쓰고 있다.

이듬 조갑수! 조갑수 후보 불러오라고!

나 그 사람 만나기 전까진 절대 못 내려가요!!

이때, 이듬 가방 앞주머니에 꽂은 핸드폰 진동이 울리는데, 보지 못하고-
그 아래 건물 경비원들 이듬을 향해
"위험해요! / 얼른 내려와요!" 외치는 소리에 묻히고-
이어, 그 옆으로 기자들 10명 정도 서서
"마이듬 검사 맞지? 저 여자? / 조갑수하고 무슨 사이야? /
일단 데스크에 보고하자." 등등의 수근거림 이어가는 사이-
소식 듣고 달려온 한기자, 이듬을 확인하자 놀란 표정 된다.

(짧은 시간 경과)

한기자, 옥상 일각에서 이듬의 투신 소동을 보며 진욱과 통화 중이다.

한기자 여진욱 검사님?

21. 달리는 진욱의 자동차 안 / 밖 (밤)

진욱, 블루투스로 한기자와 통화 중이다.

진욱 (이미 사태를 들은/놀라) 알겠습니다, 그쪽으로 갈게요!

22. 어딘가의 고속화도로 (밤)

(형제로펌과 많이 떨어진 위치에 있는)
고속화도로 1차선을 달리던 진욱의 자동차, 급히 차선 변경해
인터체인지 쪽으로 들어간다. 그 위로 갑수의 소리.

갑수 (소리) 뭐라꼬? 마이듬이?

23. 형제호텔 앞 (밤)

황당한 표정의 갑수, 김보좌관과 백실장을 번갈아 보고 있다.

김보좌	네. 무슨 이윤진 모르겠지만- 후보님을 꼭 만나게 해달라고 안 오시면 투신하겠다고- 두 시간 전부터 소동 중이라고 합니다.
갑수	그기 내랑 뭔 상관이고? 가서 그 검사 바지가랑이라도 잡으라 이말이가? (시덥지 않는 소리 한다는 듯 가려는데)
김보좌	후보님, 그게... (난감한 듯 말끝 흐리는)
갑수	?
김보좌	그때 후보님께서 병문안 가신 기사도 많이 노출됐고 선거 캠페인 영상에도 그 여검사 나오지 않습니까?
갑수	...
김보좌	불미스러운 사고라도 터지는 날엔- 후보님까지 연관돼서 괜한 역풍 맞을까 우려됩니다.
갑수	(답답한 듯) 갈 때 가더라도 뭔 일인지는 알고 가야 안켔나? 덥썩 갔다 똥물이라도 맞으면 우짤 낀데?
김보좌	그래도 가는 편이 맞다고 봅니다.
갑수	(찜찜하고) ...
백실장	(이듬의 일로 갑수가 가는 것이 역시 찜찜한데) ...

24. 형제로펌 건물 옥상 (밤)

이듬, 난간 위에서 곧 떨어질 것 같은 표정으로 서 있는 중인데-
뒤쪽에서 기자들 소리가 들린다.
"어 조갑수 후보다! / 조후보가 왔다고?"

갑수, 김보좌관과 함께 이듬이 서 있는 쪽으로 걸어간다.
대기하던 기자들, 쫙 갈라지며 갑수를 지켜보는데-

갑수　(난간에 서 있는 이듬을 발견하고) 마이듬 검사님?

한없이 슬픈 표정으로 서 있던 이듬, 그 소리에 천천히 돌아보는데-

갑수　(걱정하듯) 대체 무슨 일이 있길래 그 위험한 데까지 올라간 겁니까?
그러다 다치십니다. 내려와서 얘길 좀 해보시죠.
이듬　(표정 180도 달라져서 독기어린 미소로 픽!) 네. (하더니)

난간 아래로 경쾌히 내려와 성큼성큼 갑수에게 다가가-

이듬　(당장이라도 멱살을 잡을 듯 노려보며) 조갑수!!
갑수　?
이듬　우리 엄마 어떻게 했어? 우리 엄마 곽영실 어떻게 했냐고!
갑수　!

한기자를 비롯한 다른 기자들, 이듬의 돌발 행동에 놀라 보는데-

갑수　(표정 수습) 아니 마검사님 어머니를 왜 저한테 물어보십니까?
이듬　그럼 누구한테 물어봐?
86년! 수사 과정에서 성폭행을 했고,
96년! 그 사실을 제보하려던 울 엄마를 납치한 인간이
바로 내 눈앞에 있는데?
갑수　(보다가 어이없다는 듯 웃더니) ... 안전 확인했으니 가겠습니다. (하는데)

이듬, 가방에서 종이뭉치 꺼내더니 가는 조갑수를 향해 팍!!! 뿌린다.

(종이들[8], 옛날 신문 기사들 카피한 a4용지 30매 정도)
갑수, 모욕을 참으며 돌아보고-
기자들, 이듬이 뿌린 종이를 주워들고 보는데-
이듬, [장현동 거주 30代 주부 곽 모 씨, 12일 오전 실종]
[조갑수 서장, 12일 퇴원 후 업무 복귀]
헤드라인 기사 카피된 종이를 갑수 눈앞에 들이밀며...

이듬 (기자들 들으라는 듯) 우리 엄마가 실종된 그날,
실종 직전 있었던 장소, 조갑수 당신도 거기에 있었어. 이게 우연일까?
갑수 무슨 얘길 하고 싶은 겁니까? 마이듬 검사님?
이듬 딱 보면 견적 나오잖아.
그날 당신은 민지숙 검사한테 성고문 사실 제보하러 온
우리 엄마랑 마주쳤어. 그대로 뒀다간 애써 만든 무죄가
뒤집어질 판인데- 두고 볼 수가 없잖아?
갑수 ...
이듬 그래서 납치했고, 증거 지웠고, 그러고
그 뻔뻔한 얼굴로 청장도 하고, 국회의원도 하고.
거기다 시장까지 해보겠다고 지금 이러고 있고!
갑수 (동요 없이 미소로 보는) ... 증거 있습니까?
이듬 곧 생기겠지. (하더니 기자들을 가리킨다)

갑수, 보면- 기자들 모두 자신을 흥미진진한 눈으로 쳐다보고 있다.
갑수, 당황한 듯하다가 이내 이듬에게 가까이 다가오며,

갑수 (조용히) 느그 엄마가 와 사라진 줄 아나?
쓸데없이 뭘 밝히려 했기 때문이다.
니도 그 짝 나기 싫으면 조용히 사는 기 좋을 끼다!
이듬 (피식) 그래, 진작 이렇게 나왔어야지. 그래야 나도 살맛이 나지.

8 곽영실의 실종 날짜와 갑수의 퇴원 날짜(1996년 5월 12일)를 포인트 키워 강조 표시하고, 기자들 보기 좋게 스크랩해 한 장의 a4용지에 두 개의 기사가 나란히 복사되어 있는 종이.

조만간 증거 갖고- 영장 쳐서 잡으러 갈 테니 기다리세요. 조갑수 씨!
(하더니 갑수를 지나쳐 간다)

갑수 (모욕감을 꾸역꾸역 참는 표정이 된다)

25. 동 - 로비 (밤)

진욱, 다급히 들어오는데- 저편에서 승강기 문 열리고
기자들, "대박 특종이다 / 목격자 찾을 수 있나? /
그 검사 엄마 이름이 곽영실?" 어쩌고 하며 걸어오는 사이로
"일단 조갑수 주변 인물 취재부터 시작할게요." 하며 데스크와
통화 중인 한기자 보인다.

진욱 (알아보고) 한기자님!

한기자 (끊고 다가가면)

진욱 마검사님은요?

한기자 상황 끝이요! 마검사님 멀쩡하니까 걱정 마세요.

진욱 ?

26. 형제로펌 건물 밖 일각 (밤)

진욱, 이듬을 찾느라 두리번거리다가-
저쪽 구석, 차량진입 방지턱에 처연한 표정으로 앉아있는 이듬을 본다.
그 위로 한기자 소리 들린다.

한기자 (소리) 그나저나 마검사님 어머니 일, 정말 안됐네요.

진욱, 이듬에게 다가가 선다.
이듬, 진욱을 보는 슬픈 표정...

이듬 (툭) ... 나 집에 좀 데려다줄래요?
진욱 (안쓰러운 표정으로 본다) ...

27. 달리는 진욱 자동차 안 / 밖 (밤)

지친 표정으로 창밖을 보는 이듬,
운전하는 진욱, 이듬의 희고 마른 손을 안쓰러이 본다.
잡아주고 싶어 손을 내미는데...

이듬 (시선 창밖에 두고) ... 참 아까 나한테 뭐 할 얘기 있다 그러지 않았어요?
병원에서요.
진욱 (백형사 얘기를 더 이상 할 수 없는) ... 나중에 할게요.
(하며 이듬의 손을 잡으려던 손을 거둔다)

28. 형제로펌 - 갑수 사무실 (밤)

와장창- 깨지는 장식장-
이어 묵직한 크기의 수석이 뒹구는 모습.
씩씩거리는 갑수, 사색이 돼서 서 있는 김보좌관을 노려본다.

갑수 앞으로 딱 한 시간 줄 끼다!
뭔 짓을 해서라도 단디 막으래이!
납치의 납자라도 인터넷에 올라오면-
니는 죽을 때까지 여의도엔 발도 몬 붙이게 할 끼다, 알았나?
김보좌 네. (하고 나가려는데)
갑수 백실장은 어데 갔노?

29. 동 - 접대룸 (밤)

미간 잔뜩 찌푸린 채로 어딘가를 보는 백실장의 시선-
핏자국이 낭자한 침대 시트, 빈 술병들 가득 굴러다니고-
여기저기 널브러진 담배와 안주들 보인다.

백실장 (가드 노려보며/이 악물고) 내가 말했지.
태규 여기 오는 거 무조건 막으라고.
가드 죄송합니다.
백실장 누구랑 왔어? 혼자 왔어?
가드 (난처한 표정으로 백실장을 본다)
백실장 (뭔가 있구나 불길한 표정) !

30. 형제호텔 - 관제실 안 / 밖 (밤)

관제실 직원들(2-3명) 안쪽을 흘끗거리며 문밖으로 나간다.
보면- 백실장, 관제실 팀장(남/30대)과 함께 모니터 앞에 서 있다.

백실장 (직원들 다 나간 거 확인하더니) 틀어봐.
팀장 네! (화면 재생시키면)

- **인서트** / *지하 주차장 CCTV 화면-*
민호, 태규의 외제차 트렁크 쪽에서 급히 걸어 나와
운전석 쪽으로 가는 모습이다.
자세히 보면 조수석 쪽엔 이미 꽐라가 된 태규가
거의 누운 자세로 자고 있는 모습.
민호, 운전석에 타기 전- 불안한 듯 두리번거리는 모습에!

놀란 백실장, 얼른 핸드폰 꺼내 민호에게 전화 걸지만-
"전원이 꺼져있어..." 나온다. 무슨 일이 생긴 것이 틀림없다.

백실장　(팀장에게) 일단 CCTV 다 나한테 넘겨.
다른 데 찍힌 데 없는지 철저히 확인하고!
팀장　알겠습니다.

그때, 백실장에게 걸려오는 김보좌관의 전화.

김보좌　(소리) 큰일 났습니다.

백실장, 전화를 끊고 급히 나간다.

31. 갑수의 선거 사무실 (밤)

급히 들어오는 백실장.
백실장을 보자마자 화를 내는 갑수.

갑수　어데 갔다 오노?
백실장　죄송합니다.
갑수　며칠 샴페인 좀 터뜨렸다고 니까지 풀어진 기고?
백실장　얘기 들었습니다. 그 검사 어떻게 처리할까요?
일단, 오부장 접촉해서 압박하는 편이 (하는데)
갑수　그 가스난 점잖게 해서 통할 물건이 아이다.
백실장　?
갑수　내 얼굴에 똥 던졌다고 신고하면 뭐하겠노?
내도 똥칠 해주믄 되는 기지.
백실장　... (알아듣고) 조사해보겠습니다. (목례하고 나간다)
갑수　(무서운 표정이 되어 창밖을 본다)

32. 검찰청 외경 (아침)

33. 동 - 로비 (아침)

이듬, 승강기 쪽으로 걸어가는데-
저편에서 걸어오는 양복쟁이 둘, 이듬을 보자 흘끗거린다.
'뭐지?' 싶은 이듬, 승강기 쪽으로 가서 서는데-
앞에 서 있던 남자들 셋, 스마트폰을 들고 뭔가를 보다가
이듬을 보자 자기들끼리 수군거린다.
이듬, 뭔가 이상하다 싶은데... 핸드폰 울린다. 민부장이다.

이듬　네, 부장님.

34. 여아부 - 민부장 사무실 (아침)

자리에 앉은 민부장 앞으로 이듬 서 있다.

민부장　그래서... 한바탕 뒤집어놓으니 마음이 편해?
이듬　?
민부장　어제 일, 기자들 통해서 들었어.
이듬　(! 하고) 개인적인 용무였습니다.
민부장　(안쓰럽게 보다) 변명 안 해도 돼. 무슨 마음인지 아니까.
이듬　?
민부장　어제 나 만나고부터 온통 엄마 생각만 했을 테고-
조갑수한테 물어봤자 모르쇠 할 게 뻔하니까
기자들한테 떡밥 던져서
엄마 행방 알아내려고 한 거, 맞지?
이듬　(부정할 수 없는) ...
민부장　그런데 어쩌지?
이듬　?

민부장, 이듬 보라는 듯- 모니터 돌려주면...

- **인서트** / *컴퓨터 화면*
인터넷 실시간 검색어 1위부터 5위까지
'여검사 동영상' / '여검사 몰카' 등등으로 도배되어 있다.
이미지 검색 화면으로 이듬의 상반신 뒷모습 누드 모자이크 된
사진이 떠 있다.

이듬, 경악해서 보는데...

민부장　김상균 사건 때 증거로 제출한 마검사 도촬 영상을
누군가 입수한 거 같아.
통으로 올렸다간 출처 바로 드러나니까
캡처한 사진만 두 컷 올려서 검색어 유입하게 만들고...
누구 소행일지는 뻔하고...
이듬　(화가 치밀어 오른다) !
민부장　어머니 일, 나도 정말 안됐다고 생각해.
그치만 마검, 조갑수 그렇게 쉽게 잡힐 놈 아냐. 이성을 찾아.
정 힘들면 며칠 좀 쉬었다 오고... 응?
이듬　(수습하며) 아뇨. 괜찮습니다. 일하러 가겠습니다. (인사하고 나간다)

35.　동 - 민부장 사무실 앞 (낮)

이듬, 입술을 깨물며 나온다.
주먹 부들부들 떨리다가
무너지지 않겠다는 듯 심호흡 한 번 하고 사무실 쪽으로 걸어간다.

36.　동 - 이듬 / 진욱 사무실 안 (낮)

손계장 서서 핸드폰으로, 구계장은 손계장 자리에 앉아 유선전화로 동시에 각각 언론사에 강력히 항의 중이다.

손계장 (어이없어 쏘아붙이는) 어떻게 이런 걸 기사로 낼 수가 있어요? 이거 명백한 인권침해, 명예훼손이라고요! 당장 내리세요!

구계장 (조근조근) 기자님, 대통령도 디지털성범죄를 신경 쓰는 이 판국에... 이런 선정적인 기사라니, 이게 말이 된다고 보십니까?

손계장 (먼저 전화 끊고 구계장 바라보는)

구계장 네. 삭제 꼭 부탁드리겠습니다. 네. (전화 끊고 일어선다)

손계장 ... 도와줘서 고마워요.

구계장 뭘요. 우리 여아부 식구 일인데요. (가려는데)

손계장 저기, 구계장님.

구계장 네?

손계장 (조금 부끄러운 듯한 표정으로 바라보는)

구계장 (소리/놀라) 이게 다 뭐예요?

37. 동 - 회의실 (낮)

손계장 맞은편에 앉은 구계장, 입이 떡 벌어진 채로 쳐다보는데... 회의실 탁자 위에 갈비찜부터 삼색나물, 생선구이와 산적꼬치 등 각종 먹음직스런 음식들 가득한 9첩 반상 도시락이 거하게 차려져있다.

손계장 아니, 지난번 일 고맙기도 하구, 미안하기도 하구... 혼자 살다보면 집밥이 그립고 막 그렇잖아요. 솜씨 살짝 부려봤어요.

구계장 이걸 혼자서 다요?

손계장 별거 아닌데요 뭐. (권하는) 자, 어서 먹어요.

구계장 (감동) 제가 이런 대접을 받아도 될지... 잘 먹겠습니다, 손계장님. (막 한술 뜨려는데)

장검 (소리) 어디 무슨 잔치라도 열린 거야?

보면, 지나가던 장검과 서검. 회의실 탁자로 다가와서

장검 (감탄) 음식 때깔 곱기도 하다. 완전 명절 저리가라네. (냄새 맡는)
손계장 (살짝 당황) 아… 제가 도시락 좀 싸와봤어요.
아직 식사 안 하셨어요? 같이 먹으면 좋을 텐데
이게 딱 2인분이라… (하는데)
서검 (뒷말 못 듣고) 진짜요? 우와~ (얼른 구계장 옆에 앉는)
장검 우리야 완전 땡큐죠~ (산적꼬치 집어먹는)
손계장 (작게/실망) 2인분… 인데…
장검 음! 맛있네, 맛있어! (자리잡고 앉아)
야~ 이게 얼마 만에 먹어보는 집밥이니~
일에 치여 사느라 집에 가도 집밥을 못 먹잖아 내가.
고마워요, 손계장님. (와구와구 먹는)
손계장 아, 네. (이러단 안 되겠다 싶어) 구계장님. 이것 좀… (챙겨주려는데)
구계장 서검사님, (서검 앞으로 갈비찜 슥 밀어주며) 많이 드세요.
서검 (해맑게) 네~ (냠냠 먹는)
구계장 (그 모습 귀엽다는 듯 바라보는)
손계장 (황당하고 어이없는) …

38. 경찰서 외경 (낮)

형사1 (소리) 공수아가 사라졌습니다.

39. 동 - 복도 (낮)

진욱이 복도를 따라 빠른 걸음으로 걸어가면,
사이버수사팀에서 형사1이 나와 진욱을 발견하고 다가온다.

진욱　어떻게 된 겁니까?
형사1　(진욱에게 서류 하나를 내민다) 어제 오늘 공수아 통화 내역 조회한 겁니다.

진욱, 서류 들여다보는데,
여러 개의 같은 번호에 형광펜으로 표시가 되어있다
(전화 수신발신, 그리고 문자의 수신발신 내용).

형사1　거기 표시된 게 장어 대포폰인데,
공수아가 장어 연락을 받고 나간 것 같습니다.
진욱　설마, 또...?

하고, 장어에게서 온 문자들 확인해보는 진욱.
[화대부터 챙겨라] [큰 건이니 몸 사리지 말고]
문자 보자 인상 찡그려지는데.
이후 계속 되어있는 장어의 문자들, 무언가 독촉하는 느낌.
[설마 내 전화 씹는 거냐?] [죽고 싶냐]
[당장 전화 안 하면 니 할머니 신변보장 못한다] 등
진욱이 문자를 보고, 형사를 보는데

진욱　성매매 직후부터 연락이 끊긴 거군요.
형사1　네, 이후 통신 이용 흔적도 찾을 수 없었습니다.
진욱　집이나, 갈 만한 곳은요?
형사1　할머니나 주변 친구들도 전혀 행방을 모르는 눈치였습니다.
진욱　그럼 공수아 행방을 확인할 단서가 아무것도 없단 얘깁니까?
형사1　안 그래도 그것 때문에 연락드린 건데... (하며 손가락으로 진욱이
들고 있는 서류의 제일 마지막 줄, 발신지의 상대방 번호 가리킨다)
공수아가 마지막으로 전화를 건 사람이 있습니다.

진욱, 형사가 가리킨 번호 보는데
어딘지 낯설지 않은 느낌에 고개를 갸웃하다가

자신의 핸드폰을 들어 번호를 눌러보더니 놀라는 표정이 된다.

40. 여아부 - 이듬 / 진욱 사무실 (낮)

이듬, 사무실로 들어서는데 '띠리링' 소리 들리며 꺼지는 핸드폰.
(배터리 방전된 것)
'아, 충전을 안 했구나' 싶어 자리에 앉아 충전기를 연결하고,
핸드폰을 다시 켜는 이듬.
그리고 켜진 핸드폰을 보는데, 음성 메시지 표시 보인다.
시간 보면, 어젯밤 12시.
'이건 뭐지?' 싶은 마음에 음성 메시지를 들어보는 이듬.
놀라는 이듬. 점점 눈이 커지는데, 번뜩.

*- **플래시백** / 8부 20씬*
이듬 *조갑수! 조갑수 후보 불러오라고!*
나 그 사람 만나기 전까진 절대 못 내려가요!!

이때, 이듬 가방 앞주머니에 꽂은 핸드폰 진동이 울리는데, 보지 못하고-

'설마... 그때...?' 이듬의 표정이 굳어지는데,
이때, 벌컥 문을 열고 들어오는 진욱.

진욱 (다급) 마검사님!!!!

이듬과 눈 마주치는 진욱, 이듬의 표정이 심상치 않은데,
진욱을 향해 자신이 듣고 있던 음성 메시지를 스피커폰으로 들려주는 이듬.
곧이어 재생되는 음성 메시지.

수아 (소리) 하... 하... (힘들어하는) 언니... 나 좀 살려주세요...
여기 형제호텔 K... 으악---- (누군가에게 끌려가는 듯한 느낌의 소리)

수아의 비명을 끝으로 끊어진 음성.
이듬, 떨리는 눈빛으로 진욱 보면, 진욱 역시 심각한 표정.
누가 먼저랄 것도 없이 급하게 밖으로 뛰어나가는 두 사람.

41. 형제호텔 외경 (낮)

42. 동 - 로비 카운터 앞 (낮)

다급한 표정의 이듬과 진욱, 구계장이 호텔 매니저와 마주 서 있다.
호텔 매니저가 손에 파일철(호텔 부대시설 관련 자료들 들어있는)을 들고 서서 넘겨보며 말을 한다.

매니저 스펠링 K가 포함된 부대시설은 없는데요?
이듬 정확히 확인한 거 맞아요? 다시 한 번 잘 봐요.
매니저 분명히 저희 호텔인가요? 뭔가 착오가 있으신 것 같은데요?
이듬 핸드폰 위치 추적해서 확인했구요. 형제호텔 확실했어요.
매니저 (사무적인 말투) 도움 드리지 못해 죄송합니다.
진욱 그럼, 호텔 CCTV 좀 확인할 수 있을까요?
어제 오후 7시경부터 오늘 오전까지만 확인하면 되는데요.
매니저 그건 곤란합니다.
저희 호텔을 찾아주시는 고객분들의 프라이버시 문제가 있어서요.
진욱 실종된 사람을 찾는 일입니다. 부탁 좀 드리겠습니다.
매니저 (꾸벅) 더 이상 도와드릴 수 있는 일이 없을 것 같네요. 죄송합니다.
이듬 (욱해서) 이것 봐요. 지금 애한테 무슨 일이 생겼을지도 모르는데...
매니저 (여전히 미소 띤 사무적인 표정으로) 죄송합니다만, 저희 사정도 있어서요.
이듬 아 진짜, 사정은 무슨 사정. 지금 사람 생사가 달렸다는데
그 정도도 협조 못해요?
매니저 (점점 귀찮다는 듯) 영장 가져오시죠. 그럼, 협조해드리겠습니다.

이듬 가져올 테니까 딱 기다려요.
뭐 하나 없어지거나 훼손됐으면 그땐 각오하시고요.
지금 이렇게 비협조적으로 나온 것까지 포함해서
모두 법적 책임 물을 겁니다, 알겠어요?!

이듬의 말에 움찔하는 호텔 매니저 보인다.

43. 동 - 안 / 밖 (낮)

'이제 어떡하나' 싶은 표정으로 걸어나오는 이듬과 진욱,
그리고 구계장.
호텔 입구 문을 밀고 나오는데,
그때 옆 회전문을 통해 호텔 안으로 들어가고 있는 장어가 있다.
이 모습을 슬쩍 보고, 장어와 눈이 마주치는 진욱.
'어디서 봤더라...?' 하는데 번뜩.

*- **플래시백** / 7부 26씬 사건 브리핑 화면*
장어의 사진 띄워져있다.

진욱, '장어구나' 떠올리고, 홱 몸을 돌린다.
갑자기 돌아서 가는 진욱을 이듬과 구계장이 이상해서 보는데,
그때 진욱과 약간 거리를 두고 앞서 걷고 있는 장어를 발견한다.
이듬과 구계장 서로 쳐다보며,
단번에 알아봤다는 듯 고개를 끄덕이더니
진욱의 뒤를 따라 장어를 쫓아간다.
앞서 걷던 장어, 데스크 쪽으로 가서
핸드폰을 꺼내 직원에게 무언가를 보여주려 하는데,
그때, 데스크 유리에 비친 진욱과 이듬, 구계장의 모습 보는 장어.
본능적으로 자신을 쫓아오는 걸 눈치 채고 슬쩍 눈치 살피는데,
이때 장어의 뒷덜미를 확 잡는 진욱.

장어, 그럴 줄 알았다는 듯 진욱의 손을
몸을 돌려 잽싸게 피해 빠져나가고,
뒤를 보며 '아 뭐야?' 하듯 썩소 날리고 뛰기 시작한다.
"거기 서!" 외치고 뒤쫓는 이듬과 진욱 그리고 구계장.

44. 형제호텔 인근 거리 일각 (낮)

날쌘 몸짓으로 빠르게 뛰어가는 장어와
이를 뒤쫓는 진욱과 구계장.
이듬, 그 모습 보더니 안 되겠다는 듯 재빨리 호텔 앞에 세워져있던
차량 쪽으로 뛰어간다.

(짧은 시간 경과)

여전히 처음처럼 빠른 속도로 도망가고 있는 장어와,
필사적으로 쫓아 뛰지만, 눈에 띄게 거리가 벌어진 진욱과 구계장.
그러다 구계장이 헉헉 거친 숨을 몰아쉬며
그 자리에 쓰러지듯 주저앉는다.

진욱 구계장님!!
구계장 (헥헥거리며) 저는 틀렸어요. 검사님 어서 가세요-

진욱, 고개 끄덕하고 장어를 쫓아 뛰는데,
그 모습을 뒤돌아보며 속도까지 낮춘 장어가 두 사람을 비웃는다.
그때 장어 앞을 터프하게 가로막는 이듬의 차.
그 바람에 차에 부딪쳐 나동그라지는 장어.
그리고 끈질기게 추격해온 진욱이 장어의 팔을 거칠게 뒤로 꺾어
무릎으로 누르며 움직이지 못하게 제압한다.
바닥에 제압당한 장어를 내려보는 진욱.

진욱 (거친 숨 몰아쉬며) 공수아 어딨어?

45. 형제로펌 승강기 안 (낮)

민호에게 계속해서 전화를 거는 백실장.
그리고 들려오는 안내 음성
"전화기가 꺼져있어..." 백실장, 초조한 표정이다.

46. 형제로펌 안 (낮)

백실장, 다급하게 허변 사무실 쪽으로 걸어가는데-
마침 사무실에서 나오던 허변과 마주친다.

백실장 (안을 기웃거리며) 민호 나왔습니까?
허변 보시다시피 (가리키면)

민호의 빈자리 보인다.

백실장 (하...) 알겠습니다. (가려는데)
허변 어제 킹덤 간다던데- 거기서 찾아보시죠.
백실장 (표정 굳어 허변을 본다) ... 말조심하시죠, 허변호사님.
허변 ?
백실장 (협박하듯) 지난번 1억이 비밀유지까지 포함된 비용인 걸
벌써 잊으셨습니까?
허변 (뭔가 있구나 싶어) 당연히 알고 있죠.
전 그냥 지난번처럼 도와드릴 일이 있을까 해서요.

허변 눈치 살피는데,
백실장이 정신없는 얼굴로 전화를 걸려고 핸드폰을 들면,

통화 내역에 [민호] 라고 쓰여있는 것 수십 통 있는 것 보이고,
'무슨 일이 생긴 게 확실하네' 싶은 허변의 표정.

47. 영파시 시골 도로 일각 - 태규의 차 안 / 밖 (낮)

길게 늘어선 숲길 사이로 난 한적한 비포장도로.
지난 새벽, 정신없이 주차한 듯 나무와 나무 사이로 파고들어
비탈길에 아슬아슬하게 기울어져있는 태규의 차.
민호, 운전석 창문에 기댄 채 악몽 꾸는 듯
"아... 안 돼. 안 돼!" 움찔움찔거리며 식은땀 흘리는 사이-
태규, 자기 핸드폰을 들고 초기화 버튼 누르고 있다.
(성매매 어플 삭제해서 증거 인멸하는)
초기화 끝낸 태규, 민호 얼굴을 손등 쪽으로 툭툭 내리치는.

태규 (짜증 섞인) 야. 야. 일어나.
민호 (퍼뜩 깨어나) 어, 어? (현실임을 알고) 아... 태규야.
태규 취했으면 집에 가 퍼질러 잘 것이지, 운전은 왜 하냐?
민호 (걱정에 들리지 않는) 우리 괜찮을까? 어제 너무 깜깜해서 (하는데)
태규 (바로) 깜깜한데 내 차 끌고 어디까지 온 거냐고. 것도 나까지 태워서.
어디 하나라도 긁혔으면 넌 뒤졌어.
민호 (퍼뜩) 야, 너... 기억 안 나? 어제 우리 같이... (하는데)
태규 우리?? 니가 나랑 우리로 묶일 급은 아니지. 안 그래?
민호 ?!
태규 같이 좀 놀아줬더니 지가 나랑 같은 급인 줄 아나...
민호 그치만, 어제 너랑 내가 했던 짓...
태규 어제 뭐? 니가 내 덕에 호텔에서 비싼 술... 공짜로 실컷 마신 거 말고 뭐.
뭐가 더 있어?
민호 (서늘해져서) 야, 안태규.
태규 (혼잣말처럼) 하여간 년이고 놈이고 근본 없는 새끼들은 다 똑같애.
잘해주면 꼭 기어오르고 지랄이지, 지랄이.

민호　(황당) 뭐?

이때, 밖에서 운전석 창문을 두드리는 소리 들리고
보면, 태규의 운전기사다.

태규　야, 내려.
민호　(눈동자 흔들리는)
태규　내리라고 새꺄.

민호, 운전석에서 내리자 기사가 올라탄다.
곧이어 부앙- 소리를 내며 출발해버리는 차.
멀어지는 모습 바라보며 덩그러니 서 있는 민호,
더듬더듬 주머니에서 핸드폰 꺼내 전원을 켜고 전화 건다.

민호　(전화 받자) 어, 형... 나야...

불안한 표정으로 손 미세하게 떨리는 민호.

장어　(소리) 피 같은 내 돈을 들고 쨌다고요. 그년이.

48. 여아부 - 조사실 (낮)

삐딱한 자세로 앉아있는 장어.
이듬과 진욱이 장어를 신문하고 있다.

진욱　겨우 돈 몇 푼 벌자고 몸도 성치 않은 앨 또 일을 시켰단 겁니까?
장어　겨우라뇨, 자그마치 큰 거 한 장이었다고요.
솔직히 돈 얘기 듣고 제일 신나한 건 수아였어요.
진욱　뭐라고요? (어이가 없다는 듯 쏘아보는데)
장어　그 기집애가 돈에 눈이 멀어서 잠적한 게 틀림없어요.

이거 명백히 횡령이에요.

진욱, 장어의 뻔뻔한 태도에 화가 나서 말문 막혀 하면,
이듬이 장어에게 다가가 신문을 이어간다.

이듬 (유하게) 아니, 선생님~ 채팅으로 이뤄지는 성매매에
그렇게 큰돈이 오고 간다는 게 말이 됩니까?
뭘 믿고, 그 자리에 공수알 보냈어요?
장어 (자기도 모르게 무심코 뽐내듯) 에이- 신원 확실한 거 다 확인하고 보냈죠.
그래도 수아가 에이슨데, 설마 아무데나 밀어넣었을까 봐?
이듬 아~ 신원을 확인해요? 그럼 매수남에 대한 정보도 갖고 있단 얘기네?
장어 (갑자기 입을 꾹 다문다)
이듬 에이~ 그 정보 뭡니까?
장어 (피식- 입꼬리 살짝 올라가며) 말하면, 저한테 뭐 해주실 건데요?
진욱 뭐라구요?
장어 나도 뭐라도 얻는 게 있어야 정보를 주던 말던 하죠.
진욱 저기요. 지금 이거 다 녹화되고 있습니다.
이런 식의 태도, 나중에 양형에 불리하게 적용될 수 있어요.
장어 우리 검사님 거래할 줄 모르시네.
그런 협박 말고, 구미 당길 만한 제안을 하셔야죠.
공수아 안 찾을 겁니까?
진욱 (하! 어이없는 표정)
이듬 (장어에게 슥 다가가) 선생님~ 미성년자 알선 성매매 혐의-
제가 화끈하게 눈감아 드릴게요. (윙크한다)
장어 (반신반의) 진짜요?
이듬 (끄덕) 지금 공수아 행방이 더 중요하니까요.
사람 하나 살리는 셈 치고요, 네?

그 얘기 듣는 장어의 활짝 펴지는 표정.
이듬과 진욱에게 핸드폰 사진을 들이민다.

장어　(뽐내듯) 미친 새끼가 신분증으로 인증을 하더라고요.
(다음 사진 넘겨서 보여주면, 채팅 화면 사진으로 찍어놓은 것 보인다)
거기다 형제호텔이 뭐 지꺼라나 뭐라나...

이듬과 진욱이 사진을 들여다보는데
백민호의 로스쿨 학생증이다.
놀란 표정이 되는 이듬과 진욱.

장어　(신나서) 이제 저 화끈하게 빼주시는 거죠?
이듬　(장어의 핸드폰 낚아채더니 표정 변해서) 핸드폰은 증거품으로 압수한다.
그리고 공수아한테 무슨 일이라도 생겼으면
방조죄까지 얹어서 가중처벌할 거야. 닥치고 기다려.
장어　(벙찐 표정) 어, 이거 약속이 다른데??

장어, 길길이 날뛰면 이를 무시하고 나가버리는 이듬과 진욱.

49.　진욱의 달리는 차 안 / 밖 (낮)

이듬, 손계장과 통화하고 있다.

이듬　백민호 신분증 확인했어요, 손계장님?
손계장　(소리) 네, 위조 흔적 없었구요.
신원 확인도 끝냈어요.
방금 현재 주소지 문자로 보내드렸습니다.

손계장과 전화 끊고 핸드폰 문자 확인하는 이듬.
운전석의 진욱과, 조수석에 앉아있는 이듬의 표정이 무겁다.

50.　강남 오피스텔 (민호의 집) 안 / 밖 (낮)

민호, 책상에 앉아 불안한 듯 다리를 달달 떨며
컴퓨터에 뉴스 기사 검색 중이다.
('시체발견' '여고생변사체' '여자시체' '영파시 시체'와 같은
키워드 써넣고 검색해보는 중. 화면에는 보여주지 않는다)
뉴스 기사들을 자꾸만 새로고침 눌러가며
초조하게 손톱을 물어뜯는 민호.

51. 강남 오피스텔 건물 앞 (낮)

오피스텔을 올려다보며, 다시 한 번 주소를 확인하는 이듬과 진욱.

52. 강남 오피스텔 (민호의 집) 안 / 밖 + 백실장 자동차 안 / 밖 (낮)

문 앞에 서서 벨을 누르는 진욱.
벨소리에 깜짝 놀란 민호가
인터폰으로 밖에 서 있는 이듬과 진욱을 확인한다.
그리고 뭔가 불길한 느낌에 얼굴이 굳어지는데.
집 안에서 아무 대꾸가 없자, 벨을 다시 누르는 이듬.
그리고, 이번에도 대꾸가 없자, 문을 두드린다.
"백민호 씨!!"
인터폰으로 밖을 보고 있던 민호가 진욱의 목에 걸린 검찰 신분증을 본다.
흠칫 놀라는 민호.
당황한 표정이 되었다가 주위에 경찰이나 수사관이 없는 것 확인하고,
'나를 잡으러 온 건 아니구나' 살짝 안심하는 표정된다.
심호흡을 크게 한 번 하는 민호, 곧이어 문을 열고 나간다.
다시 한 번 문을 두드리려고 손을 들던 이듬.
민호가 문을 열고 나오자 열린 문 안으로 쑥 들어간다.
'어어?' 그런 이듬을 말리며 안으로 들어오는 민호.

이듬, 혹시 오피스텔 안에 수아가 없는지 둘러보고-
민호, 방금까지 검색했던 컴퓨터를 등으로 스윽 가리고 선다.

민호 뭐하시는 겁니까? 이거 무단가택침입입니다.
진욱 (신분증 내밀며) 검찰에서 나왔습니다. 여학생 한 명이 실종돼서,
확인할 게 있습니다. 협조 부탁드립니다.
민호 실종이요?
이듬 (민호에게 수아의 사진 보여준다) 누군지 알죠?
민호 (놀라지만 표정 감추며) ... 글쎄요.
이듬 (민호의 표정 살피며) 어젯밤에 백민호 씨랑 만났는데, 기억 안 나요?
민호 전 잘 모르겠는데요.

이때, 책상 위에서 울리는 민호의 핸드폰.
[우리형] 이라고 떠 있다.
전화 쪽 힐끗 보다가 무시하는 민호.
진욱, 민호에게 채팅 화면 프린트한 것 보여준다.

진욱 어제 저녁 8시경 채팅으로 대화하고, 사진 인증했죠?
그리고 한 시간 뒤 만나기로 약속 잡았구요?
민호 잘 모르겠다고 말씀 드렸잖아요.
이듬 그럼 이거는요?
민호 (보면)
이듬 (채팅창에 올렸던 학생증 사진 프린트한 것 보여주고)
민호 (당황하는데)
이듬 채팅에 본인 신분증 인증까지 했으면서 모른다는 게 말이 됩니까?
공수아 만났죠?
민호 ... (당황해 입을 꾹 다문다)

이때, 다시 울리기 시작하는 전화.
시끄럽게 소리 계속 들리는데,

이듬 (전화 소리에 신경 쓰여 민호에게) 일단 받으세요.

민호, 이듬과 진욱 눈치를 살짝 보더니 구석으로 가서 전화를 받는다.

민호 (조용히) 찾았어?

- 백실장의 자동차 안 / 밖
백실장, 영파시 도로변에 차 세운 채 민호와 통화 중이다.

백실장 아니 아직. 민호야, 표지판이나 숲속 같았다는 것 말고,
또 다른 거 기억나는 거 없어?
민호 (속삭이듯) ... 형... 지금, 검사들이 왔어... 무조건 형이 먼저 찾아야 돼.
백실장 뭐?

53. 몽타주 - 수아 시체를 찾는 백실장 (낮)

- 영파시 일각 (산속으로 연결된 도로, 수풀사이에서 중간에 도로끊긴)
(낮)
백실장, 급하게 운전하는 모습 보인다.
그리고 어딘가에 멈춰 서는 차량.
백실장 내려서 보면, '추락주의'라는 표지판 보이고,
수풀이 우거진 밑으로 도로가 끊겨있다.
주위를 두리번거리며 시체를 찾는 모습 보인다.

- 영파시 또 다른 일각 (도로 공사로 중간에 도로가 끊긴 곳) (낮)
운전하다가 '추락주의'라고 쓰여있는 표지판 보고 멈춰 내리는 백실장.
도로의 한쪽이 공사로 무너져있다.
주위를 둘러보지만, 시체가 보이지 않아 한숨을 쉬는 백실장.

- 영파시 또 다른 일각 (급커브 경사로) (낮)

한참을 달려 어딘가에 멈춰 서는데 급커브 급경사로 이루어진 구역이다.
내려서 주위를 둘러보면 '추락주의'라는 표지판 보이고,
그 밑에 신발 한 짝이 떨어져있다.
신발을 주워드는 백실장의 표정 심상치 않은데
경사 아래를 조심히 내려다보면,
우거진 수풀 사이로 하얀색 승용차 한 대가 깜빡이를 켠 채 서 있고,
운전자가 밖에 나와 전화하는 모습 보인다.
백실장, 그 주위를 훑는 시선. 그리고 표정 굳어지는데
그때, 경찰차가 사이렌 소리를 내며 흰색 승용차 앞에 멈춰 선다.
한발 늦었구나 싶은 표정의 백실장. 인상이 찡그려진다.

이듬 (소리) 그럼 어제 저녁 8시부터 오늘 새벽 2시까지
어디서 뭐 했습니까??

54. 강남 오피스텔 (민호의 집) 안 / 밖 (낮)

민호, 이듬과 진욱에게 잡아떼기 시작한다.

민호 (생각하는 척) 펌에 있었습니다.
이듬 그 시간까지 일을 했다고요?
민호 네, 저는 조용할 때 집중이 잘돼서요.
진욱 (의혹으로 보면)
민호 (당당하게) 가서 확인해보시던가요-
출퇴근 첵킹 시간 확인해보면 되는 거 아닌가요?
진욱 펌이 어디죠?
민호 강남에 있는 형제로펌이요.
이듬 (형제로펌?) ?
민호 (당당히) 이제 됐죠? 그럼 안녕히 가세요.

민호, 문 쪽을 바라보고 가라는 듯이 고갯짓한다.

의혹은 있지만, 더 따질 수 없는 이듬과 진욱, 답답해진 채 밖으로 나온다.
쾅! 닫히는 문
민호, 깊은 숨을 몰아쉬며 안도하는 표정.

55. 진욱의 달리는 차 안 (낮)

찜찜한 표정으로 앉아있는 두 사람.
그때 번뜩 무언가 떠오르는 이듬.

- ***플래시백*** */ 앞 씬*
민호 *네, 저는 조용할 때 집중이 잘돼서요.*

이듬 (혼잣말처럼) 형제로펌이 조용했다고??
어제 내가 그 난리를 쳤는데??

민호의 거짓말을 깨닫는 순간! 진욱 핸드폰이 울린다!
진욱, 차량에 연결된 블루투스로 전화 받으면-
차량 안에 울리는 형사의 다급한 목소리.

형사1 (소리) 검사님, 공수아 찾았습니다.

동시에 놀란 얼굴로 마주보는 이듬과 진욱.

56. 영파시 일각(수아 시체 발견 장소) (낮)

폴리스 라인 쳐져있고,
경찰과 과학수사팀 와서 분주하게 움직이고 있으면,
바쁜 걸음으로 도착하는 이듬과 진욱.
이듬, 폴리스 라인 안쪽에 하얀 천으로 덮인 곳 바라보는데...

이듬이 사줬던 양말을 신고 있는 수아의 발이
천 밖으로 살짝 나와있는 것 보인다.
가슴이 쿵 내려앉는 이듬.
진욱이 수아의 얼굴을 확인하기 위해
폴리스 라인 안쪽으로 들어가서 덮인 흰색 천을 살짝 들어보는데,
피멍으로 엉망이 되어있는 수아의 얼굴 보인다.
수아의 상태 확인하고, 참담한 표정이 되는 진욱.
굳은 표정으로 서 있는 이듬에게 다가오며 고개를 끄덕여 보인다.
이듬, 입술을 깨물며 수아의 시체가 덮인 흰색 천을 바라보고 있는데-
그때 이듬과 진욱에게 다가오는 형사1.

형사1 (무언가 내밀며) 공수아 시체 옆에서 이게 발견됐습니다.

이듬과 진욱, 형사가 내민 것 보면, 백민호의 로스쿨 학생증이다!

57. 갑수의 선거사무실 (낮)

갑수, 단단히 화가 난 표정으로 뒷짐을 지고 창밖을 보고 있으면...
사색이 되어 서 있던 백실장이 갑수 등 뒤로 다가가
털썩! 무릎을 꿇는다.

백실장 형님!! 우리 민호... 한 번 살려주십시오.

돌아보는 갑수의 굳어있는 표정.

분노와 슬픔으로 수아의 시체를 보는 이듬, 진욱의 모습과
절박한 표정으로 갑수를 보는 백실장의 얼굴 보이며... 8부 끝!